世界の端から、歩き出す

富良野 馨

ポプラ文庫ピュアフル

JN215336

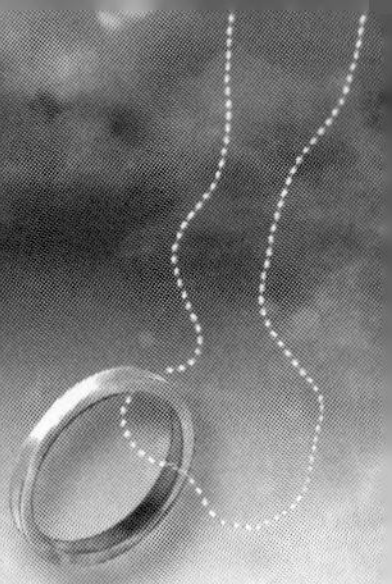

目次

contents

世界の端から、歩き出す

出逢い

　長野の伯母からその奇妙な依頼があったのは、九月のはじめだった。京都で就職が決まったので、来年短大を卒業しても神奈川の実家には帰らないと伝えた一ヶ月後のことだ。

　わたしの就職先のすぐ裏手に住んでいる知り合いに、箱を届けてほしい、と言うのだ。

「あたしが送りたい物を中に入れておくから、開けずにそのまま届けてほしいのよ」

「なんで直接、相手のところに送らないの？」

　と、わたしは電話の向こうの伯母に聞いた。我ながら至極真っ当な問いだ。

「駄目なのよ、あの子。家にいるんだかいないんだか、送っても送っても届きゃしなくて、宅配便の人が諦めちゃうんだ」

「一体、それどういう人なの」

「ん？　あんたの、おじさん」

　いささか呆れて尋ねた言葉に返ってきた答えに、わたしは心底、度肝を抜かれた。

「おじさん？」

　と、思い切りオウム返しをしてしまい――何故ってうちの母親はひとり娘だし、父親は件《くだん》の伯母とふたり姉弟《きょうだい》で、そこに『おじ』なんてものの入る余地などない筈なのだ。

「あたしと純一《じゅんいち》の弟。……ええ、千晴《ちはる》、あんた知らなかったの？」

大仰《おおぎょう》に言う伯母の声は、わたしが知らなかったことを絶対に知っていた声だ。

「あの人に弟がいたなんて聞いてない」

「まあ、純一はあの子の存在、認めてなかったからねえ……。あたし達の母親、あんたのお祖母《ばあ》ちゃん、知ってるでしょ」

そりゃ子供としての伯母と父がいるということは、生物学的に母親がいたに決まっている。それだけのこととして、そういう人がいたことは知っているけれど。

他に祖母について知っているのは、さんざん父親から聞かされたたったひとつ——「あの女は俺を捨てて、家を出ていった」、それだけだ。

「うちを出てった後、あっちこっちで男とつきあっては別れて、って繰り返してたみたいなんだけど、最終的には京都に落ち着いて、でもそこで病気で亡くなってね」

正直、顔も生死すらも知らなかった祖母の最期の話なんぞを突然に聞かされても、テレビドラマを見ているみたいで、他人事のようにしか感じられなかった。壮絶な人生だなあ、程度の感想しか抱くことができない。

「で、亡くなる直前に母親本人が連絡取ってきた訳。その時リュウジ、ああ、あの子モリヤリュウジっていうんだけどね、まだ中一で。父さんはもう亡くなってたし、純一は『それが？』って感じで全く無関心でねえ」

あの人らしい、と皮肉と苦笑まじりに呟くと、伯母は小さく息をついた。

「まあ正直言って、あたしも母親本人がどうなろうがそれは自業自得だろうと思ったんだけどさ、子供はそういう訳にはいかないしねえ。だって、いくら父親が違うったって、一応は自分達の弟な訳だしね。放っとくなんて、寝覚めが悪いじゃないか」

こっちはこっちで実に伯母らしい。口はうるさいが、鷹揚で磊落《らいらく》で面倒見が良い伯母が、わたしは昔からずっと好きなのだ。

「あたしはその頃はほら、最初の結婚で旦那とアメリカで、まあ子供もいなかったし、じゃあたしが面倒見よう、て言ってさ。でも本人が来たがらなかったんで、中高は里親さんのとこにいて、大学は寮に入って、仕事見つけた後もそっちに住んでるんだよ」

「ねえ、それ、いつの話？」

「ええっと、あたしが三十何歳かの時だったから、十五、六年前くらいかねえ」

聞いた瞬間、軽く目眩がした。ということはつまり、当時わたしは既に、生まれてたってことじゃないか。しかもその時に中一ということは、相手は今もまだ三十手前な訳だ。

「それ、全然知らなかったんだけど」

「だからさ、純一が徹底的に無視してたから。一度だけ、相続関係で顔を合わせたんだけど……そりゃもう、ひどくってさ」

判るでしょ、と言いたげな伯母の声で、確かに判った。あの人は、自分が一度完全に『不要だ』と切った相手は、本当にすべてを自分の人生から排除するタイプなのだ。

「だからその後も、リュウジとつきあいがあったのはあたしだけなんだよ」

「そうなんだ……伯母さん、じゃなんで今頃わたしに話したの？」

「うん、いやね、あんたの就職先の場所見てみたら、ちょうどあの子んちのすぐ近くでさ、ああ、って思ったのと……あんたがそっちで、就職決めてきたって言うからさ」

苦笑いを含んだ伯母の言葉の意味が咄嗟に判らず、わたしは首を傾げる。

「そっちで就職決めたってことは、もう家には帰らない覚悟でいるんだなって思った訳」

伯母の言葉に、一瞬唇が引き締まった。

「伯母さん、わたしが実家に帰ると思ってたの」

我知らず、つい言葉がきつくなる。自分でもいけないと判ってはいて、止められない瞬間だ。

「いや、そうは思ってなかったけど、でもことは働き先だからさ。今は就職氷河期だって聞くし、どうしたってそっちで見つけられないってことだってない訳じゃないだろ」

「のたれ死んだって帰らないよ」

駄目だ、そう思いながら、自分の口から出る言葉が弾丸のようになるのを止めることがどうしてもできない。

「判ってるよ、だからさ……もしそっちで仕事口が見つからなかったら、うちに置いてあげてもいいなと思ってた訳」

思いもよらない言葉に、カリカリに尖っていた気持ちが一気にへし折られた。

「でもそれだって、やっぱり家との繋がりは近いままなんだから、結局はあんたの人生とは無関係の叔父の存在なんてわざわざ言わなくてもいいか、と思ってたんだよね。でも、あんたがそっちに残るって言うからさ」

その殆どを聞き流しながら、わたしは喉の奥の熱い塊をごくん、ごくんと飲み込んでいた。どうしても発することができない、ごめんとありがとうという言葉と共に。

「だったら今度は逆に、そっちにいる叔父さんと近しくなるってのは悪くないんじゃないかと思ったんだよ。……それにさ」

わたしが何も言えずにただ棒のように立ち尽くしていると、伯母の声がふと、柔らかな笑みを帯びた。

「似てるんだよ、あんた達。こっちには来る気ないってはねのけた時のあの子と、家には帰らないって言うあんたとさ……似てんのよ、すごく」

受話器の向こうから響いてくる伯母の明るい笑い声に、わたしは足元から血がのぼってきて、全身がかあっと熱くなるのを感じていた。

わたしの就職先のホテルは、京都駅から程近い、家から徒歩圏内のところだった。二十一世紀が始まって数年、就職氷河期の中、実は深く考えて決めた就職ではない。

今のアパートは築年数も判らない程古ぼけた木造で、格安なのに部屋が二間続き、その上、京都の古い畳サイズ、つまり京間だった。同じ四畳半や六畳でも京間だと一畳近く広くて居心地が良く、だから就職課で情報を探す際の最優先事項は『近さ』だったのだ。

そこで出逢ったこのあまりにも近距離案件に試しに応募したところ、あっさりと内定が決まってしまい、それ以上の活動も面倒になってここで手打ちをしてしまった。

だからといって、取り立てて後悔とか迷いとかはなかった。肉体的に無理とか資格が不可欠とか、どうあっても自分には無理というものではない、ごく一般的な仕事であれば、業種や内容は何だって良かったのだ。

とにかくあの家に帰らないで済むのであれば。

あそこから自由になれるのなら、仕事なんて何だって辛くなどない。

伯母からの荷物は、あの電話の数日後に届いた。玄関先で、両腕で一抱えはあるその箱の大きさにあっけに取られる。

その場で開けてみると、中には三分の一くらいの大きさの箱がひとつと、そのまわりを埋め尽くすように一面に鮮やかな朱色の林檎が収まっていた。

ひんやりと冷たくつやつやの表面をそっと頬に押しつけて深く息を吸い込むと、甘酸っぱさと爽やかさが胸の奥までいっぱいに広がって、何故だか泣きたくなる。

ありがとう、と口の中で呟いて中の箱を取り出すと、ひら、とその後から白い封筒が一枚落ちた。表には『千晴へ』と書かれている。

中を開いてみると、伯母からの手紙だった。そこにはこの箱を開けずに相手の家に届けてほしいこと、特に連絡はいらないのでいきなり行って構わないこと、入れてある林檎をお裾分けしてあげてほしいこと、そして相手の家の地図に加え、その名が記されていた。森谷竜司《もりやりゅうじ》。わたしは生まれて初めて目にするその『叔父』の名を、つくづくと眺めた。

この家の場所、確かに就職先のすぐ裏手だ。歩いても五分とかからないだろう。つまりはうちとその相手の家とは相当近いのだ。下手をしたら、駅や近所のスーパーなんかですれ違っている可能性もある。いくら父親のことがあるとはいえ、何故黙っていたのか。

しかし、それにしても「いきなり行っていい」って言ったって、ねえ。

鮮やかな赤色の林檎の上の白い封筒を見ながら、わたしは首をひねった。手紙には家の地図と相手の名前はあったが、電話番号はない。

伯母に聞いてみるかと一瞬思ったが、すぐ頭を振った。「いらないって言ってるでしょ」と教えてくれないに決まってる。多分、何か訳があるんだろう。

わたしは林檎を幾つか取り出すと、台所に行って適当な紙袋にそれを放り込む。気がかりなことを溜めておくのは嫌いだ。すぐ、行こう。


自転車の荷台に箱をくくってカゴに紙袋を放り込むと、相手の家へと向かった。

就職先は表の大きな通り沿いだけれど、裏にまわると途端に細い路地となり、道沿いには急に町屋が多くなる。その車一台半程度の幅の細い道路から、更に細く奥へと続く道。

この道は初めてではない筈だけど、こんな横道、気がつきもしなかった。

ふたり並んで歩くのがぎりぎりのその辻に自転車を引いて入っていくと、左手は家の壁、右手には平屋の長屋が何軒か続いて並んでいる。相手の家は、この長屋の一番奥の筈だ。と、その途端、耳をつんざくような金属音が響いて、わたしはつんのめるように立ち止まった。

ちょうど自分の真横、四軒並んだ奥から二番目の家。その中からチュイーンという、工場でよく聞くような金属を削る音が聞こえてくる。

わたしはいぶかしく思いながら扉を眺め、その上に『工房　ＳＨＩＮ』と刻まれた小さな真鍮《しんちゅう》の板を見つけた。

伯母が記した家の場所は、ここではなく奥側の隣だ。だがそちらの家には表札ひとつなければドアベルさえもついていない。

なんて不親切な、と途方に暮れつつも、とりあえず自転車を一番奥まで引っ張り、長屋の端に北に曲がる更に小さな辻があったので、その端に寄せて停めておく。

その間にも隣の家からは金属音が間断なく続いていたけれど、とにかく紙袋と箱を持って、長屋の扉を叩いた。

「こんにちは」

音に負けじと声を上げてみたけれど、中から返事はない。

「すみません、どなたかおられませんか？」

音に張り合って声を上げて扉を叩いていると、何だかいらっとしてきた。伯母がどういう伝え方をしたのかは知らないが、いつ来るか判らない相手が来るんだから、家にちゃんといてくれないと困るのはこっちだ。

いや、でも、いるのかも。聞こえてないのかも、この音だし。

わたしは扉を叩くのをやめて、くるっと隣の玄関を向いた。

「すみません、一度静かにしていただけないですか」

とんとん、と隣の家の扉を叩いて声を上げたが、いっこうに音は止まない。

だんだん本当にいらいらしてきて――大体こんな家の密集地でこの騒音って、どうなのよ――それ以上断る気が失せ、いきなりガラッと引き戸に手をかけて開いた。

音が更に大きくなる中、眼前に思いもよらない開けた空間が広がって、わたしは一瞬棒立ちになった。

外見はごく普通の長屋の引き戸なのに、中は奥までどんと抜けた、十五畳くらいのコンクリートの床の作業場になっていた。真ん中にはあれこれ物の散らばった大きく古ぼけた木のテーブルがあり、床には金属の板や、正体が判らない機械が入った箱が幾つも置かれていて、右側の壁一面にみっちりとさまざまな工具が並べられている。

左手、『叔父』の家がある筈の側には壁がなく、床から五十センチくらいの位置にすりガラスの引き戸が三枚閉まっていて、その手前の床には大きな沓《くつ》脱ぎ石。

作業場の一番奥には、台所の流しと、その左手にトイレらしき木の扉、右手には勝手口のようなサッシの扉が見える。隣の壁際には小さな冷蔵庫とカラーボックス。玄関の脇、すなわち路地に面した窓の下には、子供の勉強机のような小さな机があって、何かの機械や鑿《のみ》や工具が置かれていた。

そして、部屋の真ん中のテーブルの脇に、細い、けれど大きな背中があった。床に置かれた低い椅子に腰掛け、壁に向かって何か一心に手を動かしている。

「……あんた、佐和《さわ》さんの？」

突然その背中から声がして、わたしは「えっ」と飛び上がった。その瞬間、初めて、いつの間にか音が止まっていたことに気がつく。

かたん、と何かを置く音がして、背中がのっそりと立ち上がる。

背が、高い。わたしの頭がやっと肩の下に届くくらいの、おそらくこの古い長屋の扉は腰をかがめないとくぐれないだろう高さの頭。それがゆっくりと振り返った。

わたしはその雰囲気に呑まれて、ただ立ちすくんだまま相手を見上げる。

……目つき、悪い。それが目の前に立った相手の第一印象だった。

肩幅は広いが細く痩せた体をして、顔も細面、麻らしい無地の長袖のTシャツを肘までまくり上げ、黒い髪は固そうに短く立っている。

相手はすたすたと歩いてきて、わたしの正面に立った。

「ああ、やっぱりや」

そして、わたしが両手に抱えている物を見下ろすと低い声で小さく呟く。

「あ、あの、わたし」

「うん、聞いてる。佐和さんのお使いやろ」

言いながらわたしの手の中から箱と紙袋を取り上げて、テーブルの上に置いた。

「はい、そうです」

佐和は伯母の名前だ。わたしは安心して、大きくうなずいた。ということは、やはりこの人が『叔父』、森谷さんなのだ。おそらくこの長屋を二軒続きで持っていて、片方が家、片方が工房なのだろう。

「全く、あのひともなぁ……」

聞かせる気があるのかないのか、森谷さんは口の中でぼそぼそとぼやきながら、ジーパンのポケットからくしゃくしゃの煙草とライターを取り出し火をつける。煙草が苦手なわたしはつい眉をひそめたが、それに気づきもせずくわえ煙草で箱のガムテープをはがして中を覗き込むと、眉根が寄り細い目が更に細まった。

一体、中身は何なんだと、一瞬煙たいのも忘れわたしは身を乗り出す。すると、森谷さんは眉根を寄せたまま、長い腕で箱から何かを取り出した。

「え?」

ブランド物の、ボストンバッグ。一泊旅行程度のサイズのそれはどう見ても女性用で、しかも見た感じは新品ではなく、どうも古ぼけたというか……何だろう。

知らず、わたしも眉間に皺が寄っていた。なんとなく、気持ち悪い。使い古された革の表面が妙にぬめっとしているようで、なんとも言えず嫌な感じだ。

伯母さん、一体何考えてるんだ……何だってこんなもの、人に送りつけるのだ?

森谷さんはバッグをテーブルの上に置き、開いて中を覗き込んだ。こちらから見える範囲では、中は空っぽのように見える。

「……ふん」

森谷さんは鼻をひとつ鳴らすとさっとバッグから顔をそむけ、テーブルの上の灰皿に煙草を押しつけた。紙袋の中の林檎に手を伸ばしかけ、ふとその手の汚れに目を落として、さっと奥の流しへと歩いていく。

わたしはその隙にそっとバッグに近づいた。正直、触りたくない。何かねとっとしたものが指につきそうで。でも気になってたまらない。

「――あかんぞ」

バッグの口を開こうと手を伸ばしかけた瞬間、奥の背中から声がして、わたしは雷に打たれたように動きを止めた。流しで手を洗っている背中を息を詰めて見つめると、きゅっと水道を閉める音がして、森谷さんが首にかけた白いタオルで手を拭きながら戻ってくる。

「そんなん触ったらあかん」

相変わらず厳しい目つきでそう言いながら、森谷さんはわたしとテーブルの上のバッグの間に割り込むようにして立った。

「でも、今、開けて」

やっとのことでそれだけ言うと、わずかに歯を見せる。

「俺はええねん。自分はあかん」

この、二人称に『自分』を使う関西独特の言いまわしには、引っ越してきた当初かなり混乱したが、さすがに一年半もいると慣れた。つまりこの場合、俺は触ってもいいがお前は駄目だ、ということだ。けど、その理由はさっぱり判らない。

「何故ですか」

「若い女の子が触るもんと違う」

訳が判らない。古ぼけてはいるが、どう見ても女物のバッグなのに。

森谷さんはわたしから遠ざけるように、壊れ物を扱うような慎重な仕草でバッグを手に取りそうっと中に戻すと、箱ごと持ち上げて隣と繋がった引き戸をがらりと開ける。内側は廊下で、その奥に襖が見えるが閉じられていて中は判らない。

森谷さんはその廊下に箱を置くと、隣に無造作に投げ出されていたジージャンを手に取った。胸ポケットから茶革の財布を取り出し中を覗き込み、ああ、とかすかに舌打ちして、こちらに向き直る。

「悪いけど、携帯貸してもらえんか」

その動きをただ見守っていたわたしは、急に尋ねられて「いえ、わたし携帯、持ってないんです」と首を振った。細い目が、驚いたようにちょっと大きくなる。

「あ、そう。えっと、そしたらテレカ持ってへん?」

「え、ちょっと待ってください……」

財布を取り出して中を開く。伯母から「外で何かあった時の緊急連絡用に」と渡されていたテレホンカードがあったと思ったが、どこにも見当たらない。

頭を左右に振ると、森谷さんは困ったように首をひねってしまった。

「十円玉多少ないやろか、これ、替えて」

そう言うと、自分の財布から百円玉を出してこちらに差し出してくる。

「え、でも、今、あんまり……これだけ」

わたしも慌てて財布を覗き込んで、ようやくあった七枚全部を手渡した。

「まあ、これなら充分やろ。ありがとう」

ひょいと百円玉をこちらに渡すと財布をテーブルに投げ出し、十円玉だけを手に持ってさっさと玄関に向かっていく。

「え、でも、わたし三十円ないです」

わたしは渡された百円玉を慌てて突き返した。今にも玄関を出ていこうとしていた森谷さんが、顔だけ振り返って唇の端をちょっと曲げて笑う。

「ええよ、そんくらい。お駄賃」

森谷さんはそう言って玄関の引き戸を開けて出ていってしまったので、わたしは慌てて追いかける。ジーパンのポケットに両手を引っかけ、すたすたと辻を道路へ出ていく背中が、正面にある煙草屋の店先、今どき珍しい緑の公衆電話に向かっていった。

見ていると、森谷さんは電話にまず一枚だけ十円玉を落とし込んで煙草をくわえると、素早く番号を押す。その市外局番は長野のもので、つまり電話相手は伯母なのだろう。

「……あ、もしもし？　うん、俺」

そう話しながら、次々と十円玉を一枚ずつ硬貨口に押し込んでいく。

「うん、受け取った。……うん、あれはな、あかんわ。無理や。こっちで処分しとくし。……ん、判った。ほな……ああ。……うん、おるよ」

こっちを見ながらの言葉に、胸がどきんと鳴った。

「佐和さん」

差し出された受話器を受け取ると、森谷さんはライターを取り出し、煙草に火をつける。

「千晴？」

「うん、伯母さん？」

と、その瞬間、森谷さんが目の前で盛大にむせ、わたしは二の句を失った。

「もしもし？　千晴？」

長い体を折るようにして激しく咳き込んでいる姿に、わたしは啞然として伯母の声を聞き流してしまう。何だろう、これ……笑って、るのか？

「千晴？　わざわざありがとうね。家、すぐ判った？」

「あ、うん、近かったし。ねえ、それより伯母さん」

あのバッグ何、と聞こうとした瞬間、硬貨切れのブザーが鳴った。

「あ、ごめん、切れる……」

言い終わらない内に、電話が切れてしまう。

「悪かった、切れてしもたな」

余程咳が激しかったのか、こちらを覗き込むように言う森谷さんの目の縁がにじんだように赤く、けれどもそのまなざしがほんのりと笑いを含んでいる。

その姿は最初のきつい印象と大分違っていて、わたしは相手の顔をもう一度見直した。

「いえ、別に……それよりそちらこそ、切れてしまって良かったですか」

「ええねん、用件済んでる」

わたしの問いにあっさり返すと少し肩をすくめて、またさっさと道を渡って辻に入っていく。少し遅れてその後に続いて家に戻ると、森谷さんは煙草を灰皿で揉み消した。

「伯母さんって、いっつもああ呼んでんの」

振り返ったその細い目は、やはりいたずらっぽい輝きを放っている。

「はあ、だって伯母ですから」

「そうかー……」

森谷さんはテーブルに右手をついて左手を口に当てると、さも可笑しくてたまらないという様子で、下を向いてくっくっと喉の奥で笑った。

「いや、あのひとな、俺には絶対そう呼ばせんかったから……初めて逢《お》うた時、『おばさん』言うた時のあのひとの顔ったら」

言ってる内にますます可笑しくなったのか、笑い声で言葉が詰まる。

「二度とそんな呼び方するなってむちゃむちゃ怒られて……それがどんな顔して『おばさ

ん』呼ばせてる思たら、もう可笑しいて可笑しいて……」

わたしは少々呆れた思いで、まだ笑い続ける姿を見つめた。そうしていると、つられてこっちまで可笑しくなってくる。

何故なら、想像できたから。まだ三十過ぎの年若い伯母が、中一の男の子に「おばさん」と呼ばれて真剣に眉をつり上げて怒っている姿。家出して何十年も連絡ひとつつなかった母親が、知らない男との間に産んだ二十歳も年の違う弟、それもつい先日その母親を亡くした相手を前にして、そんなことを全部脇へ置いて、自分を「おばさん」と呼ぶことに真剣に怒っている、その姿が。

そして同時に、判った。このひとは、伯母がとても好きなのだ。わたしが心底からそうであるように、このひともきっと初対面からすぐに伯母が好きになったのだ。

その瞬間に、わたしはこの『叔父』のことを好きになっていた。

胸の中があたたかいもので満たされるのを感じて、わたしは知らず、微笑む。

わたしのその笑みを見て、森谷さんはわずかに眉を上げた。それから小さく息をつくと、さっと紙袋の中の林檎に手を伸ばす。

あっと思う間もなくジーパンの表面で皮をこすって、かりっと音を立てて齧《かじ》った。

部屋の中いっぱいに、さあっと霧のように香気が広がる。

「自分も食べえや。敏行《としゆき》さんとこの林檎、久々や」

立ったまましゃくしゃくと林檎を齧りながら、森谷さんは紙袋をこちらに押してくる。

伯母の二度目の旦那さん、すなわちもうひとりの伯父の名を聞いて、わたしも林檎に手を伸ばした。地元でリンゴ園を営んでいるその伯父は、伯母と比べてずいぶんと寡黙で一見頑固そうだが、本当はとても温厚でこころのあたたかなひとなのだ。

森谷さんの真似をして、サマーニットで皮をこすってその赤い表面に歯を当てると、林檎を齧りながらこちらを見ていた目が微笑むようにわずかにすっと細められた。

しばらくして食べ終えると、当たり前のようにひょいっとわたしの手から芯を取り上げ、さっと沓脱ぎ石にサンダルを脱ぎ捨てて廊下に上がり、襖を開ける。

襖の中に見えた部屋は真ん中に座卓の置かれた和室で、その奥に姿が消えた。多分、長屋としての間取りは同じものだから、隣も一番奥が台所なのだろう。

やがて水音が聞こえてきて、わたしも自分の汚れた手に気がつく。部屋の奥の流しに行って手を洗って振り返ると、森谷さんが廊下の端に腰かけ、同じように手を拭いていた。

その姿を見ていると聞きたかったことが聞ける気がして、口を開く。

「あの、伯母のあの荷物、何ですか」

そう尋ねると森谷さんは一瞬、目を空に迷わせて片手でまぶたをかいた。

「んー……まあ、副業、みたいなもん。何つうか……鑑定、かな」

言い辛そうに語尾を伸ばしながら、足元に視線を泳がせる。

「かんてい？」

「あかんもんかどうか」

その言葉がまさにその言葉のままなら、質屋みたいなものと思われた。真贋《しんがん》とか価値の有無を判定する。ただ相手の言葉は、字面通りの意味ではないと直感的に思った。あかんという言葉の中に、単純な駄目という意味以上の何かがある、そんな気がしたのだ。

実際はそんなにじっくり考えていた訳ではなかったけれど、頭の中に一瞬の内にそうひらめきが走って、わたしは同時に言葉を発していた。

「あのバッグ、気持ち悪い」

はっきりと言い切ると、森谷さんは大きく目を見開いてこちらを見上げる。

「これだけ教えてください。あのバッグ、伯母の持ち物じゃないですよね？」

まじまじとわたしを見つめたまま、薄い唇の端がゆっくりと上を向いた。

「違う。あのひとの持ち物があんなんなる訳ない」

その断言に、こころの中の緊張が一気にほどける。その通りだ。伯母の持ち物なら、きっと皆、幸福そうに得意げに輝いている。

「古い知り合いにどうしてもって頼まれたらしいわ。正直俺はめんどくさいねんけど、佐和さんに頼まれたら断れへんしな」

その台詞に、伯母の言葉がはたと甦った。

「荷物、全然受け取らないって」

言うと、森谷さんは困ったように軽く片手を振る。

「わずらわしいねん、俺、宅配とか……いちいち仕事の手止めんのもめんどいし、受け取ったらやらん訳にいかんし。受け取らんかったら頼まれたことにならんやろ」

いい大人が言うことかと、わたしはかなり呆れて森谷さんを見下ろした。

「そういえば、電話」

「ああ、あれもな、俺好きちゃうから持ってない」

「じゃ、なんでわたしが来るって」

「手紙」

今時手紙って、とわたしは完全に呆れ返った。これは完璧に変人だ。そう思ったわたしの表情を見てとったのか、森谷さんは片眉を上げてみせる。

「そんなん言うけど、今時の女子大生で、携帯持っとらん子も充分珍しいんちゃうの」

突然思いもよらないところを突かれて、ついむっとしてしまう。

「欲しいと思ったことがないですから」

本当にこれはストレートな気持ちなのだが、何故か人には全く理解してもらえず、その度にわたしはうんざりしていた。いらないものはいらないのだ。

「なんで」

興味深そうにこちらの目を覗き込んでくる、その声が少し意外だった。聞き返されることは初めてではないのだが、それはいつも「何それ？」みたいな、つまりは「あなたおかしいんじゃない？」的なニュアンスを含んでいたからだ。こんな風に、ただただ素直に問われたのは初めてだった。

「わたし、わがままなんで。それに勝手だから、家でもないのに他人に好き勝手に電話かけてこられて、何してるとか居場所聞かれるとか、まっぴらなんです」

「不便違うの」

そう言いながら何故か、森谷さんはひどく楽しそうな顔をしてわたしを見ている。

「携帯がなくて不便なのって外でうまく会えなかったりする時ですけど、相手が持ってれば問題ないですもの。わたし、基本的に約束には遅れないし、もし遅れそうだったり、逆に向こうが来なかったりすれば、家の電話か公衆電話から相手の携帯にかけますから」

「自分からはかけるんや」

「そりゃ万一の時にはいいです。会えなかったら困るじゃないですか。それに、携帯を持ってる人は、他人に好き勝手に電話をかけてくる自由を許した人だと思ってますので」

至極真面目に答えているのに、勢いよく噴き出された。

「何ちゅうか、さすがやな……さすが、あの佐和さん自慢の姪っ子や。見事な変人やわ」

つい先刻、自分が内心で変人認定した相手に変人呼ばわりされるのは、どうも納得がいかない。

「変じゃないです。普通です」

真顔で反論すると、森谷さんは笑いながらも一瞬、ふっと目を細めて口元を引き結んだ。

「そやな。まともや。筋がある」

でもそう言うと同時に、またくすくすと笑う。

が、「まともや」と言った時に一瞬よぎった真面目な表情と笑っているその様子に、わたしは急激に反論する気を失った。先刻伯母の話をした時と同じで何の悪意もない、逆に柔らかな好意の放射が感じられたのだ。

気に入られたのだ、それがすぐに判った。伯母と同様に、わたしもこのひとに気に入られた。何故そんなことが判るのか判らなかったが、それはただ当たり前のようにそうに決まってる、と自分の胸にすっぽりと納まった。

「まあ、家電《いえでん》も携帯もない俺から『変人』言われたないわな。すまんかった」

頬にまだ笑みの気配を残して森谷さんはそう言うと、こちらに長い手を伸ばす。

「要するに似たもん同士や、俺ら。……モリヤリュウジ。よろしく」

わたしは慌てて、その手を取った。

「あ、篠崎《しのざき》、千晴です。よろしくお願いします」

骨のごつごつと目立った、乾いた肌の長い指をそっと握って、わたしは伯母の言った「似てるんだよ、あんた達」という台詞を思い返していた。

夜になって、伯母から電話があった。森谷さんの生業は彫金師なのだそうだ。大学で学んでいた時に教授に大変気に入られ、弟子入りして彼の工房に就職。だが数年後、教授は病で亡くなり、その際に遺言で工房と家とを譲られたのだという。

そして、あのバッグ。

「もともと、母親がちょっと勘の強い人でさ」

伯母は、そんな言い方をした。

「人の持ち物を見て、あれこれ言うのよ。で、それがまた妙に当たっちゃったりする訳。どうも家出後は、そういうことで小銭稼いでたみたいでね」

副業と言った、森谷さんの言葉を思い出す。

「あの子を引き取りにいった時に、依頼人が訪ねてきたのよ。それでまあ、亡くなったのは仕方ないから、物を返してほしいって……その時にさ、あの子が言ったの」

――あれ、もう持たん方がええです。

「ぼそっと一言言って、それ以上は何聞いても答えなかったんだけど……相手は妙に納得したみたいで、こっちがさんざん断るのにお礼押しつけて帰っちゃってさ」

それから何度か彼に会いにいった際に、伯母は試しに友人や知人からいわくある物の類を借りて、渡してみたのだという。殆どは「どうもない」と突き返されたが、ごくごく一部の物については渡した瞬間、きゅっと顔色が変わるのがはっきりと判ったのだそうだ。

そんな時は、彼はそれを持ってほんの二、三分奥へと引っ込み、また戻ってきて「もうどうもないから」と言ってそれを返すか、あるいは手ぶらで戻ってきて、「あれはあかん」と言い、二度と返さないかのどちらかだった。

「正直、あたしにはどれもみーんな、おんなじに見えたんだけどねえ」

伯母がまるっきり呑気な調子で言うのに、わたしはごくりと唾を呑む。

「あのバッグも、敏さんの知り合いのなんだけど、持って出かける度に変なことが起きる、処分したいけど祟りがありそうで嫌だって言うんで、これは久々にあの子の出番だなって。せっかくだからあんたに持っていかせよう、って思いついた訳さ」

茶色い革の妙にぬめっとした嫌な光り具合を思い出して、わたしは軽い目眩がした。

「あのさ、また頼むかもしれないから」

だから、そう続いた伯母の言葉には少々面食らう。

「そのご近所さんが、まわりに広めちゃったみたいでさ。でもあの子んちに直接に荷物なんか送れないし、問題なけりゃ送り返してもらわなきゃいけないのに、あの子に任せてたら何年経ったって戻ってきやしないもん」

「でも」

「大丈夫。あの後、またあの子から電話かかってきたんだけど、その時に了解取ってあるからさ」

今度こそ本当に目眩がして、わたしは受話器を握り直した。

「昼間はいないこともあるけど、夜は大抵家にいるから、いつ来てくれても構わないって。家にいれば、寝る時以外は工房側の鍵は開けっ放しだから、ノックもなしで勝手に入ってきていいって言ってたよ」

わたしは一瞬、絶句する。断ろう、瞬間的にそう思ったけれど、その理由がひとつも思いつけず、ただ口を開いたまま一言も発せずにいた。

「送り返す時は着払いでいいし、あんたにもお礼はするから。じゃ、頼んだよ」

何も言えない内に、伯母は一方的に言って電話を切ってしまった。切れた受話器を見つめ、ひとつ息をつくと座椅子に深く沈みこむ。本来ならふたりのやりとりで済むことを、互いが面倒な部分を省く為に便利屋をさせられているようで、どうも面白くない。

とりあえず、もう一度だけやろう。それから後は断ろう。わたしはそう決めると、お風呂を沸かしに立ち上がった。

ふと、座卓の上に籠に入れて置いた、林檎の山が目に入る。真っ赤にぱんっと張った表面に、さっと刷毛ではいたように黄緑色の走った、つやつやとした丸いかたち。

それが目に入った瞬間、あのひんやりと薄暗い工房の中にいっぱいに満ちた甘酸っぱい香気がまざまざと甦った。


次に伯母からの荷物が届いたのは、その電話から一週間後、ちょうど恋人が以前借りた本を返すからと、学校帰りにうちの玄関先に立ち寄っていた時だった。

本を受け取ってからその場で箱を開けると、この間のように中に小さな箱と、その脇に大きな蜂蜜の瓶、それにハーブティが入っていた。どちらもわたしの好物だ。こんなものでごまかされないんだから、と思うも嬉しかったので勝手に頬がゆるむ。

「それ、伯母さんから？」

箱の中から瓶とお茶の袋を出していると、恋人が身を乗り出してくる。

京都という古い街に生まれ育ちながら、恋人は霊感系の話が嫌いだ。だからわたしは、市内に親戚がいた、という話はしたものの、森谷さんの例の話は内緒にしている。

「うん。あ、このお茶おいしいの。飲むなら分けましょうか？」

話を変えたくてそう聞くと、恋人は手を振り「俺ハーブ系苦手。ええわ」と言った。

「そんなんって男で好きな奴あんまおらんで。女の子は好きやろけどさ」

「ふうん……じゃ、どこかコーヒーでも飲みにいきます？」

「いや、ええわ。今日もう帰るし」

急な言葉に驚いて振り返ると、恋人はもう既にかまちから立ち上がりかけている。

「駅に用事あんねん。本もう返さんと困るやろし、ついでに寄っただけやから」

ついでって、と不満を言おうとしたのが顔に出たのか、恋人はものすごい早口で素早く言葉を継いだ。

「明日朝早いねん、俺。朝いちで大阪に面接。準備もせなあかんし、また今度な」

ひと息に言うとさっと上着を羽織って、ばたんと戸を開けて部屋を出ていってしまう。去っていく足音を聞きながら、わたしは見送りに出る気力もなくその場に座り込んだ。

恋人とは、つきあい始めて半年程になる。わたしの通う短大は彼のいる四大と同じキャンパスで、そこで入ったミステリ研究会の先輩だったのだ。

まさに侃侃諤諤《かんかんがくがく》、といった様子で熱く難解な議論を交わす先輩達に、ただ「ミステリが好きだから」程度の自分を含めた新入生達はかなり引いていた。そこに気さくに、感想レベルの話につきあってくれ、上回生との仲を取り持ってくれたのがそのひとだった。

そんな中、わたしはミステリ映画も好きなんですという話をした数日後、アガサ・クリスティの原作を基にした映画に誘われたのだ。

見たかった映画だったので誘いに乗って、その後も何回かそんなことが続いて——そして、上回生の卒業追い出しコンパの時、同期の女友達に「先輩と自分、つきあってんねやろ？」といきなり言われたのだった。

わたしはそれを、即座に否定した。だって本当にただ映画を見ただけで、お茶やご飯はしても、それ以上のことは一切なかったのだから。映画も最初の一回を除いて、後は全部自分の分は自分で払うことを貫いていたし、大体、自分みたいな愛想のかけらもない女とつきあいたがる人間がいるとは思えなかった。

ところがその次の日、思わぬ告白をされたのだ。

「実のところ自分はもう半分くらいつきあってるつもりだった、なのに昨日あんなに完全に否定してるのを聞いてかなりショックだった」と。

その時の見事なまでのしょんぼりっぷりがひどく胸にはまってしまい、生まれて初めて男の人を可愛いと思った、それが始まりだった。

経験がなくて判らないけれど、遊びに出かけたりするだけでいいのなら、と始まったつきあい。だがそれは、思っていたよりずっと楽しい時間だった。とはいえ自分の中の先輩と後輩という距離感はなかなか上手く変えられず、まだ手を繋ぐ以上のことはない関係だ。

けれど、ひと月半程前にわたしの就職が決まってからは、デートすらろくにしていない。就職氷河期の真っただ中、恋人も三回生の終盤から就職活動に勤しんでいたのに、なかなか内定を取れずにいた。そんな中、大して面接の数をこなしていなかったわたしが、深い考えもなく受けたホテルであっさり内定を取ってしまったのだ。

それを報告した時の恋人の顔は、忘れることができない。

その時のわたしは仕事が決まったことは勿論、これで実家に帰らなくても済むようになった嬉しさと、帰らなくて済む、すなわち恋人と遠距離にならなくて済むという三重の嬉しさで頭がいっぱいだった。離れなくていいことになったのだからそれを聞けば向こうも喜んでくれる、そう単純に考えていた。

だが内定を告げた瞬間、恋人の顔はこわばって歪んだ。ほんのわずかに眉が上がって目が見開かれた、たったそれだけで、今までずっと心底お人好し顔だと思っていた顔つきがこんなにも変わるのだと、わたしは身をもって知ったのだ。

心臓が凍った刹那、その表情はさっと掃いたように消えていた。

「ほんま、おめでとう。良かったやん」

笑顔で言われた、それが八月はじめのことだ。あれからわたしは、いまだに恋人から「嬉しい」という言葉を聞いていない。

勿論、そんな言葉を望むのが身勝手だということはよく判っている。呑気に彼女の内定を祝う暇があるなら、ひとつでも面接に行った方がいい。

それでもわたしは、「離れなくて済んで嬉しい」、そのたった一言が聞きたかった。


どれ程ぼんやりしていたのか、外で鳥が鳴く声がしてふっと我に返った。木製の扉にはまった菱形のすりガラスを見やると、陽が傾きかけているのか赤みがかっている。

恋人とは、最近サークルでも学食でも殆ど顔を合わせることがない。今日の本は、夏のはじめに貸したっきりのものだった。返しに来たのは、それがサークルの読書会での課題本に決まったからで、そうでなければきっと来てはくれなかっただろう。

ぴたりと閉まった扉を見つめて、わたしは小さくため息をついた。

あのひとは、今わたしを見ているのが嫌なのだ。就活を始めてすぐに、短大の年下の彼女が先に仕事を決めてしまった、なのにいまだに自分は内定ひとつ取れない。そんな焦りと苛立ちでいっぱいなのだ。わたしの顔を見ると、その苛立ちが助長されてしまうのだ。

全部、判っている。判っていて、でも、辛い。何もかも全部わたしにはどうにもできないことなのが、辛い。

もう一度小さくため息をついてから、夕飯の支度をしよう、そう思いゆっくりと立ち上がる。と、手元に置かれたハーブティの袋が目に入った。

そうだ、あれを持っていってしまおう。そしてきっぱり、次からの依頼は断ろう。

わたしは玄関の隅に置いた箱と、ハーブティの袋をひとつ引っ摑んで、勢いよく家から飛び出した。

　先日と打って変わって、森谷さんの家はしんと静かだった。辻に面した梨地模様のガラス窓の向こうに、明かりが見える。

　わたしは扉の前に立つと、一度大きく深呼吸して、ひと息にガラリと戸を開いた。

「――おう」

　一拍遅れて声がして、窓辺の机に向かって何やら作業していたそのひとが、すっと顔を上げ、目をやや細めたきついまなざしでこちらを見る。

「こんばんは。今日は静かなんですね」

「え、うん、こないだはちょっと頼まれて大きいもん切ってたさかい。普段はアクセサリーしかやらんねんけどな」

　言いながら、こきこきっと両の肩をまわして机を離れ、奥の方へ向かっていく。

「コーヒー飲むか」

「あ、いえ、いいです」

「なんや、遠慮してんのか。ああ、なんか急いでる？」

　わたしが早口に断ると、森谷さんは怪訝そうにこちらを振り返る。

「いいえ、でも」

「ほなええやろ。淹れるで」

「いやっ、いや、待って、あの……あの、わたし、コーヒー飲めないんです」

こっちの言葉を聞かずにどんどん話を進めていくのに、もうこれは失礼でも言わねば仕方がない、と腹を決めて言ってしまうと、森谷さんはきょとんとした顔で動きを止めた。

「駄目なんです、味も苦手だし、ちょっと量飲むとお腹壊すし」

「ああ、まあそらしゃあないなぁ……えっと、そしたら茶ぁでも淹れよか」

その言葉で思い出して、わたしは手の中のハーブティの袋をぐいっと前に差し出した。

「伯母さんから。ハーブティ」

すると森谷さんは困ったような顔になって、軽く頭をかく。

「俺、あかんねん、それ。あんま好かん」

そう言われて、今度はわたしがへえ、という思いがした。

「やっぱ男の人って、皆そうなんだ」

思わず声に出して呟くと、目の前で森谷さんの眉がはね上がる。

「やっぱって……何？　男？　彼氏？」

矢継ぎ早に言われて、わたしは不意を突かれて口ごもった。勝手に頬に血がのぼってくるのが自分で判り、その事実がまた一層、血を逆流させる。

「へえー……まあ女子大生やもんな、彼氏のひとりやふたりや三人はおるやろな、そら」

「そんなにはいません！」

反射的に大声で反論すると、森谷さんは高い背を折り曲げるようにして笑った。

「そらそうや、そうは見えんわ。そしたら自分、それ飲みぃや。俺コーヒー淹れるし」

頭に血がのぼっている内に一気に言われて、言葉を返す隙もなく立ちすくむ。

森谷さんはすたすたと奥の台所に行って、やかんに水を入れて火にかけた。

わたしはすっかり毒気を抜かれてテーブルの前に腰を下ろした。森谷さんは火をつけた煙草をくわえながら、フラスコ型のガラスのコーヒーメーカーに豆をセットしている。

「あの、これ、伯母から」

椅子から半分腰を上げながらその背に小さな箱を差し出すと、森谷さんがくわえ煙草で目をすがめて振り返り、こちらへと来た。

箱を手に取り、その重さをはかるように小さく手の中ではずませる。「軽いな」と小さく呟き、箱をテーブルに置いて開いたその唇が、ふうっとほころんだ。

その急激な表情の変化に、わたしは一瞬、目を奪われた。目の端に常に漂っている険がすっかり抜けた、ひどく柔らかで、やさしい微笑み。

つい見とれていると、森谷さんは笑みをたたえたままの唇から煙草を外し、ぎゅっと灰皿に押しつけて火を消した。その目は、吸いつけられたように箱の内側に向けられている。

わたしは身を乗り出して、その中を見た。可愛い、ぱっと胸の中にその言葉が花開くような、木彫りの人形。大きさはわたしの手の平くらいで、鑿跡もざっくりとした、おおざっぱに彫られた二等身くらいのおかっぱの少女の姿だ。

見つめている自分の口元にも、勝手に微笑みが浮かぶ。顔の表情もはっきりとしないのに、その姿はまるで全身で微笑んでいるようだ。

素のままの木肌はつやつやと黒光りして、ずいぶん年季が入っているようで、なのにちっとも古びた感じがなくいきいきと輝いて見える。

「ええな、これ。……持ってみ」

森谷さんは人形をわたしの方に寄越すと、自分は箱を手に取る。受け取ると、それはちょうどいいサイズでわたしの手の中にすっぽりと収まった。木肌の感触があたたかい。

横を見ると、森谷さんは箱から手紙を取り出し、目を通している。

「これは？」

この間と違い、聞いても大丈夫だ、そう思って尋ねると森谷さんはこっちを見た。

「佐和さんの友達が、お爺ちゃんにもらった物やて。ずっと大事にしてて、今度息子さんが結婚するのにお嫁さんにあげたい、言うたら、旦那に『そんな汚い物』言われてんて」

それを聞いて、わたしは思わず「は？」と声を上げた。確かに古い物だが、この全身からにじみ出る愛らしさと幸福感に気づかないなんて、どうかしている。

「ほんま、どうかしてるよなぁ、その旦那」

森谷さんはわたしの思いと全く同じことを言いながらも何故か満足そうな顔をして、わたしの手から人形を取り上げ、天井の明かりに透かすようにしてすうっと目を細める。

「代々ずっと守ってくれるわ、こんなん傍におったら」

「うん」と力強くうなずくと、ちらっとこちらを見て、歯を見せて笑った。

同時に部屋の奥でやかんが鳴り出したのに目をやり、大事にその人形を箱に入れ直すと、わたしに背を向けて台所に立つ。

部屋には先刻消された煙草の匂いがまだ色濃く残っている。そしてそこに重なるように、少し酸味を含んだ、淹れたてのコーヒー特有の香りが満ちていく。

どちらも、わたしの苦手な――煙草に至っては嫌いな香りだった。それなのに何故だか、部屋をいっぱいに満たしていくふたつの入り交じったその香りに、ひどくこころが落ち着き、背骨と腰からするっと力が抜けていく。

わたしは相手がコーヒーに集中しているのをいいことに、その姿をじいっと見つめる。まだ逢うのはたった二度目、しかも存在すら知らなかった『叔父』という飛び抜けて特殊な相手。なのに何故こんなにも、心安い気持ちで自分はここにいるのだろう。

……異質さが、ないのだ。そんな言葉が、唐突にふっと浮かび上がってくる。この部屋の中、自分がいて相手がいる。そのすべてがすっかり同じ空気の色に染まっていて、どこにも違和感がない。

恋人にさえ、こんな風に感じたことはない。いや、むしろ恋人といる時は、自分と違う相手の存在を常に強く感じていた。意識して、緊張して、胸のどこかがきゅっと引き締まる。勿論それは悪いものではなく、同時にこそばゆいような嬉しさも伴っていたが。

だが今は、まるで人肌の温度のお風呂の中にいるようだ。体とお湯との区別がなくなる程しっくりと馴染んだ中に、一部分だけぽっと、他よりあたたかい塊があって――その塊が、カップを持って振り返った。まじまじと見つめていた自分に、少し気まずさを覚える。

「ああ、自分のカップ……とりあえず、これ貸すわ」

わたしの瞬間の動揺には気づきもせずに、森谷さんはカラーボックスの奥から青いマグカップを取り出すと、お湯を注いで差し出してくれる。

「あ、はい、すみません」

慌てて受け取ると、手の中にすぽっと入ってきたカップの肌触りの心地よさに「あ」と小さく声が出る。すると森谷さんが斜め向かいに座りながら、「ん？」と聞き返してきた。

「いえ、あの……使いやすいカップだな、と思って」

ほんのわずかに胴が膨らみを帯びた厚手の群青《ぐんじょう》色のそのカップは、まるであつらえたように手にしっくりと馴染んだ。

「……そうか？」

そう言ってわずかに歯をひらめかせて微笑したその顔に、わたしは一瞬、息が止まった。もともと細い目が更にふうっと細くなり、その奥にやさしい輝きがともる。

「そら良かった」、どことなく満足そうにそう言って、コーヒーをすする顔つき。

その急な表情の変化の意味が摑めず、わたしはなんとなく所在ない思いで、ふー、とカップの中のお茶を息で冷まして、ゆっくりと飲み始める。

酸味の利いたその味に、揺れかけたこころがまたゆったりと落ち着いてきた。

「……あー、生き返った」

森谷さんはコーヒーを飲み干すと大きく伸びをして立ち上がり、流しへと向かう。

「そしたら、これ、佐和さんに返さんと。……ほな頼むわ」

いきなりそうあっさりと言い捨てた背中に、「ええっ?」と声が出てしまった。

「なに」とびっくりしたような顔で、森谷さんがこちらを振り返る。

「いや、だって、それおかしくないですか。伯母さんとあなたとの間のやりとりじゃないですか。それくらい自分でやりましょうよ」

よく考えてみたら今後は断るつもりだった。そう思い、つい強い口調で言ってしまうと、驚いていた森谷さんの目がゆっくり瞬き、口元がやわらいだ。

「……うん、まあ、そらそうや」

それだけ言ってまたくるりと背を向けると、流しにカップを置いてこっちに戻ってくる。

「まあでも、そんなんが面倒やから、ずっと知らんふりしててんけどなぁ……ほんま、抜け目ないな、佐和さん」

ぼやきながらもわずかに笑いを含んだ、その目元。それを見てわたしはついきつい口調になってしまったことが悪く思われなかったのに安心し、相手を見上げる。

「よし、そしたらついでに家送るわ」

え、と聞き返した時にはもう、森谷さんは脇のガラス戸を開け家の方へと上がり、片手にガムテープを持って戻ってきていた。テープを破って、丁寧に箱の蓋を閉じる。

「ほな行こか」

そう言って、返事も待たずに戸口に向かう背中を、わたしは慌てて追いかけた。

「佐和さん、地図描いてくれたけど、家、こっちで合ってるよな」

伯母の手紙を手に道に出ると、森谷さんはひょい、と長い指で南を指し、すたすたと歩き出した。小脇に箱を抱えたまま、ジーパンのポケットから煙草を取り出し、火をつける。

外は陽がもう殆ど落ちて、西の空が広々と赤かった。すうっと流れてくる煙を避けて、少し後ろを歩く。目の前の肩幅のある広い背中に、西日がオレンジ色に映っている。

線路の脇に出て東に歩くと、すぐ隣を姫路行きの新快速が夕陽に向かって走っていった。電車を追いかけるように、煙草の煙がくるりと渦を巻いて西へ流れる。

……ああ、赤い。もうわずかに冷えかけた空気をなんとかあたためるように、西日が辺りをいっぱいに満たしている。

黄昏の中、前を歩いていく、広い背中。

何故だろう、何だかふっと懐かしいような、そんな心持ちがした。どこの誰ともこんな記憶はない筈なのに。

それなのに、そのどこか甘やかで、それでいて薄く鋭い刃先ですっと薄皮を切られたような、奇妙な切なさを含んだ懐かしさは、胸の底に巣食って消えなかった。

コンビニに寄って荷物を送ってしまうと、森谷さんは本当にわたしの家までついてきた。

「へえ、こんなとこにこんな古いアパート、まだあんねんな」

アパートの前に立って、感心したように腰に両手を当てて建物を見上げる。

「そちらの長屋も、相当古そうですけど」

確かに古いが気に入った住処だったので、つい言い返してしまうと破顔された。

「確かに。競ってるな」

「あんなところで、あんなにうるさくして、大丈夫なんですか」

「普段は俺は小物しか扱わんから、音なんか大したことないねん。それに、先代の時からご近所にはようしてもうてるし、昼間にやる分には誰も何も言わんよ」

「先代？」

「ん」と短く言うと、新しい煙草をくわえる。

「俺のお師匠さん」

その言葉に、伯母の話を思い出した。教授の工房に弟子入りして、その人の病死後、家ごとその場所を継いだのだという。

「……シン、さん？」

工房の表にあった『ＳＨＩＮ』という文字を思い出して呟くと、森谷さんは「え？」と驚いたように細い目を大きく見開いてこちらを見た。

「あ、あの、工房の名前。シンって」

その驚きっぷりにこっちがちょっと口ごもりながら言うと、二、三度瞬きする。

「……ああ」

それからゆっくりとその顔に笑みを広げると、まだ火をつけていない煙草を口から外して、指にはさんだ。

「あれは俺の名前」

モリヤリュウジ、という名のどこに『シン』が入るのか判らず、わたしは首を傾げる。

「センセイがなぁ……最初ずうっと、ひとのこと『シンタニ』って呼んでてな」

森谷さんはわたしから視線を外して、暗くなりはじめた西の空を見やった。

「俺、誰にどう呼ばれようがどうだって良かったし、ずっと訂正もせんと放っといてんけど、いつやか誰かが、いらんおせっかいして、わざわざセンセイに教えてな」

センセイ、というその響きが、味気のない固い漢字ではなく、懐かしさを含んだ夢の中のもののように聞こえる。

「センセイ、むっちゃ申し訳ながってなぁ……なのにその後もしょっちゅう、『シンタニ』言うてまうねんな、あのひと」

そうぼやくように言う声も苦笑の漏れる口元も、何もかもひどくやさしい。

「子供の頃、仲良かった子に、おんなじ字ぃで『シンタニ』って子がおってんて。そのせいで頭っから そう思ってもうたって。俺は別に『シンタニ』だって構へん、言うてんけど、いやそういう訳にはいかんやろって、言いながら言うた端からすぐ間違えてさ」

……そのひとのこと、好きだったんだなあ。横顔を見ながら、こころからそう感じた。

目の前の相手の、一見してずいぶんととっつきにくい、内面の偏屈さがはっきりかたちになったような姿。若い頃には更にそのエッジが際立っていて、けれど同時にそのセンセイを深く尊敬して慕っていた、そんな様子がありありと見えるようだった。

出逢ったばかりの十近く年の離れた異性のことが、何故こんなにも手に取るように伝わってくるのか。ひどく不思議だ。

「そんで、さすがに間違ったままの名字で呼び続けるのもあれやし、けど今更『モリヤ』とも呼び辛いし、言うて、そんで間取って『シン』」

それのどの辺が間を取っているのかよく判らなかったが、そう言う森谷さんの瞳が遠い風景を眺めているように見えた。その横顔に、受け継いだ工房に『ＳＨＩＮ』と名づけた思いが透けて見え、わたしは思わず目を細める。

「いい、センセイだったんですね」

そのひとへの愛情が伝わって、胸がいっぱいになりそれだけ言うと、森谷さんは驚いたように片目だけを少し見開いてこちらを見下ろしてきた。

「……ん」

鼻の奥で短く答えると、指にはさんだままだった煙草をくわえ直して、カチリとライターで火をつける。

「ほなな」

するとごく唐突に別れの言葉を告げられ、くるりと背を向けられた。そのいきなりさに驚き、けれど、図星だったんだと思う。何故こんなにも易々と相手のこころが摑み取れるのか自分でも不思議で、でも当たり前のことのような気もした。

自分とこのひとは、何かが繋がっている。

「さよなら……森谷、さん」

それでもさすがにいきなり『叔父さん』とは呼ぶ気にはなれずに、そう言って背中に頭を下げると、森谷さんが足を止め体半分だけで振り返った。

「シン、でええよ」

「えっ？」

驚いて見上げた顔はもう殆どが闇に包まれている。その上、そこに更に煙がぼんやりと覆いかぶさっていて、表情が全く見てとれない。

「シン。そんでええ」

薄暗い中からそれだけはっきり言うと、わたしの返事を待たずにくるりと背を向けた。


その晩の電話で、伯母はあの人形のことを話してくれた。

「見たら判るだろ、いい物だって。お墨付きにするから、って無理に借りたんだよ」

その相変わらずのおせっかいぶりに、わたしは電話口で笑ってしまう。そのせいで、「じゃ、ありがとね。また次もお願い」と言った伯母に、なかなか断りの言葉が言い出せなかった。

「つまり、だから……もうわたしを使うの、やめてよ」

が、しばらく言いよどんでいる内にもう面倒くさくなってしまいきっぱり言うと、伯母はえっ、と小さく声を上げた。

「あの子何か、あんたの気に入らんことした？　ああ、煙草吸うし？」

「まあ、それは確かに嫌だけど……なんて言うか、わたし、運び屋じゃないし」

ぼそぼそっと言ってみると、自分のこころの中にかちりとはまるものがあった。

伯母から荷物が来る。それを持って、自分は叔父の家へ行く。

それが嫌なのだ、そう気づいた瞬間、勝手に頭に血がのぼり頬が熱くなった。

「別にそんなつもりじゃないんだけど……そんなに面倒くさい？」

電話の向こうの困ったような伯母の声が、妙に遠く小さく聞こえる。違う、そう言いたかったが声にならなかった。

頼む荷物がなくなれば、自分が叔父の家に行く理由がなくなる。それがわたしは、嫌なのだ。そんなことでしかないのなら、最初からそんな繋がりすら持ちたくないのだ。

「わたし、便利屋じゃない」

思うと同時に、自分でも意外な程はっきりとした声が出た。

「荷物は伯母さんと叔父さんとの間のことでしょ。それにわたしを使わないでよ。そういうことは、ふたりで勝手にやってよ」

便利屋じゃない。そのこと自体は最初に感じたことと同じだったけれど、こころの中の位置は今は全然違っていた。

最初はただお互いが手を抜く為に自分が利用される、それが嫌だった。でも今は、それだけじゃない。自分があの叔父にとって便利屋でしかないのが嫌なのだ。

ひとを「似たもん同士」と言って笑った、夕暮れの中で連なって歩いた、「シンでええ」と闇の中で呟いた。あのひとにとって、自分がただの運び屋にすぎないことが嫌なのだ。

それなら最初から『血が繋がっているだけの見知らぬ他人同士』の方がいい。

「……そうか、ごめん」

かあっとなっていた頭が、伯母の声にふっと冷えた。ああ、言いすぎた。

「あの……ごめん」

「いや、あたしも悪かったよ。そしたらさ、申し訳ないんだけど、押しつけられちゃったのがひとつだけあんのよ。その一回だけ、なんとか頼まれてくれないかな」

「判った」

拝むような伯母の声に、自分が感情のままにきつく言いすぎたという自覚もあって、わたしはうなずいた。

「良かった……えっと、他に漬け物かなんか送るから。来週くらい、ね？」

伯母の言葉にまたうなずいて電話を切ると、わたしはひとつため息をついてその場にしゃがみ込んだ。指の背を頬に当てると、まだ熱いそこにひんやりとした感覚が伝わる。

これは……一体、何だろう。誰かにこんな風な感情を抱くのは初めてだ。きちんと対峙して、きちんと繋がっていたい。恋人に抱く思いとは全く違う。かなり仲の良い友人にも、伯母にさえこんな思いを抱いたことはなかった。

わたしは抱え込んだ膝にまだほのかに熱い頬をうずめて、深く息を吐いた。


言葉通り、数日後に荷物はやってきた。箱の中にはまたも小さい箱と、この間より少なめの林檎、それから伯母の地元名産のわたしの好物の漬け物が入れられている。

わたしはそれを持って森谷さんの家へと向かった。

この何日か、わたしはその家の前の道をなんとなく避けていた。ついほんのひと月前には、ここは他のすべての道と変わらない、何の意味もない路地だった、それなのに。

長屋の前の細い辻に入ると、工房の窓に明かりが見えた。あの明かりの向こうに森谷さんがひとりで暮らしている、そう思うと、心強いような不思議な安心感が胸に満ちてくる。カーテンを通して見える光に、遥か昔のことが甦った。

知らない家の飾り窓、可愛らしいカーテンの間から道の上に光がひと筋、漏れている。その隙間をそうっと覗き込むと、笑顔でテーブルを囲む他人の家族。空っぽの両手を握って、暗い道からそれを見つめている小さな自分。

どうしてこんなことを思い出すのか……本当に、どうかしている。

わたしは玄関の前に立ち、息を吸い込んで頭の中のもやもやを全部追い払った。

「こんばんは」

引き戸に手をかけ、ひと息に開く。

「——おう」

テーブルの前に座っていたそのひとが、斜めにこちらを見上げる。

そこに散らばっていた、描き散らされた何枚ものスケッチを見た瞬間、わたしの意識から雑念が全部飛んでしまった。幾つかには薄く水彩で色もつけられた、指輪やネックレスのデザイン画。

作品の大半は、細かく複雑な曲線でかたちづくられていた。部分的に宝石も見えるが、基本的にはラインの美しさだけで勝負しているものが殆どだ。

「綺麗……」

無意識に呟きながら見ると、森谷さんの手元では青っぽい粘土のような物が細工されている途中だった。そのかたちはすぐ横のスケッチの小花の咲いた細い枝と同じで、おそらく型をつくっているのだろう。

「仕事や、仕事。売れるもんつくらな話にならん」

森谷さんは乱暴な口調で言うと、ざっとスケッチをまとめて裏返してしまう。

照れてるんだな。可笑しくて笑うと、こちらをじろっと睨んでからそっぽを向いた。

「で、どないしてん、今日は」

わたしははたと自分の目的を思い出し、林檎と漬け物を入れた袋と、依頼の箱とを両手で同時に差し出した。

「……ああ、佐和さんのか」

森谷さんは急に毒気を抜かれたような目になって、同じように両手でそれを受け取る。

「はい、で、あの」

今後は断りたいと言おうとすると、片手を上げてわたしの言葉を止めた。

「ちょっと待って、置いてくるわ」

えっ、と思う間もなく森谷さんは立ち上がり、靴を脱いで奥の家の方に上がっていく。

機先を制され見守っていると、森谷さんはすぐに長袖のTシャツの上に厚手のシャツを羽織って戻ってくる。手には荷物はなく、靴をつっかけながら、ついっと顎で外を指した。

「飯行くで」

そのあまりに唐突な宣言に、わたしは面食らって「めし？」と声を上げた。

「夕飯。なんや、もう食べてきてんのか」

「え、いえ」

「ほな行くで。ここんとこずっとまともな食事してないねん、俺」

「いや、だってあの、伯母さんの荷物」

状況が呑み込めないまま聞くと、森谷さんはちらっと家側の引き戸に目をやった。

「……ああ、あれはもうええねん。とにかく行くで。もう、あの漬けもん見たら急激に腹減ってきてほんまやばいねん」

「ちょ、ちょっと」

どんどん外に行ってしまうその背を追って急いで外に出ると、有無を言わさずすたすたと歩いていってしまうので、わたしは仕方なく後をついていく。辻を更に奥に入り、街灯もない小路を西に進むと、突然道が大通りに出た。信号は赤で、そこで立ち止まる。

「あの、ご飯って」

その横にやっと並んでそれだけ言うと、森谷さんはちらりとこちらを見下ろしてきた。

「ここんとこ納期詰まっとってや。飯どころじゃなかってん。あの漬けもん見たらもう、いきなり腹減って腹減って」

それはもう聞いた。そうじゃなくて、なんでわたしが同行しなければならないのか、と言おうとした瞬間に信号が変わった。それと同時に大股に歩き出した森谷さんに、またもやついていくのが精一杯になる。

「あ、あのっ、なんで、ご飯」

ずんずん先を行く背中に、何とか声をかける。

「ああ、もうそこ。美味《うま》いで」

森谷さんはこっちの言いたいことを全く聞かずにあっさりそう言って、急に立ち止まって道沿いの店を指さした。ごくごく小さな、年季の入った佇まいの定食屋。わたしが追いつくやいなや、声をかける間もなくさっとのれんをくぐって中に入ってしまう。

「あら、いらっしゃい」

仕方なく後に続くと、中からおかみさんらしき人が明るく声をかけてくる。

「久しぶりやねえ。あれ、その子は？」

もう半分方は埋まっている店内で、おかみさんがわたしの方を見ながら聞いてきた。咄嗟に何も言えずにいると、向かいで椅子を引いて長い体を折り畳むようにして腰かけながら、森谷さんが上目づかいにちらっとこちらを見る。

「……ああ、姪っ子」

短く、そっけなく返された言葉が事実なのに意外で、とんと心臓を叩かれた心地がした。胸の中心に、奇妙なあたたかさがじんわりとにじむ。

「へえ？　姪御さん？　あ、どうぞ」

おかみさんは驚いたように声を上げながらも、体を引いて向かいの椅子を勧めてくれる。

「あ、ありがとうございます」

へどもどしながらも急いで腰を下ろすと、わたしは改めて正面を見た。

森谷さんはこちらを見ずに目を落とし気味にしたまま、ジーパンのポケットから煙草を取り出し口にくわえて、急にその手を止める。どうしたのかと不審に思っていると、一度くわえた煙草を、また丁寧に箱の中に戻してポケットに押し込んだ。

その姿に伯母の電話の「煙草を吸うことが嫌なのか」という問いが胸に浮かぶ。あの後、伯母が何か言ったんじゃないだろうか。

「あの、構いませんよ、どうぞ」

慌てて言うと、やっとこちらをちらっと見て、また目をそらすと小さく首を振った。

「いや、ええねん、ほんまここんとこ食べてへんから、こんなんで吸うたら胃荒れる」

森谷さんはそう早口に言うと、どこかごまかすように一口水を飲み、それからじろっと睨むようにわたしの顔を見る。

「それより何食う。早《は》よ決めや」

「えっ……あ、はい。ええと、じゃあ、生姜焼き定食で」

もうここまで来て何も食べない訳にもいかなかったし、なにせ店中にあまりにもいい匂いが漂っているのに急速に空腹を感じて、大好きな豚の生姜焼きを頼むことにする。

「ん。サービス定食と、生姜焼き」

片手を上げて注文すると、厨房から威勢のいいオウム返しが返ってきた。

「あ、飯減らすか？　多いで、ここの」

と言われて辺りを見ると、確かにご飯茶碗そのものが大分大きい。

「いや、いいです」

でも急激にお腹が空いてきていたのと、なんとなく意地のようなものがむくむくと湧いてきて首を横に振ると、森谷さんはくすんと笑った。

「ほな頑張り。見て後悔しても知らんぞ」

後悔って大げさな、と思ったが、程なくして出てきた定食はご飯もおかずも大盛で、確かに半端ではないボリュームだ。ところが次に出てきたサービス定食なるものの量はそれを軽々と超えていて、わたしはぽかんと口を開けてしまった。

サラダとハンバーグの大皿に焼き魚、煮物の小鉢に冷や奴、漬け物の小皿にお味噌汁。

そしてもうお茶碗ではなく『ミニ丼』と呼ぶべきサイズの碗にどんと盛られたご飯。

「美味いねん、これ。いただきます」

森谷さんはその超重量的定食を前に、実に嬉しそうに両手をすり合わせ、おもむろに箸を構える。それを見てわたしも慌てて、「いただきます」と手を合わせて食べ始めた。

「あ、おいしい」

口に入れた生姜焼きは自分の理想よりも少し甘めではあったが、生姜と油の効いた、お腹を減らした学生狙い撃ちの味だ。

「やろ？　あ、忘れてた。ビール。コップふたつ。飲むやろ？」

森谷さんは嬉しそうに言うやいなや厨房側に声を上げ、それからわたしを指さす。

「えっ？　いえ、わたし、駄目です。未成年なので」

当たり前のように言われて、わたしは慌てて首を横に振った。

「え、そうなん？　いや、だって、今二回生やんな」

わたしの答えに、森谷さんは拍子抜けしたような声を出す。

「そうですけど、早生まれですから。まだ十九です」

「って、いつ？」

「二月十三日」

「あと五ヶ月やん。構へんやろ、それくらい」

「駄目ですよ」

先刻からあまりにも向こうのペースなのにどうにか抵抗したくて頑なに断ると、森谷さんは呆れたように首を振って、出てきたビールを自分のグラスに注いだ。

「かったいなぁ……」

ぼやくように呟いて、ひと息にくいっとグラスを空ける。

「あー、天国や」

口の中で満足そうにひとりごちるのについくすっと笑ってしまうと、向こうも笑みの残った目でちらりとこちらを見る。

「……ほな、誕生日になったら死ぬ程飲ますしな。覚悟しいや」

そして、さらりとそう言った。

息を止め顔を上げて見ると、森谷さんは平然とした様子でどんどん箸を進めている。

「姪っ子」と紹介された時に胸の内ににじんだあたたかさが、じんわりと戻ってきた。

そのあたたかみを抱え込んだまま向かいを見つめていると、目の前で恐るべきスピードでがんがん皿が空いていく。この細い体のどこに入っているんだろう。

そのすごさについ箸を動かすのを忘れて呆れながら見ていると、森谷さんが何杯目かのビールを飲み干して、かんっとグラスを置いてこちらを見た。

「なんや、やっぱ無理なんやろ、それ。寄越せ、食べたるわ」

行儀悪く箸先でついっとこちらの茶碗を指すと、言うが早いか手が出てきたので、咄嗟にぴしっとその手の甲をはたいた。

「ってえ……」

「駄目です。食べます」

取られないように急いで茶碗を抱え込んで早口に言うと、森谷さんは目をまん丸にしてわたしを見、直後、勢いよく噴き出す。更に椅子の上で体を曲げて笑い出したので、店内の他のお客さんも店の人も、びっくりした顔でこちらを見た。

わたしは驚いたのと恥ずかしいのとで、頬が一瞬で真っ赤になるのを感じる。

「ちょっ、もうっ、何笑っててんですかっ」

「いや……ごめ……」

笑いすぎて軽く咳き込みながら、森谷さんがようやく顔を上げた。咳き込んだせいか顔が真っ赤になっていて、薄く目尻に涙すら浮いている。

「自分、ほんまおもろいわ。佐和さん自慢するだけあるわ、ほんま」

「面白くないですよ。ごく普通です」

その言葉に、つい口をとがらせてしまった。だってどう考えたって、今のわたしの行動は正当防衛と呼んでしかるべきものだったし。

「いや、こんな笑《わろ》たん、久々や……ああ、気分ええ」

実に上機嫌でそう続けられたのに釈然としない気持ちを抱きつつも、また取られてしまわないよう、わたしはピッチを上げて箸を動かした。

「もう取らんて取らんて、心配すな。あぁ、ほんまおもろいな自分」

そう言ってなおも喉の奥でくっくっと笑いながら、残り少ない自分の皿に箸を伸ばす。

どうも納得できないぞ、と思いつつ、わたしはそれでもやっぱり、わずかに急ぎ気味にご飯を平らげた。

「はい、お勘定。ごっそさん」

わたしが食べ終わるやいなや立ち上がり、レジでさっさと財布を出してふたり分のお金を払ってしまうと、森谷さんはどんどんお店を出ていった。

「あ、あの、お金」

わたしは慌てて、鞄から財布を引っ張り出しながらその後を追った。

「あほか。しまっとけ」

いらんいらん、といなすようにひらひらと手を振ってみせる。

「いや、でも、そういう訳には」

「しつこいな」

「だって、奢られる理由がないですもの」

食い下がると、森谷さんは少し足をゆるめて呆れたようにわたしを見下ろした。

「あんなあ……ああ、そしたらお駄賃。何度もお使いしてもろたしな」

森谷さんは最初に逢った日と同じ言葉を言って、また軽く手を振る。

「はあ、まあ、それなら……ごちそうさまでした」

ぺこりと頭を下げると、森谷さんが喉の奥でくっくっと笑う。

「こういう時には男に財布持たしとくもんやで。大体、子供に金なんか出させられるか」

「子供じゃないですよ」

唇をとがらせて反論すると、こちらを見て口の端をにやりと持ち上げて笑った。

「子供やろ。未成年やし」

完膚なき返しに、うっ、と言葉が詰まってしまう。

「……来年は二十歳です」

それでもくじけずに言い返すと、森谷さんは背を折って噴き出した。

「ああもう、ほんま、ああ言えばこう言うな自分……」

もう、こんな短時間にここまで笑われたのは人生初という気がして、本当に納得がいかない。ふい、と顔をそむけると、先刻出てきた路地をとうに過ぎているのに気がついた。

「あの、家あっちじゃ」

「ああ、送る送る」

片手を上げて、相変わらず機嫌良くどんどん歩いていく背に、わたしは声を上げた。

「え、大丈夫ですよ。判りますよ、道」

「あほか、自分知らんやろけど、この辺、夜は結構物騒やぞ。学校はチャリ通やんな？」

別にそんなに怖い思いはしたことないけどな、と思いつつうなずくと、「ほなええ。仕事も夜やったら、近くてもチャリ使いや」と言われて何だか嬉しくなった。真正面から心配されているという感覚があたたかい。

やがてアパートのすぐ前まで来ると、森谷さんはやっと煙草を出してくわえた。けれど火はつけずに、唇の端でぶらぶらさせたままにしている。

「それじゃ、おやすみなさい」

煙草は嫌いだけれど、早く吸わせてあげたい、という気分で急いで言うと、森谷さんは何故か煙草を指に戻してしまう。

「自分、マグカップ持ってる？」

すると唐突にそう聞かれ、意味が摑めず、「えっ？」と声が出た。

「家に余分なカップ、ないか」

「そりゃ、ありますけど」

質問の意図が全く理解できないまま、わたしは答える。

「ほな、一個持っといで」

「……なんで？」

「ええから」

森谷さんは有無を言わさぬ口調で言うと、唇に煙草を戻してカチッと火をつけ、顔をそらして煙を吐く。わたしは仕方なく外階段を上がって家に入って、食器棚の手前にあった物をひとつ手に取った。真ん中がくびれた鼓のようなかたちの、宇宙飛行士の格好をしたスヌーピーがプリントされている大ぶりのカップだ。

それを持って玄関を出て階段を下りると、くわえ煙草で森谷さんが振り返った。カップを差し出すと片手で受け取って模様を眺め、ちらりと笑みを浮かべる。

「ほな、これうち置いとくしな」

「えっ？」

「来た時いるやろ。……ほなな」

あっけに取られたわたしを残して、ひらっと手を振ってくるりと背を向ける。

いつでもおいで、そう言ったのだ。不意に、電撃のように悟った。

向かいに座ることを……何の理由もなくともいつでも訪ねていくこと、向かいに座って
ただお茶を飲む――その為だけに訪ねていくことを、こうしてはっきり許されたのだ。

荷物なんかなくてもいい、いつでも懐に入ってきて構わない、むしろ来い。そう、その
背中が言っていた。今日何度か感じた胸のあたたかさが、熱い塊になってじんわりと甦る。

遠くなっていく背に向かって、わたしは大きく息を吸い込んだ。

「――シンさん」

呼ぶと、足を止めてわずかに振り向く。闇の中に、煙草の火だけが赤く光って見える。

「今日は、ごちそうさまでした……おやすみなさい」

そう言って大きく頭を下げると、赤い火がわずかに揺れた。

「おやすみ」

声だけがして、また背中が遠くなっていく。

揺れる火が角に消えるまで、わたしはそれを見送っていた。

冬の夜

それからわたしとシンさんとの、一風変わった交流が始まった。

最初に訪ねていった時にはかなり緊張したが、まるでわたしがいることが当たり前のようにふるまうシンさんに、こわばりは一瞬で溶けた。

シンさんは大抵工房にいて、ひとが横にいても気にせず仕事をすることもあったし、仕事の手を止めお茶を飲むこともあった。煙草は何度言ってもわたしの前では吸わなくなり、吸う時には勝手口から長屋の裏に出て、屋根の上の物干し台で吸っていた。

時々は外にご飯も食べにいった。やはりわたしにお金は出させてくれず、いつもさらりと全額払ってくれた。

作業の合間には、自分が今何をやっているのか、使っている道具がどんなものなのかということをちょこちょこと教えてくれた。金属の加工にはいろいろな方法があるのだが、シンさんは主に『彫金』と『鋳金《ちゆうきん》』でアクセサリーや金属細工をつくるのだそうだ。前者は金属を叩いたり削ったりしてかたちづくるもので、後者は型をつくって溶かした金属を流し込んでつくるもの。作品のデザインに合わせて技法を変えるのだとか。

わたしが最初鏨だと思っていたものは、『鏨《たがね》』だというのもそこで初めて知った。ぴかぴかに磨かれた鏨は本当に綺麗だったけれど、目の前に置かれていても決して触ろうとは思わなかった。それは禁忌のように思えたのだ。

　鑿はその殆どがセンセイやシンさんが自ら研ぎ上げてつくったもので、シンさんにとってそれらは自分の手や指の一部に等しい。そしてシンさんはセンセイを尊敬するのと同様に、彫金という芸術そのものを深く尊敬している。その芯の道具である鑿は大事に尊く扱うべきもので、軽々しく触れてはいけない。そう思って見つめるだけにとどめていると、シンさんは「お前は判ってる」と一言言った。

　先端が様々に加工された鑿を手に細工する品に向かうと、シンさんの横顔からはすっと表情が消える。細い目は奥まで透明に澄んで、殆ど瞬きもしない。柄を細く削った小槌《こづち》で鑿を素早く叩いていくと、見る間に指輪やネックレスの表面に細かい模様がくっきりと刻まれていく。

　その普段の言動からは想像もつかない繊細さと真摯な態度に、シンさんが自分の仕事をどれだけ大事に思っているのかが判った。

　仕事の話の中で、センセイ――野々宮当次郎《ののみやとうじろう》の話も聞くことができた。名前を間違われてもいたし、はじめはただの年寄りだと思っていたのが、講義を受けて驚いたのだという。

「やってるとこ見てたら、簡単そうに見えるねん。でも実際に自分がやってみると、どうしても同じようにはできひんねんな。それをさらっとやるのが、ほんまにすごかった」

　わたしは、シンさんがセンセイの話をするのを聞くのが好きだった。そこには深い尊敬と思慕の念があり、その奥に少年のような憧憬の思いが覗いて、若き日のシンさんの姿が透けて見える気がした。

「あと、そう、鑿の音が違うねん。なんつか、濁りがないねんな。澄んだ音っちゅうか、気持ちがすうっとするような音で……あんな音、俺には一生出せへんと思うわ」

シンさんはそう言ったが、わたしにはシンさんの出す音がとても心地よかった。決して大きな音ではなく、チンチンチンと、細かくブレのない、こころのリズムを刻む音。

センセイは工房で食器や花瓶のような器関係を得意としていたそうで、シンさんはそういうのはやらないのかと尋ねると、「肌につけるもんがええ」とだけ言った。わたしは一瞬不思議に思ったが、何故かそれ以上踏み込んではいけないと感じて、「そうなんだ」とうなずくだけにとどめた。するとシンさんは、片眉を上げてじっと目を見た後、「お前は判ってる」と、また一言だけ言った。

センセイについては、伯母からも少し話を聞くことができた。

昔、自分と同じ道に進んでいた息子さんを奥さんと一緒に交通事故で失って以来、正式な弟子を取ることはなかったのだという——シンさんに、逢うまでは。

学生時代、シンさんはずいぶんと荒れていたらしい。夜の街をうろついては補導され、相手問わずに喧嘩をして、停学をくらったことも一度や二度ではなかったそうだ。確かに喧嘩っ早そうには見えるけれどそんなことまで、と呆れて言ったら、伯母はしみじみと「あたしも苦労したよ」と答えたものだ。

卒業してセンセイの工房に入ってからも、シンさんの無茶はしばらくは続いていたそうだが、薄皮をはぐようにだんだん落ち着いてきたのだと伯母は教えてくれた。

　そういえば伯母はわたしとシンさんが親しくなったことをずいぶん喜んでいるようだったが、あれ以来本当に一度も依頼をしてこなくなった。

　実のところ、シンさんが宅配をまるで受け取らない訳ではないのは、一緒に過ごす中で判ってきた。仕事の材料や取引先からの依頼関係の資料なんかは事前にきちんと到着日と時間を指定しておいて、その時に来たものには応対をするらしい。でもそれ以外のものについてはまるで無視だ。

　だからもしかしたら、伯母が直接シンさんに連絡して依頼を送っているのかなとも思ったのだが、そういう気配もない。いいのだろうかとは思ったが、頼まれてもいないものはどうしようもないので気にするのはやめた。そもそもシンさん自身がやりたいとは思っていないのだからそれでいい、わたしはそう考えることにした。


　そんな風にして、ふた月程が過ぎた。

　恋人からはあれから全く連絡がない。ということは、あの時の面接もきっと駄目だったのだろうと推察された。

　自分から連絡を取る勇気は出なかった。わたしは電話が恐ろしく苦手なのだ。

　携帯を持たない最大の理由は、シンさんにも話した「外出先で好き勝手に電話をかけられるのが嫌だから」だ。それに間違いはない。

ただ、言わなかったもうひとつの理由は……わたしは極端なまでに、人に電話をかけることが苦手なのだ。正直、これは病気と呼んでいいレベルだと自分でも思っている。

何がこんなに嫌なのだろう、と考えてみて、人からの電話は怖くないのに、自分がかけるのはたまらなく怖いということに気がついた。自分からかけるのはどうしようもない用事がある時だけだけれど、一度繋がれば話すのは平気で、かけること、それのみが怖い。

どうしてだろうと何年も考え続けて、だんだんと判ってきた。

わたしはおそらく、相手の生活に自分が突然割り込むことが怖いのだ。

電話をかける時、その相手が向こうでどんな状態なのかは判らない。そんなところに自分が電話でその邪魔をしてしまって大丈夫なのか。相手の生活を崩すことになりはしないか。それで相手が自分を嫌になったりはしないだろうか。

冷静になって逆の場合を考えてみれば、そんな大仰なことではないのはあっさり判る。そもそもシンさんに言った通り、携帯を持っている人はそれを気にしない人なのだ。それが頭でははっきり判っていて、けれどやはりわたしは理屈抜きに電話が怖かった。

つきあい始めた頃、恋人にはこの電話への恐怖を話したことがある。だが相手は「千晴も意外に内気なとこあるよな」と一言で片付け、大した問題とは思っていないようだった。

まあ真意が通じなくても、単にこちらからはあまり電話をかけられないことを判ってくれれば充分だった。恋人はそれを理解してくれ、学校で会わなかった時には割とこまめに自分から電話をしてくれた。

そのことがわたしは嬉しくて、自分も努力をしたくて、数度に一度は頑張って自分から電話をかけた。何度やってもそれは本当に泣きたくなる程辛いことだったけれど、繋がった相手が「千晴、かけてくれたんか」と嬉しそうに出てくれる、それだけでカチカチにこわばったこころが一瞬でゆるんで、安堵で涙が出そうになった。

わたしは恋人とつきあい出して初めて、何の用事も目的もなくても、ただ「逢いたい」というだけで誰かと逢ってもいい、ということを知ったのだ。

映画や買い物や遊園地に行く訳ではなく、「ただ逢いたい、だから会おう」、そんなことを言ってくれたのは恋人が初めてだった。

驚いた。本当に衝撃的で、嬉しかった。一緒にいたい、そう強く思った。

けれど本を返す連絡をしてきたあの日からずっと、電話は鳴らない。

わたしからかけたことだってあるのだ。あの日より前、確か八月も終わりの頃だった。

電話に出た相手は、ひどく不機嫌だった。

「なんや、千晴か……何の用？」と言われて、わたしは声を失った。

用はなかった。ただ、声が聞きたかった。でもそれは言葉にはならなかった。用はなくても、逢いたいから会おう、そう言われた日のことが一瞬で遠ざかった。

たった一回のことだ。ただタイミングが悪かったのか、もしかしたら電話の前に何か嫌なことがあって、その気持ちを引きずっていただけかもしれない。

そんなことは全部判っていて、でもどうしてもできない。もう一度自分から電話をする、ただそれだけのことがどうしてもできない。だってまたあの声で「何の用」と言われたら、きっとわたしは立ち直れなくなってしまう。

　電話は、ずっと沈黙を守ったままだった。


　その日もわたしは、シンさんの家に向かっていた。

　こうしてわたしがちょくちょくシンさんの家に行くのにには、自分の家にいたくないという気持ちも実はあった。家にいると鳴らない電話に気がふさぐから。

　そういえば、何の用事もなくても会うひとは、シンさんが二人目だ。そう思うと、何だか胸の奥があたたかくなった。

　ふわっと口元に浮かぶ笑みを押さえて、いつもの辻を曲り、家の前に進む。——と。

「あほかお前、なんでそれ捨てるねん！」

　ものすごい早口のシンさんの大声が辻にまで響いて、びくりと立ち止まる。

　声はシンさんの工房の窓から聞こえていた。

「先刻も言うたやろうが、何遍同じことする気や！　ちょっとミスったからってやりかけで捨てるとか、やる気あんのか自分、そんなんやったらいらん、やめてまえ！」

「……まあまあ、森谷」

　合間に知らない男の人の声がして、わたしは改めて驚いて目の前の扉を見つめた。

「練習用の材料やからってなめてんちゃうぞ。そんな姿勢で仕事する奴なんかうちにはいらんねや。帰れ！」

「だから森谷……あ、あっ、おいこら」

それはわたしが初めて聞いた、シンさんの本気で怒った声だった。その声音は本当に足がすくんでしまう程激しく、けれどわたしはひどく感動した。その怒りに純粋に彫金を愛しているシンさんのこころが、はっきりと具現していたから。

中の状況はさっぱり判らなかったが、どう見たってこれは取り込み中だし引き上げよう、そう思った瞬間、目の前で引き戸がガラリと開いた。

正面に、胸に『立石《たていし》』の名札をつけた長髪に黒縁眼鏡の、わたしと同い年くらいの男子。その頬は鮮やかに紅潮していて、目にはうっすら涙が浮いている。

「立石？」と奥から知らない男性の声がして、ひょい、と後ろから頭が覗いた。

シンさんと同じくらいの背がありそうな、けれど体はずいぶんとがっしりとした男性。鼻の下からもみあげにかけて一面に髭《ひげ》を伸ばした、くっきりとした二重の目がぐっと奥に引っ込んだ彫りの深い顔立ちをした人が、きょとんとした顔でわたしを見る。

「あ、え……お客さん？」

慌てたように呟くと、わたしが違う、と言う前に振り返って「森谷、なんかお客さん来てるぞ」と声を上げてしまった。

「は？　客？　……ああ、なんや、お前か。入り」

奥の方から凄まじく不機嫌なシンさんの声がして、更に後ろからその目が覗いたと思うと、そうあっさり言ってまた奥に引っ込んだ。

「え、いいよ、取り込み中なら帰るよ」

「ええから早よ入れ」

しどろもどろに言うと、またも不機嫌最高潮の声で即座に言われて、わたしは覚悟を決めた。多分これ、帰る方が更に機嫌を損ねる。

「ええと……失礼します」

だらりと両腕を下げてうつむき、玄関に立ち尽くしたままの立石君に、どうにもできずにとりあえずぺこりと頭を下げて、その脇を通って中に入った。

むうっとした熱気の中、真ん中のテーブルに女の子がひとり、男の子がふたり、彫刻台を前にバーナーや鏨や小槌を手にして座って、こちらを不審げに見ている。まさかこんなにも人がいるとは思わず、普段と違う工房の様子とそのまなざしに居心地の悪さを覚えて、わたしは目をそらした。

わたしに入れと言っておきながら、シンさんは完全に怒りゲージをぶっちぎった目つきで、ふいっと奥を向き、腕組みをして立っている。

「まあああまあ、立石、お前も落ち着け」

髭の男の人が場の空気を変えるように明るい声を出し、後ろから立石君の肩を抱いて、ぽんぽんと叩きながら引きずるように中に連れ戻した。

「よし、ちょっと休憩しよか。ハタナカ、なんかアイスとか飲みもんとか買ってきてよ」

女の子の隣の空いている椅子に立石君をぐいぐいと無理に座らせると、ジャケットの内ポケットから財布を取り出し、『畑中《はたなか》』の名札を付けた男の子にたたんだお札を手渡す。

「よし、皆なんか希望は？」

ぱんっと手を叩いて明るく言うが、シンさんもどの子も無言だ。どうにも空気が重い。

「ええと……あ、君は？　何がいい？」

男性は困ったように頭をかいていたかと思うと、いきなりぐいっとこちらを見た。

「え？　いえ、別にわたしは、いいです」

「そう言わずに。せっかくだから」

わたしは途方に暮れてシンさんの方を見やったが、シンさんはすっかりそっぽを向いたままだ。もう、腹を立てたままでいるならひとを呼び込まないでほしい。

「いいからいいから。俺の奢りだし。ほら、何でも言って」

「じゃ、オレンジとかレモンとか、柑橘系のシャーベットで」

このまま答えないのでは埒が明かない気がしてやけになってそう言うと、髭の人は嬉しそうに手を打ち合わせた。

「よし、シャーベットね。俺コーラ。あと適当に見繕って。……おい、森谷、お前は」

髭の男性が首を伸ばして聞いたが、シンさんは相変わらずよそを向いたままだ。

「森谷」

「……コーヒー。ブラック」

辛抱強い声で男性が呼ぶと、シンさんはぼそりと一言言って、完全にくるりと後ろを向いてしまった。

「だとさ。頼むわ、畑中」

おどけた声で言ってひょいっと肩をすくめてみせると、畑中君は「はい」と生真面目に頭を下げて、開いたままだった扉をガラガラと閉めて出ていった。

後に、なんとなく白々しい沈黙が満ちた。髭の男性は軽く頭をかいて、くるっと首をまわすとはたとわたしに目を留め、大きく瞬くと奥のシンさんに歩み寄る。

「森谷、あの子誰よ？　レイコちゃんいない隙に、若い子引っぱり込んで」

……レイコちゃん？　初めて聞く名前に、わたしの耳がぴくりと立った。

誰ですかと聞こうとした瞬間、シンさんがぼそっと「姪っ子」と答え、男性が目をむく。

「えええええ？　姪っ子？　そんなん初めて聞いた。大体姪ったって、この子もうえらく大きくない？」

と、大声で矢継ぎ早にまくしたてられ、わたしは尋ねる機会を失った。

「知るか。姪は姪や」

愛想ゼロの声で答えると、シンさんは腕組みをほどいてジーパンのポケットを探りかけ、ふと我に返ったような顔で手を止める。

「……上で吸うてくるわ。ちょっと、頭冷やしてくる」

シンさんは誰に言うともなくぼそぼそっと呟くと、大股に勝手口の扉に歩み寄り、扉を開いて出ていきかけた瞬間、足を止めた。

「いらん話すんなよ。ええな」

振り返ったシンさんは明らかにわたしに目を向けてそう言うと、こっちが何か言う前に姿を消す。なんというか、大人げない、シンさん。

「全くもう……君、ほんとに、あいつの？」

残された男性はぼやきながら顔をめぐらせ、もう一度わたしを見ると、親指で屋根の上を指した。わたしは急いで大きくうなずく。

「はい、姪です。あの、叔父とわたしの父とが、大分年が離れてまして」

「へえ……あいつの親戚って、おばさんだけだと思ってた」

まだ半信半疑の声で言うと、男性は顎髭を手の平でこすった。

「それ多分、わたしの伯母です。わたしの父の姉。だから叔父にとっても姉です」

「え、そうなの。ああ、あれが姉さんなら、そりゃ大分年が離れてるなあ。こんな大きな姪っ子がいる訳だ、そうか」

感心したように言うと、男性は急に愛想良く笑って、ぺこりと頭を下げてくる。

「そういや、名乗ってなかった。タガミサワタケノリ。森谷とは同期、つっても俺、藝大二浪してるんでふたつ上だけど。初めまして。この子ら、うちの学生ね」

言葉と共に男性は内ポケットから名刺を取り出し、こちらに手渡してきた。田上沢竹則《たがみさわたけのり》と書かれた名刺の肩書きは、シンさんの出身校の准教授だ。

わたしが名乗ると、田上沢さんの質問攻めが始まった。大学はどこか、専攻は何か、何回生か、家はどこか、就職は決まったのか、エトセトラ、エトセトラ。

これは別段「いらん話」ではないよな、とひとつひとつ答えると、田上沢さんはそれにいちいち感心したような声を上げた。先刻から押し黙って会話ひとつしない重苦しい空気の学生さん達の前で、その陽気っぷりは特筆に値するもので、実に明るい。

「そういえば、今日はどうしたの？　あいつに用事あって来たんじゃないの？　悪かったね、なんか」

「あ、いえ、特に用事ってことではなくって。家が近いんで、時々遊びに来るだけで」

純粋に言うと別に遊んでもいない訳で、本当にただ家に来て一緒にいる、それだけなのだが、とりあえずそう言うと田上沢さんは目を丸くした。

「あいつに寄りつく女の子なんて、レイコちゃんくらいかと思ってた。いや、驚いたよ」

「あの、誰ですかそれ」

また「レイコちゃん」だ。この機を逃すとチャンスを失うと思い、急いで聞くと、田上沢さんが不思議そうに更に目を大きくした。

「知らないの？　森谷の彼女」

「――かのじょ!?」

わたしは心底度肝を抜かれて、つい大声を上げてしまった。

先刻の苦虫を嚙み潰したようなシンさんの顔が目の前に浮かぶ。あんなとりつくしまもない仏頂面で、どうやって口説いたんだ？　こんなにちょこちょこ来てるのに、なんで一度もバッティングしないんだ？　もしかして、うまくいってないとか？

そんな疑問が次々と、脳内をぐるぐる駆けめぐった。

「レイコちゃん、今アメリカなんだよね」

言いながら、田上沢さんはテーブルのまわりで余っていたパイプ椅子を開いてわたしに勧めると、自分も椅子の背を前に向けてまたぐように腰を下ろした。

「彼女が卒業後に弟子入りしてたドイツの陶芸家さんが、大規模な個展をアメリカで開いててさ。その手伝いで、夏からずっとあっち」

「……レイコさんって、陶芸家なんですか」

それは鉢合わせない訳だ、と思いながら、陶芸という単語にシンさんがいつも使っているクリーム色のカップと、最初に借りた青色のカップが浮かんだ。

そして、あの時カップを褒めた瞬間にシンさんの顔をよぎった、嬉しげな表情とやさしい目の奥の光。それを思い出すのと同時に、わたしは深く安堵した。

そのひと……レイコさんは、きっとシンさんにぴったり合ったひとで、シンさんはそのひとのことがとても大事なのだ。それが確信できた。

「そ。俺らと同期。まあ卒業後はそういう訳で何年かドイツに行ってたから、あいつとつきあい出したのはここ数年くらいなんだけど」

しかし、いつかはバレるのにずっと彼女の存在を隠していたとは。やっぱり大人げない。

後でとことん聞き出してやろうと思っていると、扉が開いて畑中君が帰ってきた。

「おう、サンキュ。ほら、皆好きなの選べよ」

田上沢さんは袋を受け取り、オレンジの棒アイスを取り出してこちらに手渡してくれる。

わたしはぺこりと頭を下げてそれを受け取り、ちらりと目をやると、学生三人はまだどんよりとした雰囲気を漂わせていた。田上沢さんはテーブルの上に袋を置くと中から缶コーヒーを取り出し、こんこんと顎にぶつけつつ天井を見やる。

「さて、と……どうしたもんかね。まあ、もう少し放っといてもいいけどさ」

コーヒーをテーブルに置いておどけたように言うと、小さく舌を見せた。

「あいつ、キレると手がつけられんからなぁ。あれでも大分、マシになったんだぜ」

わたしに向かってか学生さんに向かってか、軽い口調で言うと笑ってみせる。

「昔は口の前に手出てたからな。ほんと、丸くなったわ。ああやって自分から頭冷やしにいけるくらいだし。気が済みゃ下りてくるだろ、放っとこ」

口の前に手が出る……、実に容易に想像できてしまうところがなんとも言えない。

わたしはアイスを手にしたまま、テーブルの上のコーヒーを見て、天井を見て、それからうなだれた立石君を見て。

「わたし、行ってきます」

立ち上がってコーヒーの缶を手に取ると、田上沢さん達が驚いた顔でこっちを見る。

「って、やめときなよ。キレたあいつは、誰にも手がつけられんぜ」

「シンさん、わたしなら大丈夫です」

わたしが確信を持って言うと、田上沢さんの目が大きく見開かれた。

しばらくわたしの顔を見つめると、ひとつうなずく。

「そう、じゃ……任せる」

わたしも小さくうなずいて、勝手口へと大股に歩き出した。


「誰や」

勝手口を開けて物干し台へと続く鉄階段に一歩足をのせた瞬間、上から超弩級《どきゅう》に機嫌の悪そうな声が降ってきた。

「千晴。上がるよ」

それだけ言って、わたしは答えを待たずにミシミシと音を立てて階段を上がった。

物干し台の柵に両肘をかけ、煙草をくゆらせながら、体中から不機嫌なオーラを発したまま「なんや」とシンさんが聞く。

「これ」とまっすぐに缶コーヒーを差し出すと、じろりと睨むようにこちらを見た。うながすように更に差し出すと、長い腕を伸ばして引ったくるように缶を持っていく。

わたしはすぐ横に並んで、棒を持ちアイスをひと齧りする。シンさんは柵の端でぐい、と煙草を揉み消すと、吸い殻を指にはさんだまま缶のプルトップを開いた。

そのまま互いに黙って、シンさんはコーヒーを、わたしはアイスを口にする。

……こうしていると、目の前にはっきり見えるみたいだ。シンさんの中にある怒りが巨大で鋭い矢のようなかたちとなってまっすぐに放たれていて、けれどどこにも行き先が見出せずに、自分の胸に返ってきて深々と刺さっている。その強さと熱さに、何だかたまらない思いがした。

このまっすぐな矢をなんとか別の向きに変えたい。そう思った瞬間、口から勝手に言葉が出ていた。

「あのさ、わたしだって、今かなり機嫌が悪いんだけど」

「……へっ？」

仏頂面を通り越して殆ど凶相に近い面相になっていたシンさんが、面食らったようにこちらを見る。まずは第一段階成功だ、と胸の内のどこかで思いつつ、わたしは口をはさませる隙を与えず、次の言葉を継いだ。

「昨日部室で昔テレビでやった、犯人当てドラマのＤＶＤ見せられて。問題編を見て犯人を当ててみましょうって。わたしもう真剣に、行動表までつくって考えたのに、解答編見たらそういう論理的なこと、ぜんっぜん関係がなくて。有り得ないくらいのアンフェア」

それからわたしは我ながら実に熱を上げて、その有り得なさについてとうとうと語った。実を言うともう一週間くらい前の出来事なのだけど、その時の納得のいかなさは強烈だったので、語れと言われれば何時間でもいける。

相手に口をはさませない勢いで語っていると、目の前でだんだんシンさんが引いていくのが判った。だが一度スイッチが入ってしまうともう自分でも止められない。

暴走に任せてついクリスティの某作品の『アンフェア問題』にまで遡り、当初の目的を完全に忘れてまくしたてていた瞬間、手に持ったままの残りのアイスが棒からぽとりとデッキの板の上に落ちた。

「あっ……」

まだ半分も食べていなかったのに……！　ショックのあまり、他のことが全部頭からすっとんで、足元の溶けかけたアイスを見つめる。

「はっ……！」

と、目の前でシンさんがいきなり体をふたつに折って噴き出した。

びっくりして見ると、シンさんは柵に前屈みになって声を上げて笑っている。わたしは二、三度瞬きをしてそれを見つめた。

「ちょっと、何笑ってんの、シンさん」

「いや、だって、お前……」

息も絶え絶えに笑いながら、シンさんが言葉にならない声を上げる。

「全部食べたかったのに！　笑い事じゃないよ！」

真剣に言い返すと、シンさんはますます喉を引きつらせて笑った。そりゃ確かに気分を変えてもらおうとは思っていたけれど、これは意図していない。これで機嫌を直されるのは我ながら納得がいかない。

「いや、だって、自分が悪いんやん、それ」

笑いながら床のアイスを指さして途切れ途切れに言うのに、わたしはむうっとしながらも反論できずに口をつぐんだ。

「……ああ、もう」

なんとか笑いを収めながら、シンさんは柵に背をもたせ、がくっと空を向く。

「もう、ほんま……ほんま、お前天才やわ」

時折まだ、くっくっと喉の奥から笑いを漏らしながらシンさんは言った。どれだけ笑ったのか、目の端に涙までにじんでいる。

「何が」

今度はわたしの方が不機嫌気味に言うと、シンさんはまたくすくす笑った。

「最高やぞ、お前……ほんま、天才や」

もう一度言って、まだ込み上げてくるらしい笑いを口元から漏らした。

「ああもう、腹筋切れそうや。何してくれてんねん、ほんまに」

言いながらくいっとコーヒーの残りをあおると、指にはさんだままだった吸い殻を缶の中に落とす。と、「さて、下りるか」と突然そう簡単に言って、シンさんはすいっとわたしの横を通り抜け、どんどん階段を下りていってしまった。

ガチャッと勝手口の扉を開けたシンさんの後に続いて中に入ると、すぐ目の前にこちらをうかがうように、田上沢さんと畑中君ともうひとりの男の子が立っていた。いきなり開いた扉に慌てたように、三人とも顔をそらす。

「……何してんねん、自分ら」

シンさんはちょっと呆れた声で言うとすたすたと奥へ入って、まだ椅子に座ったままの立石君の隣に立つ。その背に手を当てた女の子がキッとシンさんを睨んだが、シンさんはまるで気にもかけずにまっすぐ立石君を見下ろした。

「ええか、違う間違い、新しい間違いなら何度やってもええ。でも、おんなじミスを二度繰り返すな」

立石君がゆっくりと顔を上げ、シンさんを見つめる。

「手が未熟で失敗すんのは間違いと違う。ただ、言うたことを守らんだけのくだらんミスは二度とすな」

立石君は小さな涙声で「はい」と言うと、ガタンと椅子を鳴らして立ち上がった。

「僕が悪かったです。すみませんでした！」

大声で言うと、腰から九十度に背中を曲げて深々と頭を下げる。

「――よし」

シンさんはひとつうなずくと、くるっと背を向け、先刻田上沢さんが座っていたパイプ椅子に腰を下ろした。

「じゃ、休憩終わり。再開しようか」

タイミング良く、ぱんっと田上沢さんが手を叩いた。

作業の合間に田上沢さんが説明してくれたのだが、これは大学の生徒、つまりシンさんにとっての後輩の子達の連休を利用した特別短期講義で、今日は初日なのだそうだ。

邪魔になるので帰ろうとしたけれど、田上沢さんがしきりに引き止めた。学生さん達も気にしていないようだし、シンさんの先生姿が珍しくてつい最後まで見物してしまう。

夕方になって生徒さん達が帰っていったが、田上沢さんは帰らずに工房に残っていた。

「あー、お疲れさん。飯行こうか」

ぐぐっと背中を伸ばして腰に手を当てた田上沢さんがシンさんの方を見ると、シンさんは軽くうなずき、何かを取りにいくのか家の方に姿を消した。

「あ、じゃあわたし、これで」

小さく頭を下げると、田上沢さんが「何言ってんの。一緒に行こうよ」と、当たり前のように言った。

「ええっ？　え、いや、わたしは」

わたしはびっくりして手を胸の前で振ってしまう。

「え、だって、その為に引き止めたのにさぁ。なあ森谷」

田上沢さんの声に目をやると、ジージャンを羽織ったシンさんが戻ってきていた。

「ああ、こいつとふたりで飯なんか食うても美味ない。来い」

「全くほんっとに、素直じゃないよなぁ、森谷は」

シンさんのきつい言葉も全く意に介さず、田上沢さんは笑ってわたしを見た。

「こいつには礼兼ねて俺が奢るし、千晴ちゃんはこいつに奢ってもらやいいんだよ。三日間だけだけど、結構な謝礼出すんだよ、うちんとこ」

「お前、ひとの姪っ子、何馴れ馴れしく呼んでんねんコラ」

「ええ？　だってシノザキさんって呼ぶのおかしくない？」

「おかしないわ。それが名字じゃ」

「あ、あの、わたしは別に、どう呼ばれても気にしないので」

放っておくとふたりだけでどんどん話が進んでいくので、わたしは急いで口をはさんだ。

「ほら見ろ、本人がいいって言ってんだから。さあ行くよ行くよ、千晴ちゃん」

言いながら田上沢さんは両手でわたしの背中をぐいぐいと押して、外へ連れ出した。

「コラお前、気軽に触るな！」

その後ろからシンさんが手加減なく、パンッと田上沢さんの頭をはたく。もうなんというか、逆らえない、このノリ。

わたしは諦めて、うながされるまま歩き出した。

少し歩いた先の大きなのれんのかかった居酒屋に入ってテーブルに腰を下ろすと、田上沢さんがわたしの隣に座ろうとしてまたシンさんに頭をはたかれた。

「お前はこっちじゃ、あほ」

向かいの奥の席に田上沢さんをぐいぐいと押し込むと、ふさぐように自分が横に腰を下ろしてしまう。

「何だよもう、ほんとけちくさいなあ」

「けちとかそういう問題ちゃうわ。お前ほんま、こいつにいらんちょっかい出してみろ、バーナーで焼いたんぞ」

「ああこわ」

肩をすくめてちらっと舌を出すと、田上沢さんはわたしに笑ってみせた。

ここまできついことを言ってもちっとも場が荒れないのは、ひとえに田上沢さんのこの性格と、シンさんがなんだかんだ言って田上沢さんのことを好きで信頼しているのが透けて見えるからだろう。なんだか見ていて和む。

「……あ、まずい。ガミ、携帯貸して」

と、メニューを開いた田上沢さんの横で、シンさんが小さく言って舌を鳴らした。

「ん？　ああ」

理由も聞かずにあっさり差し出された携帯を受け取ると、シンさんは立ち上がり、それをわたしに振ってみせる。

「来週の納品の打ち合わせ忘れてた。ちょっと、かけてくるわ」

「おう、そのまま一時間は戻ってくんな」

「お前は！　ここから一ミリたりとも動くなよ、ええな！」

陽気に手を振る田上沢さんにぐいっと顔をつきつけると、シンさんは背を伸ばしてわたしを見た。

「お前も、この男が妙な動きしたらすぐ逃げろや。ええな」

……ここは、「はい」と言うべき場面なのか？

わたしが悩んでいると、田上沢さんが軽く頬を膨らませた。

「人聞き悪いぜ森谷。俺は女性を口説くんなら、もっとムーディーな店に連れていく。今日はとりあえず、その足がかりってとこだ」

「だ・か・ら」

シンさんは握った拳をぐりぐりと田上沢さんの脳天に押しつけると、こっちに指を振ってみせる。

「ほんま、なんかされたらすぐ大声出せよ。……あ、それから飲ますなよ、ガミ」

「えっ？」

「こいつ未成年やから」

親指でわたしを指すのに、ついぽかんとしてしまった。どの口がそんなことを言うのか。

「ええ、だって、二回生で今十九ってことは、もうすぐ二十歳だよね？」

確認を求めるようにこっちを見る田上沢さんに、わたしはうなずく。

「なら」

「あーかーんー言うてるやろコラ。お前教師やろが」

「いやここ学校じゃないし、千晴ちゃん俺の生徒じゃないし」

「だからその呼び方やめえや。とにかくあかん、ええな」

シンさんはびしっと決めつけると、わたしの方を見た。

「お前ももし勧められても飲むなよ、ええな」

「……はあ」

我ながら気の抜けた声しか出なかったが、シンさんはそれで満足したのか、ひとつうなずいて「すぐ戻る」と一言言うと店を出ていった。

自分はこの前、思い切りひとに飲まそうとしておいて……何だあれは。矛盾って言葉がこんなに具体的なかたちになっているところを初めて見たぞ。

シンさんの態度に呆れ返っていたわたしは、田上沢さんの押し殺した笑い声にふと我に返った。

「全くあいつときたら……あんな過保護とは知らなかった。あんなんがいたんじゃ、せっかくひとり暮らししてんのにもうひとり父親がいるようなもんだよね、千晴ちゃんも」

くつくつと喉の奥で笑うその言葉に、とんと胸を突かれるような思いがした。

わたしには確かに父、はいる。でもあんな男は『父親』じゃない。

「千晴ちゃん？」

黙ってしまったわたしに、田上沢さんは怪訝そうな表情を浮かべてこちらを見た。

「……シンさんみたいな父親は、わたしにはいないです」

声を乱さぬようやっとそれだけ言うと、田上沢さんが一瞬真顔になった。

「そう」

やさしい顔で短くうなずくと片手を上げて店員さんを呼び、あれこれと注文を始める。

その間に、小さく深呼吸して自分の胸の内を整えた。わたしにとって、『両親』が『家族』であったことはない。世の父親は皆、先刻のシンさんのように、あれこれ娘の身辺に気を揉むのだろうか。そんな『父親』を、わたしは知らない。

「じゃあ千晴ちゃん、何飲む？」

自分の思考の内に沈みそうになっていたわたしを、田上沢さんの声が引き上げた。

はっとなって見ると、田上沢さんは相変わらずやさしい目をしてこちらを覗き込んでいる。わたしは急いでメニューに目を走らせ、ウーロン茶を頼んだ。

「……すみません」

店員さんが去っていって、小さく頭を下げると田上沢さんは歯を見せて笑った。

「まああんだけ言われたら飲ませられないよなぁ。首絞められかねんよ、あいつに」

ぼうっとしていたことを謝ったのだと、きっと判っているだろうに、わざと話を変えてそう言ってくれる田上沢さんにわたしはもう一度頭を下げた。シンさんとあれだけ上手くやれているだけあって、このひとはぱっと見の印象よりかなり繊細なひとだと感じる。

「でも俺、そんな軽いオトコじゃないんだけどなぁ。あいつの言うこと、鵜呑みにしないでよ、千晴ちゃん」

「あ、はい、勿論」

「俺が教師になった時もひどかったんだぜ。ガミが教えたら女生徒が全員妊娠するって」

「……あの、ガミって」

先刻から気になっていたことを聞くと、田上沢さんが眉を上げた。

「ああ、タガミサワだから、ガミ。あいつ癖みたいでさ。かなり親しくなると、相手の名前や名字の一部分だけで呼ぶんだよ。……あ、そういえば、あいつのこと、シンさんって。あいつがそう呼べって？」

うなずくと、田上沢さんがなんとも言えない柔らかな笑みを浮かべて手で顎髭をなで、大きく椅子の背に寄りかかった。

「君が二人目だ、野々宮先生に続いて。あいつのこと、『シン』って呼ぶの」

意外なことを言われて、わたしは息を呑んだ。

「野々宮先生がずっとそう呼んでたから、他の学生や先生の中にもそう呼ぼうとした奴がいたんだよね。でもあいつ、断固として他の誰にもそうは呼ばせなくてさ」

そう言うと、何が可笑しいのか田上沢さんはくすくすと笑いを漏らした。

「からかって呼んだ奴になんか、ぶちギレだよ。貴様ごときがその呼び方を俺に使うな、俺をそう呼んでいいのはこの世でノノ先生だけや、て」

――シン、でええよ。

いつかの夕闇の中から聞こえてきた声がすぐ耳元で甦って、胸がいっぱいになる。

ふとシンさんのことが、ひどく懐かしいひとのように思われた。ずっとずっと、昔から知っていたひとのように。

「レイコちゃんにも、そうは呼ばせなかったから。君は余程あいつの気に入りなんだね」

柔和な笑みを浮かべてこちらを見る田上沢さんに、そういえば、とわたしは気になっていたことを聞いてみた。

「あの、レイコさんってどんなひとなんですか？」

と、店員さんがやって来て目の前に飲み物と突き出しが置かれた。ささみと青菜をごまだれで和えてある。

「あ、まあとりあえず、お近づきの印に乾杯」

ひょい、とビールのジョッキを上げてみせるのに、わたしは慌てて自分のウーロン茶のグラスを持ち上げ、かちんと縁を合わせた。

「……っ、そうだなぁ、もう突き抜けるくらいに明るい」

一気にジョッキの三分の二をあおると、田上沢さんはふう、と息をついてそう言った。

この田上沢さんに「明るい」と言わせるんだからそれは相当だろう。そう思っていると、相手は何かを思い出したかのようにくすっと笑った。

「前に森谷がレイコちゃんを評していわく、『あいつはすっからかんや』って。『あいつの頭ん中はすっからかんや、だからあんな明るいんや』ってさ」

「すっからかん？」

およそ人間に対する評価とは思えない単語に、わたしはきょとんとする。

ぐいっと二口でビールを飲み干すと、田上沢さんは通りがかった店員さんに二杯目を注文した。

「言うにことかいて、『きっと神さんが、生まれてくる前にあいつの頭のネジ十本くらい締め忘れたんやろ』って。ひどいだろ」

くつくつと笑って言う田上沢さんを、わたしはつい真面目に見返してしまった。

「いえ、あの……多分それ、褒めてます」

そう言うと、運ばれてきたビールのジョッキに手を伸ばしかけていた田上沢さんが、動きを止めてこっちを見た。

「それ、褒め言葉です。シンさん、それものすごい褒めてます」

通常どう考えても褒めているとは言えない、むしろ聞く人によってはけなしているとしか思えない表現だったけれど、わたしには判った。

この田上沢さんが「明るい」と評するレイコさん。おそらくそれは本当に、シンさんといい対を成す組み合わせで――きっとシンさんは、その明るさ故にレイコさんという相手を選んだのだ。自分にはない、その眩しさの為に。

「……うん、さすがだ。これ聞いただけで判るんだね千晴ちゃんは。うん、ほんと大したもんだ。あいつがああ呼ばせる訳だ」

田上沢さんが真面目な、けれどあたたかいまなざしでわたしを正面から見た。

わたしは唇をわずかに開いて、田上沢さんを見返した。そうか……判ってるんだ、このひとも。それがシンさんなりの最大級の褒め言葉だってことを。

「俺さ、あいつがあんなに笑う声、初めて聞いたよ。驚いた」

「えっ？」

「今日、あいつんちでさ。そもそもぶちギレてる状態のあいつにほいほい近寄れるのなんかレイコちゃんくらいだったし、レイコちゃんでさえあそこまであいつを笑わせたことはないいんじゃないかな。ほんと、すごいよ君は」

　わたしはびっくりしてぽかんと口を開けた。だって普段からとにかく何かにつけてシンさんはひとのことを笑うのだから。

「レイコちゃんは笑わせるってより、呆れさせるんだよね。すごい能天気っぷりで。それであいつ、キレててももうそんなことがどうでもよくなるみたいで。『あいつ見てたら真面目にもの考えてる自分があほらしくなってくるわ』って」

「わたし、しょっちゅうシンさんに笑われてますけど……」

　そう言うと、田上沢さんの眉が笑うように下がった。

「きっとあいつ、ほんとに君が可愛いんだよ。見てたら判るよ」

　また意外なことを言われて、勝手に頬に血がのぼった。

「そっ……そんな訳、ないですよっ」

　慌てて否定したが、我ながら声がうわずっている。

「え、どうして？」

必死で反論しようとした瞬間、後ろから頭にコンと何かが当たった。目を向けると、シンさんが立っていた。その姿に、また頬の熱が上がる。

「ごめん、長なったわ」

シンさんはわたしの頭に当てた携帯を、ぬっと田上沢さんに向けて差し出した。それからくるっとテーブルの脇をまわって、田上沢さんの隣に座り——どうやらこの様子では、今の会話は聞かれていないみたいだ、良かった——そしておもむろに目を上げてわたしの方を見ると、ん？　と眉根に皺が寄った。

「ガミ、お前飲ましたやろ！」

と言うが早いか、すぱん、と手が飛んで田上沢さんの後頭部をはたく。

わたしは頬の熱さも一瞬忘れて口を開いた。もしかしてシンさん、わたしの顔が赤いのをお酒のせいだと思ったのだろうか。

「お前あんだけ言うたやろうが！」

「あ、あの、待ってシンさん、違う」

再度田上沢さんをはたこうとするシンさんを、手を振って慌てて止めた。

「飲んでない。飲んでないよ、わたし」

「森谷お前なあ……人の話聞く前に手出る癖直せよ、ほんとに。千晴ちゃんの言う通り。飲ませてないって」

「ええ？　そしたらなんで、お前そんな顔赤いねん」

シンさんの言葉に、ぐっと声が詰まった。田上沢さんがちらりと目線だけをこちらに向けてくる。お願い田上沢さん、先刻のあれは黙っていてほしい。

祈るような気持ちでその目をじっと見返すと、田上沢さんが視線をシンさんの方に向けて口を開きかける。同時に、シンさんがぐいっとその肩口を摑んだ。

「まさかお前、こんな子供相手にいつものノリでおかしなこと言うたんちゃうやろな？」

今度はそっちにいったのか、シンさん。目も当てられないような気分になって、もういいや、全部正直に言っちゃって、と半分ヤケ気味に思った瞬間、田上沢さんが言った。

「おかしなことなんかひとつも言ってないよ。ただ、千晴ちゃんは可愛いなあ、彼女にするなら君みたいな子がいいなって言っただけで」

わたしはえっ、と顔を上げる。

「言うてるやないかい！」

またすぱん、とシンさんの手がヒットした。

「痛いなもう。ほんとのことなんだから、全然おかしくないだろ」

「だからお前はどこまで無節操やねん！　ええ大人が子供相手にすな！」

わたしは声も出せずに、田上沢さんを見つめた。なんというか、本当にこのひと、すごく良いひとだ。まさに教師になるべくしてなったような。

「子供だから可愛いんだよ。ねえ」

田上沢さんはいたずらっぽく言うと、わたしに軽くウインクして見せた。その唇が小さく「ひ・み・つ」と動く。

「お前はほんまにもう……決めた。今日の飲み代、全額お前出せ。こいつの同席代や」

「え、いや、わたし自分の分は自分で」

急いで言ったが、シンさんはまるっきり聞いちゃいない。

「そうと決まったら飲むからな、今日は。すみません、ビール！」

もうシンさんてば、と心底申し訳ない気持ちになりながら田上沢さんの方を見ると、また「気にしない」と小さく唇を動かして、もう一度ウインクしてくれた。


言葉通りふたりは相当な量を飲んで、皆で店を出た時には、すっかり夜も更けていた。

「そしたら、また明日もよろしく」

「おう。ほなな」

実にあっさり、言葉少なに別れを交わしたと思うと、ふたりがそれぞれ逆方向に歩き出したのでわたしは慌てた。ふたりを交互に見て、急いで田上沢さんに向かって声をかける。

「あの、田上沢さん、今日はごちそうさまでした。それからいろいろ、すみませんでした。ご飯代、その内お返しします」

言い切って頭を上げると、田上沢さんは苦笑して手を振った。

「いいって、そんな。どうせ次にあいつと飲む時は、あいつが全額出すんだから。俺ら大抵そんなん。だから、気にしない」

「でも」

口ごもっていると、後ろからシンさんの声がした。

「コラ置いてくぞ、早よ戻ってこい！」

「ほら、お呼びだよ」

くすっと笑って、田上沢さんが指でシンさんの方を指す。

「ほんとに、ありがとうございました。おやすみなさい」

もう一度ぺこりと頭を下げて背を向けて走り出すと、後ろから「おやすみ」と声が追いかけてきた。

「何しとんねんお前、ほんまに」

追いつくと、シンさんはかなり不機嫌そうに言ってすたすたと大股に歩き出す。

「ええか、あいつはほんま、女には見境ないねんからな。お前みたいな子供、手玉に取るくらい朝飯前やねんぞ。もう少し気ぃつけえ」

「別にそんなんじゃ……ご飯代のお礼、言ってなかったから」

「あれくらい払わして当然じゃ。……ああもうほんま、なんで女は皆あいつに簡単に引っかかんのかなー。学生ん時から女切らしたん見たことないわ、あの男」

「そんなに、すごかったの？」

まあでも、確かに今のあの気遣いが天性のものだったら、それはさぞかしモテたと思う。女の子はきっと楽だもの、あんなひとといたら。

「ああ。そやし相手は変わっても基本はずっと彼女がいる状態やのに、それでもまだあちこちから女寄ってくんねんで。あれ、女の方もどうかしてるわ」

彼女という単語に、わたしははたと例の名前を思い出した。

「……レイコさん」

思い出すままその名を口にすると、シンさんがぎょっとしたようにこちらを見た。

「シンさん、彼女いたんじゃない。なんで教えてくれなかったの？　あのカップ、レイコさんがつくったんでしょ？」

隙をつくらせまいと一気に尋ねたのを完全に無視して、シンさんは足を速める。逃してはならじと、わたしも懸命に足を動かした。なにせこんな優位に立てることなんてそうはない。絶対、聞き出してやる。

「ねえ、いつ帰ってくるの？　わたし、逢いたい」

「……知らん」

息せき切って聞いた問いに返ってきた答えに一瞬仰天して、すぐに、そんな訳ないだろう、とむっとした。

「なんでよ。けちけちしないでそれくらい教えてよ」

「ほんまに知らんねんて。出発した時点では帰国日決まってへんかったたし、個展終わったからってその日にハイさよなら、いう訳にいかんやろ。後始末やらあるやろし」

「えー、まあそりゃそうだけど……連絡とかないの？」

シンさんは「んー」とうなって少し上目遣いになり、かりかりと顎をかいた。

「確か……到着直後に、『着いた』って葉書が一枚、来たかな。先月頭くらいにも『今この辺り』みたいのんが。そんくらい」

「ええ、それだけ？　そんなんで心配にならないの？」

わたしは今度こそ完璧に仰天した。なんてそっけないんだろう。

「あいつやったらどこおっても大丈夫や。なにせあほやからな」

わたしは歩きながら、シンさんの横顔を見た。酔いのせいか、細い目がわずかに潤んで澄んでいる。

……シンさん、本当に好きなんだなあ、彼女のこと。好きだし、彼女という人間を信じているんだ。

「えーと、じゃ、電話は？」

「俺持ってへんし。公衆電話から国際電話かけんのもめんどいし」

「でも、そんなんでもし万一のことがあったら」

「そしたらトリコロールの子らから連絡あるやろし。俺に何かあっても彼女らからあいつに連絡いくやろ」

「とり、こ？」

「ああ、それは聞いてへんのか」

レイコさんの話題になってから、初めてシンさんがちらりとこちらを見た。

「あいつ、ドイツから帰ってきた後、同期やった子とひとつ下の後輩の子と、三人で泉《せん》涌《にゅう》寺《じ》に窯開きよってん。家も三人で借りて、店も置いてさ。その店の名前。つくるもんが三人それぞれ全然違ってて、結構おもろいで。まあその内な」

その言葉にシンさんが一応、いつかはちゃんと彼女を紹介してくれるつもりがあるのは判った。が、こんなんでは全然、もの足りない。

「じゃあ、写真かなんかないの？」

聞いたその瞬間から薄々予想はしていたが、やはり即座に「ない」という答えが返ってきて、わたしはがっくりした。

「なんでよ、もう。あ、ねえ、卒業アルバムとかは？　この際昔の写真でもいいよ」

「そんなんとっくに捨てたわ」

「もう、ほんっとにぃ。いいよもう、今度田上沢さんに頼んで見せてもらうから」

「お前なあ……」

シンさんが足を止めて真正面からこちらを見た。

「ほんまもう、なんやねな……ひとのことばっか言うてさ。そない俺に言うねやったら、自分かて俺に彼氏の写真くらい見せえや」

思ってもみない反撃が返ってきて、わたしの足も思わず止まった。それをどう取ったのか、シンさんはにやっと笑って陽気に続ける。

「てか、いっぺん連れてきいや。ちゃんとしたつきあいしてんねやったら、姪御さんとおつきあいさしてもろてますー、くらい挨拶しに来んのが筋っちゅうもん、ちゃうんかい」

その声音は純粋にひとをからかっているだけのもので、けれどわたしは胸の底にずしんと重しがかかるのを止めることができなかった。

連れてこい、って言ったたって。わたしでさえ、全然逢えてない。電話すら来ない。そんな相手を、どう連れてくればいいのか。

たった今聞いた、シンさんとレイコさんの話。何ヶ月も離れていてろくに連絡もなく、それでもおそらく全くこころが遠ざかっていないその姿が、自分と恋人との間の深い断絶と対比されて、ますます胸が張り裂ける思いがした。胸の奥から熱い塊がぐうっと込み上げてきて、眼の裏までじいんと広がっていく。どうしよう、泣きそうだ。

「おい？」

黙ってしまったわたしに、シンさんがきょとんとした顔で背をかがめてひとの顔を覗き込み――ぱちぱち、と、二、三度瞬きする。

次の瞬間、「……あ」と口の奥で小さな声を漏らしてぱっと背を伸ばしたと思うと、シンさんはいきなり、ぐしゃぐしゃぐしゃ、とひとの頭をかきまわした。その突然の動きに、ぎりぎりのところでこらえていた涙がすっと引っ込む。

「いや、ええわ、ええ。嘘やで」

手だけをこちらに伸ばし目は完全にそらして、シンさんがものすごい早口で言った。

「ひとのオトコなんか見たって何もおもろないしな。連れてくんなよ」

驚きに引っ込みかかっていた涙がまた上がってきて、鼻の奥がつうんと痛くなるのをなんとかこらえ、わたしは口を開いた。こんなことで余計な心配をされたくない。

「あの、まだ、就活が終わらなくて……忙しくて、それで」

「あー、ええから！」

途切れ途切れの言い訳めいた言葉を遮るようにシンさんはいきなり大声を上げて、わたしの背中をばん、ときつく叩く。

「いたっ……」

「もうええって。姪っ子のオトコなんかに挨拶されたって何もおもろいことないし。いらんわ。いらん」

シンさんはまた、ひとの髪をくしゃくしゃに混ぜて早口に言うと、ぐい、とその手で頭を引っ張るようにしていきなり歩き出した。体勢上、わたしも仕方なく後に続く。

胸の奥の熱い塊が、足の動きと一緒にぽんぽんと跳ねた。

「オトコと言えば、ガミには学生時代すごいエピソードがあってな」

ひとの頭を乱暴になでながらシンさんはそう言ったかと思うと、全くこちらを見ずにまっすぐ前を見ながら飛ぶようなスピードで歩いていく。

「女にはそらモテとったけど、男にも言い寄られたことあってん」

「ええっ？」

一瞬こころにどっしりと乗った重しのことを忘れて、わたしは隣のシンさんを見上げた。

ちらっとこちらに目を走らせたシンさんの唇の端に、わずかな笑みが浮く。

「二回の時に、ひとつ下の後輩に。それがもう乙女で乙女で」

「おとめ？」

って、男の子に言い寄られたんじゃないのか？

「まああいつは筋金入りの女好きやし、そら当然、その後輩のことは丁重にお断りしてんけど、そいつ、『好きでいることは構わないですか』って」

思いもよらないその展開に、わたしは口をぽかんと開けてシンさんを見つめた。

「そんであいつも、『まあそれは自由だと思う』とかなんとか言うたもんやさかい、もうずうっと、乙女の片思いモードでな。また小柄で細っこくて髪の毛なんかさらっさらして、綺麗な顔しとってん、そいつ。そんなんがほら、あの、ひと昔前の少女漫画みたいに廊下の端からそっと見つめたりしてんねん」

「それは乙女だ……」

わたしは呆然と呟いた。もはやすっかり、涙は引っ込んでいる。

「あいつ学生時代、バスケやっててんけどさ、一度試合の時にそいつが弁当つくってきたことがあってや。それがすごいねん。ご飯の上に、桜でんぶでハート描いてあんねん」

「――乙女だ！」

殆ど感動してしまって、わたしは声を上げた。それは今は勿論、十年前であってもまさに天然記念物レベルの乙女ではないか。男の子だけど。

シンさんが嬉しそうに笑ってこちらを見下ろす。

「やろ？　そいつ、俺らの卒業ん時は、すんごいでっかい花束持ってきててさ。チビやったから、両腕いっぱいにそれ抱えたまんま、わんわん泣くねん。なんつか……すごかったわ、あの一途っぷりは」

その感心しきった口ぶりから、シンさんはその子を割と気に入っていたのではないかと想像できた。そういう一風変わった子って、シンさんのツボなんじゃないかと思う。

「何が可笑しかったって、そんなんやから、そいつのこと学内中に知れ渡っとってさ。ガミが気に入った子に声かけた時、『あの子に申し訳ないから』とか『田上沢君にはあの子がいるし』ってフラれたことが何回かあったらしい」

「ええっ、気の毒」

と言いながらも、わたしはつい噴き出してしまった。

「――やっと笑《わろ》たな」

と、シンさんが口の奥で小さく呟いて、わたしははっとなった。

思わず見上げると、歯を見せて笑う。

「笑え笑え。しおれてるとか、らしないぞ、自分」

なんだそうか、同じだ、これ。すとんと、判った。

今日の昼間にわたしがやった――怒りを持て余したシンさんの気を、まるっきり明後日の方向にそらした、あれと同じ。

それが感じ取れた瞬間、先刻とは別の理由で胸の奥がじんとなって、また泣きたくなった。

「なんやねな、もう、笑えや。お前そんなんやったら俺調子狂うねん。笑えって、ほら」

わたしの表情の変化を見てとったか、シンさんは慌てたようにひとの後ろ頭を小突いた。

わたしはうなずいて、なんとか笑みを浮かべた。が、その端から涙がこぼれそうになるのを、喉の奥を引きつらせるようにしてどうにかこらえる。

「あーもう、ほんまに」

シンさんがやけになったように、またひとの髪の毛をくしゃっとかき混ぜた。

その時、気づいた。シンさんがわたしに触れるのは、あの最初の日に交わした握手以来、今日が初めてだと。あれから何度もシンさんの家に通った、けれど一度だって、シンさんはわたしの体のどこにも触れることはなかった。

そうか、わたしは、わたし達は……急速に近づきながら互いにどこか、まだ相手との距離を空けていたのだ。節度と呼べばいいのか、近づいても踏み込みはしない、そんな距離感を互いに無言で保っていた。

頭の上のシンさんの手のあたたかみが、じいんと心臓の上まで下りてくる。

……ああ、また、近づいた。それは先刻までの涙を誘うような胸の熱さとは違っていて、自然と唇に笑みを浮かばせるような、幸福感に近いものだった。

「そうそう、笑いや。美人やったらしおれてる姿も絵になるけど、お前がやってもお話にならんからな」

ちら、とこっちに目を走らせたシンさんがほっとしたように、ぽんぽんと頭を叩く。

「ちょっとシンさん、その言い方はないんじゃない！」

その言いっぷりについ拳を構えてしまうと、シンさんが手を上げて笑いながら離れた。

「ええぞ、もっと言えもっと言え。ああ言えばこう言うくらいでお前はちょうどや」

その言葉に逆にもうすっかり怒る気がなくなって、わたしはすっと手を下ろした。自然に、くすんと唇から笑いが漏れる。

わたしのそれを見て、シンさんはますます嬉しそうに、歯を見せて笑った。

その後ろに、ちらちらと冬の星座が瞬いている。

このままひと晩中歩いていてもいいな、そんな風に思った夜だった。

あの後、田上沢さんとシンさんと一緒にもう一度ご飯を食べた。シンさんが煙草を吸いに店の外に出ている間、これはチャンスだとレイコさんについてあれこれ教えてもらう。学生の頃からその明るさと天性の社交性、高い陶芸の才能とで割と目立った存在だったというレイコさん。けれど女性に無関心だったシンさんは、当時は彼女のことを知らなかったらしい。

その頃レイコさんは他の専攻の先生のところにも出入りして技術を教わったりしていたそうで、その中のひとりが野々宮先生——シンさんの『センセイ』だったのだそうだ。

センセイは彼女がドイツに行っている間に病で亡くなったのだが、レイコさんはそれを知らずに帰国後にセンセイの工房を訪ねていって、そこでシンさんに出逢ったのだという。

その後にどういういきさつでつきあうことになったかまでは田上沢さんも知らないそうだが、「そりゃもう天地がひっくり返る程驚いた」と目をまん丸にしてみせた。

「確かに彼女、普段は後先考えてないようでいて、でもところどころ、ものすごくクレバーなんだよね。時々こう、きらきらっと、びっくりするくらい鋭く輝くんだよ」

それからこうもつけ加えた。

「レイコのレイは怜悧のレイなんだけど、当人は名は体を表すって言っててさ。森谷はその度に莫迦にしてたけど、俺はあながち間違ってないと思ったよ。彼女はああ見えて、かなり賢いんだ」

結局シンさんはあれから殆ど彼女について語ってくれなかったので、その情報はかなり有り難く、そして聞けば聞く程、彼女当人に逢ってみたくてたまらなくなった。

けれども年の瀬が押し迫ってきても――田上沢さんによると、個展自体は十一月末には終わっている筈らしい――彼女が帰国した様子はない。

そして、その日が来た。

その夜、わたしは家でつくったカレーを持ってシンさんの家にいた。

年末年始の休みにも、わたしは勿論、実家に戻る気はなかった。そもそも高校を卒業してこちらに来て以来、わたしは一切、実家に帰っていない。

シンさんはクリスマス前なのもあって、相当の追い込み時期に入っていた。シンさんの作品はアクセサリーが中心で、男物も女物もつくる。それらは雑誌やインターネットにも載ったことがあり、ここ数年でずいぶん人気が出て、関西のあちこちの店に置かれているそうだ。工房の壁には店からの発注書が山のように貼られていて、指輪やらネックレスやら、それぞれに何十個もの注文数が記されている。

そんな状況を見て、わたしは今まで奢ってもらった分のお返しも兼ね、先月末頃から時々、食事を差し入れるようになっていた。

カレーを食べた後、わたしはお茶を飲みながら図書館で借りた本を読んでいて、隣でシンさんも黙々と仕事を続けていた。

と、その時、外からゴロゴロという低い雷のような小さな音が聞こえた。この辺りは大通りから何本か入っていることもあり、特に夜にはかなり静かだ。だからその変わった音に、ん、と一瞬シンさんも顔を上げたが、またすぐに手元に目を戻す。

徐々に、その音は耳障りなくらいに大きくなり——音の間に混じる、かつかつという靴音に、作業を再開しかけていたシンさんがはっとはじかれたように顔を上げた。

その瞬間、「ただいまあ！」という高い声と共に、ガラガラッと勢いよく扉が開かれた。

わたしがあっけに取られていた時間がどれくらいなのかは、よく判らない。

片手で引き戸を開けて、片手でやたら大きな、鮮やかなブルーのスーツケースを引いて、その人は玄関に立っていた。あの音はキャスターの音だったのか。

真っ白いコートにモスグリーンのマフラー、足元は茶革のブーツ。わずかに栗色がかった髪をさらっと肩より少し長く伸ばして、大きな丸い二重の瞳でこちらを見ている。背は高いけれど、中肉中背のわたしと体重はさして変わらないんじゃないかと思う程細い。

外の闇をバックに、きらきらと輝く星のような姿に見惚れていると、シンさんが「おう、おかえり」とぼそっと言って、我に返った。

見ると、シンさんはまるで何事もなかったみたいに再び作業に戻っている。

……いや、待てよ？　この期に及んで、わたしは置かれた状況にはたと気がつく。

今のやりとりからも、どう見てもこの人がレイコさん――シンさんの彼女だ。

そして多分、今日の帰国は予告なしのものだ。で、夜も遅めの時間に久々に訪れた彼氏の家に、見知らぬ若い女がひとり。これはかなり問題のある場面なのでは？

そう思った瞬間、椅子から直立していた。

ぱたん、と本が床に落ち、シンさんと彼女が驚いた顔で同時にこちらを見る。

「あのっ、初めまして！　篠崎千晴と申します。シンさん……森谷さんの、姪にあたります。よろしくお願い申し上げます！」

腰から体を九十度に折って頭を下げつつ、とにかく一刻も早く関係性を相手に理解させたくて一気に言うと、彼女がぷっくりした唇をO《オー》の字に開いた。

「めい、って……何だっけ。イトコ？」

「いやそれは違う。従兄弟は自分の親の兄弟の子供」

彼女の疑問を即座にシンさんが否定した。いや、まず疑問に思うところがそこなのか？

「そうか。そうよね。ええと」

「甥、姪は自分の兄弟の子供。お前の妹さんが娘産んだらそれがお前の姪」

シンさんは慣れているのか、全く素のままで仕事を続けながら簡潔に答える。いや、しかし、これが数ヶ月ぶりで再会した恋人同士が交わす会話なのだろうか。

「ああ、成程ね……えええ、ってことは彼女、佐和さんの娘さん!?」

よいしょ、とスーツケースを中に引っ張り込みながら、彼女はすっとんきょうな声を上げる。彼女、伯母さんのことも知っているのか。

「ちゃう。佐和さんと俺の間にもうひとりいる。そいつ……、その人の、娘」

苦虫を噛み潰したような声で、シンさんがぼそっと言った。相変わらず目線は作業中のアクセサリーから上げない。

その低い声に、胸がどきんと鳴る。そうだ、忘れてた……こんな基本的なことをすっかり忘れていた。わたしはつまり、シンさんにとって苦い思い出しかないのであろう、兄の娘なのだ。「そいつ」と言いかけて「その人」と言い直したシンさんのこころの中を思うと、さあっと胸の内が苦くなる。

「え、それ聞いてたっけ？　まあいいか。ってことは、佐和さんにとっても姪？」

「正解」

「よしよし、完璧に理解したわよ」

嬉しそうに手をこすりあわせると、彼女はすたすたとわたしの前に歩いてきた。そして足元の本を拾い上げると丁寧に埃を払って、両手で「はい」とこちらに差し出してくれる。

「あ、ありがとうございます」

頭を下げて受け取ると、にっこりと笑いかけてくる。

「わたし、カミヤマレイコ。神様の山の怜悧な子。ぴったりでしょ」

「姪の定義も忘れるような奴がよう言うわ」

ぼそっとシンさんが突っ込むと、彼女は眉間に皺を寄せてべー、と舌を出した。

「こんな可愛い姪っ子をずっと隠してた男に言われたくないわ。なんで教えてくれなかったのよ？」

「いや別に隠してた訳やないけども……俺も、こっちおるって佐和さんに聞いたんつい最近やし」

シンさんはちょっと困ったような顔をして、手を止めてわたしを見た。お前適当にうまいことごまかせよ、という目をしている。そんなこと、要求されても。

そもそも伯母が自分に黙っていたのは、あの父親のせいだ。そして京都に移り住んだ後も、結局は実家に帰るかもしれないわたしのことを慮って、今の今まで黙っていた。

わたしが「そいつ」の娘だから。

「ふうん？　なんで……って、まあ、そうだよね」

何も言い出せない内にレイコさんは勝手にうなずいてシンさんの背後にまわると、短く立ったシンさんの髪をつぶすようにぽんぽんと叩く。

「こんな野獣みたいな男、大事な姪っ子にそうそう紹介したくないよね。どんな悪さに巻き込まれるか判ったもんじゃないもん」

「あのな」と上目遣いにシンさんが彼女を睨む。どうやら勝手に納得してくれたみたいなので、わたしはもうそれ以上何も言わないことにした。

「……ああ、でも、そうと判ってたらもっといろいろ買ってきたのにぃ」

レイコさんは急に残念そうな声を上げると、床のスーツケースに小走りに近づいて、しゃがみこんでぱたん、とその場で開いた。

「もっと女の子向けのお土産とか……あぁ、大失敗、なんかいい物なかったかなぁ」

ぶつぶつ言いながら、中に詰まっている物をせかせかとどんどん床にばらまいていく。

中には一見しただけでは正体の判らない謎のオブジェ的な物体が大量に詰まっていた。

小さい機械らしき物やヘンテコなフォルムの置物に、ふわふわした綿のような物体。

「お前それ全部持って帰れや。置いてくなよ、絶対」

シンさんはレイコさんにそう言い捨てると、台所の流しでざっと手を洗って、いつものコーヒーメーカーに豆をセットし始める。

「気に入ってるんだけどなー……」

小さく呟きながら、広げに広げたグッズの山を今度はせっせとしまい込むレイコさんの姿が可笑しくて、わたしはくすんと笑った。初対面なのに全然相手を緊張させないあたりが田上沢さんと似ていて、成程、シンさんとうまいことやっていける訳だと思う。

適当にほいほいと突っ込んだスーツケースの蓋が閉まらなくなっているレイコさんに、わたしは笑いをこらえつつ、押さえるのを手伝った。

「あ、ありがとう」

ちらっと歯を覗かせてこちらを見て笑ったレイコさんの表情には、本当に翳《かげ》りというものが一切なく、見ているだけでこちらまで嬉しくなるような笑顔だ。それにしてもこんな素敵なひとが何故シンさんを、と思う。

と、シンさんが小さく喉の奥で「ん」と愛想のない声を出して、テーブルの端にことんとカップを置いた。あの、青いマグカップ。

レイコさんは目の端に皺を寄せるようにして心底嬉しそうに微笑み、その辺の椅子を引き寄せて座ると、両の手でカップを包み込むように持って鼻先に近づけた。

「ありがと。ああ、これ……このコーヒーがずうっと飲みたかったの」

ひと口すすって、うっとりと目を細めてレイコさんが言った。

「嬉しいなぁ……夢にまで見たわ、リュウのコーヒー」

細い指先をカップの縁に当てて、そっとなぞる姿と、その柔らかな歌うような声。そこにえも言われぬような甘い空気が広がって、胸がきゅうっとなった。レイコさん、シンさんのことをすごく好きなんだ。ずうっと、逢いたかったんだ。

「さよか」

けれどそんなレイコさんとは対照的に、シンさんはそう言って実にそっけなく顔をそむけ、ずずっとコーヒーをすする。

でも、きっとこれは照れているだけなんだろうな。そう微笑ましく思うと同時に、急に自分がとんでもない邪魔者に思えてきて、わたしは慌てて立ち上がった。

「あ、あの、わたし、もう遅いし、帰ります」

きょとんとこちらを見上げたレイコさんにそう言うと、彼女は怪訝そうに大きな目をみはって首を傾げる。

「え、どうして？　せっかくコーヒー入ったんだし、飲んでいったら？」

「ああ、こいつコーヒーあかんねん」

急いで断ろうとしたのに、シンさんが何を勘違いしたのか、そう言って立ち上がって奥へと歩いていってしまう。

「いやっ、もうほんとに帰るし、いいよ」

「なんで」

台所に置いたままのやかんを手に取って、シンさんは本当に判っていない顔で不思議そうに振り返った。

「いや、だって……」

口ごもるとシンさんは一瞬不審そうに首をひねった後、あ、という感じに細い目を軽く開くと小さく息をつく。

「茶ぁくらい飲んで帰れ。外寒いで」

そう不機嫌そうな声で言われて、なんとも言えない気分で腰を下ろした。これ、後で絶対、「子供がいらん気まわすな」って怒られる。

「え、それ、佐和さんの送ってきたお茶？　おいしいよね」

そんな空気に全く気づかず笑顔でそう言うレイコさんの姿に、何だか気をまわしている自分の方が変に思えてきた。

とうに空になっていた自分のカップにティーバッグを入れると、やかんのお湯を注ぐ。

ふと気づくと、レイコさんがまじまじとわたしのカップを見ていた。どうしたのか、と見返すと、はっと目を上げ、また笑いかけてくる。

「前にもらったの、もうとっくに飲み切っちゃったから、ここにあるなら今度わたしも分けてもらおう」

「あ、じゃあ、まだうちに飲んでない分あるし、また持ってきますね」

「わあ、嬉しい！」

子供のように手を叩くレイコさんの笑顔が、眩しく目の裏に残った。

結局家まで送ってくれたシンさんとレイコさんと別れると、しんしんと冷えた外階段を一段一段、踏みしめるようにして上がった。遅くなったし、もう、今日はお風呂はいいや。

……当分行けないな、シンさんの家。だって、邪魔したくないし。

ヒーターをつけてしゃかしゃかと歯を磨きながら、そんなことを思う。

オレンジの光のあたたかみが今日見たふたりの姿を思い起こさせて、胸の中が柔らかくゆるんだ。

なにせ数ヶ月ぶりに再会した恋人同士なのだ。そこにしばしば顔を出したりしたら、レイコさんにも何この子、と思われるだろうし、シンさんにもうっとうしがられるだろう。

……いや、でも、頭では本当は、判っている。シンさんはきっと、そんなことでわたしを嫌わない。それがはっきり判っていて、それでもやっぱり、わたしは怖いのだ。

その感覚は電話をかける時と似ていて、ひとに少しでも負担をかける、それで相手に自分が嫌われたりうっとうしがられたりするかもしれないと思うと怖かった。そんなことをしたらきっと相手は自分から離れていくだろう。

歯を磨き終えて布団を敷くと、仰向けになって額に手の甲を当て天井を見つめる。

——思えば母は、ずっと昔から「あなたの為よ」という言葉が口癖だった。

父と伯母を捨て男を取った祖母。そのことをまだ子供だったわたしにまで「女は信用できない」と言いながら、自身も外に女を切らしたことがないのが父という人だった。どう考えたって矛盾していると思って、中学生の頃に勇気を奮って一度尋ねてみたことがある。よその男と逃げた祖母をそしるなら、何故自分は外に女をつくるのか、と。

あの人の答えは今思い出してもすごかった。したくてしているのではない、そう言ったのだ。

本当は自分は真っ当な家庭人としてありたいと思っている。けれどもこの家庭は、自分に対して家庭としての機能を果たしていない。だから外に疑似家庭のような息抜きが必要なのだ。それは不可抗力であり、自分の責任ではない、と。

では何故別れないのかと思わず問うと、相手は心底不思議そうな顔で「おかしいのは母さんなのだから、母さんがそれを直して自分に合わせるべきだ。自分は家長の責任を放棄する気はない、だから母さんも妻としての責任を果たすべきである」と答えたのだ。

その時にはもう、呆れるを通り越して怖くなってしまい、以後二度とあの人と用事以外の会話を交わすことはなかった。

多分父が望む家庭とは、ハウスメーカーのCMのような家族なんだと今は思う。モデルルームのような、チリや埃ひとつなく、すべてがぴかぴかに輝いた家。いつでも完璧にメイクされた笑顔で家事をこなし、夫を癒す妻。口答えなど勿論せず、親を大事にする優等生な子供。

わたしも母も、そんな妻子には到底なれなかった。

けれど母は言った、「あなたの為に我慢しているのよ」と。

「あの人は確かに横暴だし人のこころというものがない、けれどもあなたがいるから自分は離婚できないのだ」と。

ずっとそう言われ続けたわたしは、そういうものなのだと思ってきた。

高二の夏の、あの日まで。

——ひどく嫌なことを思い出しそうになって、わたしはため息をついた。

ひとり暮らしを始めるようになってから、わたしは生きるのが本当に楽になった。ひとりになって初めて、わたしは充分にこころを伸ばして息ができるようになったのだ。

ひとりになって、様々なものから解放された感覚は想像を超えていた。「ひとりなら楽なんだろうな」程度のことはずっと思っていたけれど、そんなレベルの話ではなかった。

わたしはつくづく、誰にもこころを鋭いくちばしでついばまれない、という安らぎがどんなに人に幸福をもたらすのかを知ったのだ。

同時に、もうあんな風に自分を苦しめるものは捨てていいんだ、と思うようになった。あれらはもう、全部後ろに置いてきたもの。自分は二度とあの家に戻る気はない。もうあれは皆、わたしとは無関係なのだから。そうやって考えないようにしてきた、なのにこうして、時に思い出してしまう。

就職を決めた後でも、母はひと月に一、二回、思い出したように電話をかけてきた。それはいつも父に対する愚痴が溜まった時で、さんざん不満を漏らした後には必ず、「帰ってきて」と泣き落としが続くのだ。自分がここであの男とふたりきりでどれだけ辛く、苦しいか。それを放っておくなんて、お前はどれだけ親不孝なのか。

わたしはそれを、こころにぴったり蓋をして、右から左に聞き流すようにしていた。確かに父はひどい夫で、けれど離れないのは母自身の選択だ。ずっと前にそう言ったことがあるが、母は「あんたもあの男と同じで、あたしに冷たい」と泣くばかりだった。

そう、冷たいんだ。だからわたしはあのふたりを捨てて、ひとりで自由に生きるんだ。

そう考えかけて、先刻「そいつ」と言いかけたシンさんの一瞬の表情が目の裏をよぎった。あんなものは皆無関係だと、そう思いたいのに……けれど否応なしに、「そいつ」はわたしの父なのだ。否応なしに、わたしと「そいつ」は血が繋がっているのだ。

ヒーターの光に手首を透かすと、血管が浮いて見える。

……やっぱり、当分シンさんのところには行けそうもない。わたしは手を伸ばしてヒーターのスイッチを切ると、頭から布団をかぶって、暗闇の中で固く目を閉じた。

それから一週間、わたしはシンさんの家に行かなかった。こんなことは初めてだ。世間はとうとうクリスマスを迎え、けれど恋人からの連絡はないままだった。

まあ、いいか、気にしない。ひとりクリスマス、結構じゃないか。

イブの午後、わたしは図書館で『クリスマス』とか『聖夜』とかがタイトルに入っている推理小説を借りまくって、駅前の百貨店でちょっとお高いお惣菜とひとり用の小さなケーキを買った。そこまでやるとむしろ楽しくなってきて、勝手に頰に笑顔が浮いた。

まだ夕食には早かったので、こたつに入ってまずは定番、『ポアロのクリスマス』を読み始めた。なにせ『クリスマスに起きる、思い切り兇暴な殺人事件』だ。完璧すぎる。

自分とはまるっきり縁のない大富豪のクリスマスの情景を読みながら、だんだん読書に意識が集中してくる。

と、突然、チャイムが鳴った。えっ、と思う間もなく、また、チャイム——そしてどんどん、と扉を叩く音。その音の性急さに、わたしは慌ててこたつを飛び出した。

「はい……？」

さすがにいきなり扉は開かずに、玄関で声だけ上げるとノックの音がやんだ。

すると「俺」と、低いシンさんの声がして、心臓が飛び上がりそうになる。

急いで扉を開くと、陽の落ちかかった空を背に、目の前にものすごく不機嫌そうなシンさんが立っていた。

「ひとりか」

こちらが名を呼ぶ間もなく、急き込むように相手に尋ねられてうなずく。

「誰か来んのか。それともこれから、どっか出んのか」

矢継ぎ早な問いにとまどいつつ首を横に振ると、うつむきがちなシンさんの顔にまた怒りの色が浮いた。

「ほな来い」

「え？」

「用事ないねやろ？　ほな来い。……十五秒で支度せいや」

きつく決めつけられ、何が何だか判らないまま部屋に駆け戻って素早く支度を済ませて玄関を開くと、外で煙草を吸っていたシンさんが振り返った。

「行くで」

扉の鍵を締めるやいなや、ひとの手首をぐい、と摑んで歩き出す。

ここ最近すっかり歩き煙草をしなくなっていたのに、珍しくくわえ煙草のままでどんどん先へ進んでいくので、その煙がもろに流れてきてけむたい。まともに鼻に煙が入って思わず小さく咳き込むと、シンさんがちらりとこちらを目だけで振り向いて、唇の煙草を外すと道端のガードレールで揉み消した。

その吸い殻を指先にはさんで、シンさんは無言で大股に歩いていく。

怒ってるなあ……何を怒ってるのかは大体見当がつくけれど。わたしがここ最近ずっと行かなかったその意味を、きっと勘づいているのだろう。

情けないような、泣きたいような気持ちになりながら、とにかく必死に歩調を合わせて歩いていると、不意にシンさんがぐい、と足の方向を変えた。

そのまま道沿いの小さな公園に入ると、隅にある東屋までひとを引っ張っていく。そしてぱっと手を離して、ポケットから出した銀色の携帯灰皿に吸い殻を入れると、まともにこちらを振り返った。

「何しとってん、こないだからずっと」

同時にそう低いシンさんの声が降ってくる。

――用事があった、友達と旅行していた、いろいろな言い訳が思い浮かんだが、目の前で心底腹を立てている様子のシンさんの顔を見たら、もうなんにも言えなくなった。

「お前どうせ、いらん気まわしたんやろ。えっ？　違うか」

黙っているとシンさんが小さく舌打ちをして詰問するようにそう言った。わたしはどうしようもなくわずかに顎を動かしてうなずく。

「ああもう、ほんま、お前あほちゃう？　つまらんこと考えてんなや、腹立つ」

いらいらと短い髪をかきまわして天を仰いで言う、その言葉にぐっと喉が詰まった。

「……つまらなくないよ」

深く息を吸い喉の奥から声を絞り出すと、シンさんが驚いたような顔でこちらを見た。

「つまらなくなんかないよ。なんでそれがつまんないのよ！」

自分でも思わぬ程の大声に、シンさんの目から一瞬険がなくなり、きょとんとした顔つきになる。

「だって、一緒にいて、ほしかったんだよ……せっかく久々に逢えたんだから、ふたりで過ごしてほしかった。全然つまんないことなんかじゃないよ」

懸命に訴えていると、急に泣きそうになった。シンさんが目の前ではっきりうろたえる。

「あ、あのなあ、別にもう俺ら、そんなんちゃうし……つきあいたての高校生じゃないねんから、そんな、お前が思うようなんとちゃうねんって」

両手を上げて、半分腰が引けた様子でこちらを見るシンさんを、今度はわたしがキッと睨み返した。

「それでも嫌なんだもの。自分がふたりの邪魔するの、嫌だもの。わたしなんかが行って邪魔したくない。そんなことして、嫌われたくない」

一度言い出すと止まらなくなって、先刻まではどうしても出てこなかった言葉が次々と喉の奥から出てくる。すると最初は困惑していた様子のシンさんの目に、一度は消えていた怒りの色が再び灯った。

「……お前それ、本気で言うてんか」

一瞬で再度怒りの頂点に達してしまったシンさんの低い声に、心臓に爪を立てられた気がした。けれど、一度口にしてしまった言葉はもう取り消すことができない。

小さくうなずくと、シンさんの顔が大きく歪んだ。

「――はァ!?」

裏返るような声と同時に、シンさんの拳がバンッと強く東屋の柱を叩いた。その激しい音に、背筋がびくんと縮まる。

「お前、ふざけんのもいい加減にしいや……ほんまの本気でそう思ってんのか、ええ？」

ぐい、と肩を掴まれると、骨ばったシンさんの指が鎖骨に食い込んでひどく痛む。

「お前、本気で俺がお前のこと嫌うと思てんのか、ええっ？」

怒鳴りつけるように放たれた言葉に、はっとなって、瞬間痛みが頭から吹っ飛んだ。

すぐ近くでシンさんがわたしを射貫くように見下ろしている、その目がカンカンに怒っているのがはっきり判って、わたしのこころは一瞬で撃ち抜かれた。

ああ……そうか。シンさんが何故こんなに怒っているのか、その芯がはっきり見えた。

わたしはまっすぐシンさんを見上げたまま、首を横に振る。

するとますます、シンさんの目が不機嫌になった。にもかかわらず、その後に続いた言葉は、どこか奥の方にほっとしたような響きを含んでいる。

「ほら見い。判ってんねやろ。お前に判ってへん筈がないねん。判ってんねやったら、いちいちしょうもないこと言うなや」

そうして唇をとがらせるようにして言うのに、胸がぎゅっと詰まる。

「判ってる。判ってる、けど……怖かったんだ、よ」

小声で言うと、シンさんの唇がぴくりと動いた。

判ってる。たとえわたしが「そいつ」の娘であっても、何度も訪ねてふたりの間に割り込んでも、そんなことでシンさんはわたしを嫌いにならない。

でも、怖い。判っていても、ただどうしようもなく怖いのだ。

シンさんがはっきり聞こえる程の深呼吸を二度して、わたしの肩から手を離した。同時に、肩口にじいんという熱さに似た痛みが広がる。

「……お前は俺のこと判っとるやろ」

打って変わって静かに言うシンさんの声が、わたしの胸に染み込んできた。

「俺がどういう人間か、何考えてるか、お前は全部判っとるやろが」

続く言葉に、心臓がきゅうっと痛くなる。かなかったことにではなく、わたしがシンさんを理解していないことに怒っているのだ。

いや、もう一段深く正確に言えば、こいつは俺のことを完全に理解している癖にそんなことを口にしている、ということに怒っていて、同時に、だがもしかしたら本当は判っていないのかもしれない、という可能性に苛立っているのだ。

どうしてこんなにも、相手のこころが透けて見えてしまうのだろう。そしてどうして、それがすべて相手に伝わってしまっているのだろう。

「なあ」とどこか懇願するようなシンさんの声に、わたしは小さくうなずいた。安心したのか、シンさんの眉根の皺が少し浅くなる。

「でも、不安で……怖かったんだよ」

深く息を吸ってなんとかそれだけ言うと、またその皺が深くなった。

「……お前、そんな俺のこと信じれんのか」

続いた言葉に、心臓が揺らいだ。

思わず顔を上げると、まともに目が合う。眉をひそめた、不機嫌そうな、でもどこか心配げなそのまなざし。それを見た瞬間、急にいろいろなことが氷解した。

……そうだ、電話が怖いのも、自分以外の他の誰かにわずかでも負担をかけることが異常に怖いのも……わたしが、誰も信じていないからだ。

ほんのわずかでも寄りかかれば、相手は自分からこころを離す。どうしてもそう思ってしまうのは、相手のわたしへのこころを信じたことがないから。だから、怖いのだ。

けれど、どうしてだろう。わたしにはシンさんのこころがこんなに見えているのに、絶対に嫌われない、そう知っているのに……それなのに怖いのは、何故なのか。

「……まぁええわ」

シンさんは口の中で呟くように言って、ダウンジャケットのポケットから煙草を引っ張り出し、やや風下に移動すると火をつけた。顔をそむけて、ふーっと遠くに向け深く煙を吐き出すとこちらを見る。

「信じんでもええわ。いや、というか、俺のことなんか信じんな。……けど、俺のことは判っとけ。つか、もう判ってるやろ。お前は俺より俺のこと判っとるわ」

すっかり淡々とした口調になって、シンさんは煙と共に言葉をつむぐ。

「俺っちゅう人間を、この世で完璧に理解してんのは、お前だけや……そやからそれがなくなったら、俺は困る。足場がない」

煙と一緒に言葉を吐くと、シンさんはぐいぐい、と煙草を灰皿で揉み消す。わたしは目の裏に熱いものが溜まっていくのをなんとか押しとどめたくて、口を開いた。

「レイコさんは？　レイコさんだってシンさんのこと、判ってるでしょ」

するとシンさんは眉を上げて、心底怪訝そうにわたしを見た。

「レイコ？　あいつは俺のことなんか何も判ってへんわ」

実にあっさりと決めつけたと思うと、急にスタスタ歩き出したのに、わたしは慌ててその後を追う。

「ええ、そんなことないでしょ？」

「判ってへんよ。判ってへんから俺なんかと一緒におるんやろ。判っとったら、とっととよそ行くわ」

あまりに身も蓋もないシンさんのその言いっぷりに、わたしは少し呆れる。

「そんなことないと思うけど……」

思わず唇をとがらせて言うと、シンさんは一瞬、歩調を落としてわずかにうつむいた。

「あいつの為には、よそいった方がええねやけどな」

低く、ぼそっと言われた言葉に、胸がきしむような感覚がする。

「……なんで、そんなこと言うの？」

「あいつには俺よりもっとマシな男が合うやろ。何も好きこのんで俺なんかと一緒におることないねん」

シンさんのそういう気持ちは判らないでもないけれど、さすがにそれはレイコさんに失礼だ、と言い返そうとすると、シンさんがちらっとこっちを見てふっと表情をゆるめて片眉を上げ、大きく片手を振った。

「そもそも自分のこと全部判っとるようなオンナとなんか、おっかなあてつきあえんわ」

まあそれは、一理あるかも。一転してからっとした口調を聞いて一瞬そう思いかけたが、シンさんは間髪容れずにこう続けた。

「大体、オンナなんかに俺のことが判られてたまるか」

その言葉に、む、と腑に落ちない気分になる。

「シンさん」

「なんや」

「わたし、女なんだけど」

「ええ!?」

急に大声を上げてこちらを振り返るシンさんの顔が、完全にいつものひとをからかう目つきになっているのに気づいて、わたしはますますむうっとする。

「いや、お前オンナちゃうやろ。前々から思ってたけど。実は甥っ子なんちゃう?」

「あのねえ!」

片手を振り上げると、シンさんは背を曲げて笑った。

「いや、でもほんま、お前ぜんっぜん、女っ気っちゅうか、若い女の子らしさっちゅうもんが見当たらへんし。おっさんおっさんみたいやで」

「ほんまもんのおっさんにおっさん言われたくないよ！」

思わずそう怒り返すとシンさんはけらけらと笑う。わたしは何だか、怒るのが莫迦莫迦しくなって振り上げた手から力を抜いた。

――俺のことなんか信じんな。……けど、俺のことは判っとけ。

シンさんの言葉が胸の内に甦って、口の端にふっと笑みとなってのぼる。これぞシンさんと呼ぶべき言い草だ。その言いっぷりが、わたしを安心させる。

ここ数日、こころにわだかまっていたもやもやが、すっきりと晴れていた。

前を行くシンさんの、大きな背中を眺める。

大丈夫だ……何があってもこのひとだけは、大丈夫。

何故ならわたしは、それを知っているから。


シンさんの家に着いた時には、もう大分暗くなっていた。ガラリと扉を開けると、ぐったりした顔のレイコさんが家の方の引き戸から顔を出す。

「もう、どこほっつき歩いてたのかと思った……あと十分遅かったら、わたし全部食べきってたわよ」

「どんな胃袋やねんそれ。……俺、煙草吸うてくるし、自分ら先食べとけや」

レイコさんが「え?」ときょとんとするのを尻目に、シンさんはいつものように勝手口から出ていってしまう。

「あの、わたしが煙草苦手だって、伯母さんがシンさんに」

申し訳なく思いつつ、わたしは小声で言う。

「ああ、佐和さんに。そりゃ逆らえないね」

丸い目に笑みを含んで、レイコさんは両手でおいでおいでをしてきた。

「上がってよ。そっち寒いでしょ」

わたしは後ろ手に扉を閉めて工房に入ると、沓脱ぎ石で靴を脱いで家の中に上がった。

実は自宅側に入るのは初めてで、少し緊張する。

そう言うとレイコさんの目がまた丸くなり、「なんで?」と高い声で聞かれた。が、そういえば何故なのか、自分でも判らなかった。機会がなかったとしか言いようがない気もするし、でもそれも違う気もする。

これもやっぱり、無意識の内に引いていた線なのかな、そう思う。家というプライベート空間に上がること、上げることを、お互いにまだ控えていたのかもしれない。

襖の向こうにこたつがあり、その上でカセットコンロにかかった鍋がくつくつと煮えているのを見て、わたしの胸はきゅっとなった。いかにも昭和な、飾りけのない和室は、昔の主だったというセンセイを髣髴《ほうふつ》とさせる。きっとシンさんは、ここにいるとセンセイと過ごしているようで落ち着くのだろう。

　そういう場所に、こうしてレイコさんと並んでいられることが嬉しい。うん、またひとつ、シンさんに近づいた。

「よし、じゃ、食べちゃおうか。もうお腹ぺこぺこ」

　レイコさんは明るく言って両手をすりあわせながらこたつに入り込むと、ふっと心配そうにこちらを見た。

「そういえば千晴ちゃん、今日ほんとに大丈夫だった？　リュウ、むりやり引っ張ってきたんじゃない？　大丈夫？　デートとかじゃなかった？」

　座ろうとしていた動きを思わず止めて見つめると、レイコさんの大きな瞳がますます大きくなった。

「あ、もしかして、やっぱり？　ああもう、だから止めたのになぁ」

「あっ……あ、いえ」

　レイコさんが勘違いしたらしいのを見て、わたしは慌てて手を振った。

「なんにもないです。大丈夫です。……彼氏、就活で忙しくて」

　座り直しながら、自分でも驚く程するんとそんな言葉が出た。

「そうなの？　え、でも女の子には、鉄板イベントでしょ。クリスマスに彼女放っとくような彼氏なんか、こっちからフッちゃっていいんじゃない？」

「いや、だって、彼氏四回生なんですよ。クリスマスどころじゃないですよ」

そのあまりの言いっぷりに、つい笑いながらそんな風に軽く言えた自分に再度驚く。まだ会うのは二度目なのに、レイコさんには何かこういうことを言いやすい空気がある。

「ああ、四回なのか。うーん、まあ、それでもねえ」

小さく頰を膨らませたレイコさんが可愛くてくすっと笑うと、こたつに両手を突っ込んだままレイコさんがこっちを見、ふっとやさしく目を細める。

「あのさ、千晴ちゃん。わたしに遠慮しなくていいよ。ガンガン来たらいいよ、リュウのとこ。というか、むしろ来て」

わたしは一瞬、言葉を失って相手の茶色がかった瞳を見返した。

「わたし、今日ここ来た時さ、リュウの奴、言うにことかいて『なんや、お前か』って。で、千晴ちゃん来てないのって聞いたら、更に露骨に不機嫌になってさぁ。『呼んでくる』っていきなり出ていこうとするから、もう、止めた止めた」

くすくす笑いながらレイコさんが鍋の蓋を開くと、ほわりとあたたかい空気が満ちた。そこにはクリスマスには似つかわしくない、水炊きができあがっている。

「だってイブだもん、ねぇ？　きっとデートだよってそう言ったら、ますます機嫌悪くして、『とりあえず行ってくるから飯つくっとけ』って飛び出してっちゃって」

レイコさんが渡してくれる箸ととんすいを受け取りながら、こころの端がちくんと痛んだ。シンさん、わたしと恋人がうまくいってないの、はっきり判ってるんだよな。

「どんな過干渉なお父さんだこの男、と思ったけど、まあでも、約束なかったなら良かった。だからさ、千晴ちゃん……暇な時には、リュウんとこ来てやってよ」

　ひょいひょい、と自分のとんすいに野菜や鶏肉を放り込んでいくレイコさんの横顔を、わたしは箸を止めて見つめた。

「わたしさ、帰ってきて、なんかリュウの仕事、前と違うって気がして……つくってるもの自体が変わった訳じゃないんだけど、なんていうのか、こう、打ち方が違うっていうか、そう、音が違うのね」

　その言葉に、はっとなる。

　センセイの仕事は、音が違う。そう話していたシンさんの言葉が胸に甦った。

「音がね、前と違って、なんか雑味がないっていうか……澄んでるな、って思うのね。もともと腕はいいんだけど、その上に余計なものがすっきり削がれてきたって感じ」

　レイコさんがこちらを見てにこりと笑ったので、わたしはどぎまぎしてしまう。本当に、そうなのだろうか。

「それってきっと、千晴ちゃんが来てからだと思うんだよ。だから時間あったら、リュウのとこに来てやって。そうすると、わたしも助かる」

思ってもみない言葉に思わず見返すと、レイコさんがふっと口先で笑って言った。

「わたし、野望があるのよ」

　ヤボウ、という響きを一瞬脳内で漢字に変換できずにいると、工房の方で勝手口の開く音がした。レイコさんは眉をきゅっと上げて座り直すと、ちらっとこちらを見て人差し指を唇に当てる。

「また今度。今は内緒ね」

うなずくと同時に引き戸の音がして襖が開かれ、ひやっとした冷たい風と一緒にシンさんが入ってきた。

「なんや、全然食べてへんやん」

言いながらダウンジャケットを部屋の隅に放ると、冷蔵庫から缶ビールを取り出して一本をレイコさんの前に置く。そして自分はこたつにも入らず、どすんとあぐらをかいてもう一本をプシュッと開けると、ぐいっとあおった。

「ああ、美味……ほら、何してんねん、食うてまうで」

そう言ってどんどん鍋の中身をかっさらっていくシンさんに、わたしもレイコさんも急いで箸を伸ばす。

「あー、嬉しー。水炊き久しぶり」

レイコさんはほくほくした顔で鶏肉を口に運ぶと、幸せそうに笑う。

すぐに箸を置いて缶ビールを開けると、やっぱり実においしそうにごくごく、と喉を鳴らして飲んだ。せっかく熱々の鍋で体が気持ち良くぽかぽかしてるのにもったいない、などと思うのは自分が子供だからだろうか。

「やっぱり日本の冬は鍋にビールよねえ。ああ、でも、ほんとはさ、おでんも食べたかったんだけどねえ。迷ったんだけど、わたしのおでん、いまひとつで」

「確かに、前につくったやつ、食えたもんじゃなかったわ。やめて正解や」

するとシンさんがそう言って、わたしは首を傾げた。切って煮るだけとはいえ、おそらくレイコさんが準備したであろう目の前の鍋は、野菜も実に綺麗に切られていて、火の通り具合も良かった。料理下手には見えないのだが。

「うーん。わたし、こう、ガーッと切ってジャーッと炒めてハイできあがり、みたいな、中華とか、あのあたり我ながら天才じゃないかと思うくらいうまいんだけど。じっくり時間かけて煮込む系って、一律に駄目なのよねぇ」

そのいかにもレイコさんのキャラに見合った説明に、わたしは妙に納得してしまった。

「例えば肉じゃがとか、自分でよし、と思うタイミングだと大抵生煮えだし、じゃ、と思って時間かけると全部煮崩れてるし……こう、程々ってことができないのよねえ」

「お前に中道《ちゆうどう》ってないよな。むちゃ美味いか激マズかや」

と、どことなくしみじみとした口調でシンさんが言い――これは相当、そっち方面では苦労したのだろうな、と想像される。

「ええと、じゃあ今度わたしつくりましょうか、おでん」

思わず言うと、「ほんと！　嬉しい！」とレイコさんの顔がぱあっと輝いた。

「いや、あの、普通ですよ、わたしのおでん」

その喜びっぷりに念の為そうつけ加えてはみたのだが、どうも聞こえてはいないようで「おでんおでん」とはしゃぎまくっている。

「いや、お前の腕なら、間違いなくこいつよりは美味い」

シンさんも真顔でそう言うので、まあそれならいいかと思いつつ、レイコさんの満面の笑みについこちらも頬がゆるんでしまった。

水炊きは締めの雑炊までパーフェクトにおいしく、その後のレイコさんの片付けも全く手をはさむ余地もなく実に素早く手際が良かった。そうしてすっかりこたつの上が綺麗になると、レイコさんが嬉しそうに冷蔵庫の中からケーキの箱を出してくる。

「ほら、クリスマスっぽくなったでしょう、一気に」

言いながら箱から取り出したそれは、直径二十センチくらいの苺のショートケーキだ。

「あのな、判ってると思うけど、俺食わんで、それ」

「リュウの分は最初っから勘定に入ってません」

レイコさんはベー、と小さく舌を出す。いやちょっと待て、もともと彼女はわたしが来るとは思っていなかった訳だから、これがひとり分なのか、もしかして？

「半分こしようね、千晴ちゃん！」

語尾にハートが透けて見えるような声で言われて、慌てて両手を横に振った。

「いや！　いや、わたしは八分の一カットで充分です！」

するとナイフを手にしたまま、レイコさんが不思議そうにわたしを見る。

「全然、遠慮しなくていいのよ、千晴ちゃん？」

「お前、誰もが自分と同じ基準で生きてる思うなよ、ほんま」

シンさんが立ち上がりざま、レイコさんの頭を軽く握り拳で小突く。

「コーヒー淹れてくるわ。佐和さんの茶でええねんな、自分?」

ストーブの上のやかんを手にしてこちらを見るシンさんにうなずくと、レイコさんが「あ」と声を上げて立ち上がった。

「これ。これ、使って」

ナイフを置いて、レイコさんは部屋の隅に置かれた自分のボストンバッグに歩み寄ると、しゃがみこんで中から何かを取り出した。

「はい、千晴ちゃん!」

ぐいっと両手で目の前に差し出されたそれに、わたしは面食らう。金縁の入った太い真っ赤なリボンが結ばれた白い箱。

その王道のプレゼントラッピングに、体温が一気に二度程上昇した。

「開けて開けて、早く!」

急かされてぎこちなくそれを受け取ると、こたつの上でリボンをほどき箱を開く。

細く切った紙の梱包剤の中に、すっぽりと収まった青緑色のマグカップ。

気が遠くなりそうな思いで、そうっとそうっと、くるむように手に取って持ち上げた。

「きれい……」

意図せず、言葉が口からこぼれる。

唇が触れる縁の辺りがわずかに黒みがかっていて、そこから中央に向かって、虹色がかった青緑色が下にいく程濃いグラデーションで輝いている。ぼってりと膨らんだ胴の中心部分にさっと刷毛で掃いたように、ほのかに桜色が走っていた。

どれくらい見つめていたのか自分でもよく判らず――不意に、ぽんっと肩に置かれたレイコさんの手に我に返った。

「気に入った？」

にこにこしながらこちらを見つめてくるレイコさんに声も出せないまま、ぶんぶんと首を縦に振る。

「そお？　良かった」

とろけそうな笑みを浮かべてレイコさんが言う。と、いきなり後ろからシンさんの手がわたしの髪をくしゃ、と混ぜて、すっとそのカップを手から抜き取っていった。

「……ええ出来や」

ぐるりと眺めてぼそっと小さく言うと、カップを持って襖の向こうに消える。

「あの後つくったの。ほら、せっかくだから、千晴ちゃんのもつくってここに置こうかな、って。今日渡せるとは思ってなかったんだけど、持ってきて良かったぁ」

「え、でも、どうしよう。ここに一緒に置いとくのも素敵だし、持って帰って、家で毎日使うのもいいな……ああ、どうしよう」

レイコさんの言葉に、まだ頭のどこかがふわふわしたまま、こころの中の逡巡をそのまますらずらと口に出してしまう。

「でも、やっぱり、持って帰りたいなぁ……帰ってあれがうちにあったら、なんか毎日、いろんなことが頑張れそう」

　頭に浮かぶまま呟くと、突然レイコさんがぎゅっと首ったまにしがみついてきた。

「え……え、レイコさん？」

「最高」と一言言うと、ますますぎゅうっと抱きついてくる。その細身の体の意外な柔らかさと髪から漂う甘い花のような香りに、女同士なのにどぎまぎしてしまう。なんかもう、色っぽいんだなぁ、レイコさん。

「つくり手冥利に尽きるなあ。千晴ちゃん、それ最高だよ」

　ゆっくり腕から力を抜いて、レイコさんがどきっとする程近距離でひとの目を覗き込み、にこっと笑った。

「ああ、すっごく嬉しい！　もう、どんどんつくっちゃうから……今すぐ土こねたくなってきちゃった、帰ろうかな」

　ぎゅうっと両の手を合わせて、レイコさんは飛び跳ねるように立ち上がる。

「え、い、いや、レイコさん、それはちょっと」

　思いもよらない発言に、わたしは焦って手を振って止めた。

「だってもう、うずうずしてきちゃって……」

「いや！　いや、レイコさん……ほら、ケーキ！　ケーキ食べましょう！」

　本当に、放っとくと今にもバッグを引っ摑んで帰りかねない勢いに慌てて言うと、レイコさんがはたと我に返って、こたつの上を見下ろした。

「……そうだった、ケーキ」

憑き物が落ちたみたいな声で言ってあっさりと座り直したレイコさんに、わたしは内心、ほっと胸をなでおろす。

レイコさんはホールケーキをひとり分には大きめのサイズでカットすると、それをわたしのケーキ皿に移してくれた。そして残りをそのまま、どん、と自分の前の大皿にのせる。

あれをやっぱり、ひとりで平らげるのか……。しかし、なんでまたこのカップルは、どっちも大食いなのにそろってこんなに細いんだろう。

なんとなく理不尽なものを感じていると、襖がからりと開いてシンさんが現れた。

コーヒーメーカーをこたつの上に置き、わたしには伯母さんのお茶の入った先刻のカップを手渡す。それからもう一度襖の向こうに引っ込んだと思うと、すぐにいつものカップをふたつ持って戻ってきた。

「しかしレイ、お前ほんまようそれ食えるよなぁ」

嬉しそうに残り八分の七のケーキにフォークを入れているレイコさんに、シンさんが呆れ顔で突っ込むと向かいにどんっと座る。

「おいしいよ。あげないからね」

「いらんわ、そんなもん」

憎まれ口をきくレイコさんに、シンさんは顔をしかめてカップのコーヒーをすすった。

とはいえシンさんは時々、わたしが買ってきたクッキーなんかをつまむことがあったし、甘い物が全部駄目な訳ではない。多分生クリームが苦手なのではないか。このケーキのクリームは後味がさっぱりしているし、シンさんでもいけそうな気がする。そう思って顔を上げると、こたつの向こうでレイコさんを見ているシンさんの顔が目に入った。

フォークを片手に、幸せそうに苺とスポンジを一緒に突き刺して頬張っているレイコさんを、呆れたようにわずかな苦笑混じりで見つめている、その、やさしい目。

その目を見てしまったら、なんにも言えなくなった。きっとシンさんは一台でも二台でも、レイコさんが食べたいなら食べさせたいんだ。

目の前のその雰囲気に、胸の中がどんどんほこほこしてくる。ふたりを見ているだけで、嬉しくなって。

自然と浮いてくる笑みをそのままに見ていると、ふとシンさんがこちらに顔を向け、不意を突かれたような目をした。何だ、と言わんばかりの目でわたしを睨んでくる。

ふふ、もう遅いもんね。見ちゃったもんね、今の顔。そう内心で思いながら、ますますにこにこして見返してやると、シンさんはふいっと目をそらしてそっぽを向いた。

そんなわたし達に全く気づかず、レイコさんは実にすがすがしいスピードでどんどんケーキを平らげていく。

ああ、そうだ……「幸福」ってやつは、きっとこういう夜のことを言うんだ。

手の中のカップの重みをたまらなく心地よく感じながら、わたしは頬に浮かぶ笑みをどうにも消せずにいた。

さんざん逡巡した挙句、結局わたしは、そのカップを家に持ち帰ることにした。綺麗に洗って拭いた後、入っていた箱に元通り詰め直すと、シンさんに紙袋をもらってそうっとその中に箱を収める。

ダウンジャケットを羽織るシンさんに、レイコさんが「わたしも」と言った。だがシンさんは「お前はおれ」と一言で決めつけると、くいっと顎でこちらをうながす。

送ってもらわなくても大丈夫なんだけど、と内心思いつつも、それは絶対相手が許さないことも判っていたので、わたしは急いで立ち上がる。

工房はひんやりとしていて、玄関の外は更にしんしんと寒かった。いわゆる京都の『底冷え』は、骨の芯にきんと染み込み、内側から体を冷やす厳しさがある。

「冷えるな」

ぼそっと言ったシンさんの後に続いて、紙袋を大事に抱えるとわたしは歩き出した。息を湯気のように吐きながら、特に会話もないままやがてアパートの外階段の前に来ると、シンさんがポケットから煙草を取り出してくわえた。

「今日はありがとう。おやすみなさい」

ぺこっと頭を下げて中に入ろうとすると、「おい」と呼び止められる。振り返ると、指先を曲げてくいくいと招かれた。何だろうと思いながら一歩近づくと、手の平を下にして軽く握った片手をこちらに差し出してくる。

「何……？」

小さく聞きながら手袋をはめたままの片手を出すと、その上に拳が乗り、手の平に小さな何かがチャラッと落ちる感触がした。

「おやすみ」

シンさんはさっと言うと、身を翻して去っていく。

手の平にのった物を見つめたが、暗くてよく判らない。顔を上げたが、シンさんはどんどん遠くにいってしまう。

わたしは急いで階段を駆け上がり、玄関の扉を開くと電気をつけた。

――ペンダント。

銀色の、細い鎖のペンダント。トップには銀の糸が網目のように絡まってかたちづくられた細い細い三日月が象られている。その端に座る、わずかに盛り上がった黒い石のはめられた猫のシルエット。

わたしは玄関を飛び出した。シンさんの姿は、もうどこにも見えない。

煙突のように激しく、白い息が唇から吐き出された。

「……ありがとう」

ぽつりと口から出た言葉は、息と共に溶けるように消えた。

年末はおでんパーティーにする、とレイコさんは高らかに宣言した。

かくて大晦日、わたしはひたすらおでんをつくり、大きな鍋を抱えてシンさんの家に向かうと、腰が引けていたシンさんを引きずってきたレイコさんとタクシーに乗った。

泉涌寺のレイコさんの家は、店と窯が隣接した広いつくりで、そこに学生時代の同期の幸《さち》さんと、ひとつ後輩の美由紀《みゆき》さんの三人が同居していた。幸さんは割とおとなしめでもの静かな女性で、美由紀さんは実にしっかり者でてきぱきとした気持ちの良いひとだ。

五人でおでんと年越し蕎麦を食べ、歩いて東福寺《とうふくじ》まで行って除夜の鐘を撞く。夜中なのにたくさんの人が白い息を吐きながら並んでいることに、わたしは驚いた。この近辺にはお寺が多いそうで、あちこちから絶え間なく鐘の音が響いてくる。

更に新熊野神社《いまくまのじんじゃ》で初詣をして、おふるまいのお神酒にわたしもちょっとだけ口をつけ——まるで絵に描いたような年末年始だと思うと、たまらなく嬉しくなった。こんな楽しい時間が自分に訪れるなんて、今まで想像もしたことがなかった。

この幸福がずっと続きますように、ここにいる皆がずっと幸福でありますように。そう願って、わたしは神様に手を合わせていた。

それは大学の冬休みが明け、講義が始まって数日が経った時のことだった。

昼休みに図書館に本を返して外に出たところで、サークルの同期の女友達に出くわす。

「あ、千晴、今日デート？　さっき正門の近くで会《お》うたよ、先輩」

その明るい声に、かちっと体の奥の方で何かのスイッチが入る音がする。

「ありがと」と短く言うと、後ろも見ずにまっすぐ正門に向かって走った。

大きなボストンバッグを肩にかけた後ろ姿に、「先輩」と声を大きめにして呼ぶ。振り返った顔は驚いていたけれど、久々に見たその姿にわたしは胸がいっぱいになった。

「あけましておめでとう」

息を切らしながら正面に立ってやっとそれだけ言うと、恋人はびっくりした顔のまま瞬きをして、「あ、おめでとう」と短く答えた。

何を言ったらいいのか判らないまま口を開きかけると、遮るように頭を下げられる。

「クリスマスも正月も、連絡できんですまんかった。ずっと、東京行っとってん」

思いもよらない単語が出てきて、わたしはびっくりして相手を見上げた。

「幾つか面接、まとめて。その内の一社から、一次面接通ったって連絡来て。実は今日も、今から東京行って二次面接」

「そうなんだ、良かった」

驚きながらも、通った、という言葉にぱっと胸が明るくなった。いや、でも。

「あの、それって……面接は東京本社で、ってこと？」

聞くと、恋人の口元がぎゅっと引き締まり、眉根にわずかに皺が寄った。

その変化に、ひどく胸の奥がざわざわしてくる。

「いや、本社も何も……東京の会社やから。決まったら、東京」

ぼそぼそっと言われた言葉に、一瞬、まわりの空気がさっと暗く冷えた気がした。

そんな事態、予想してなかった。そもそも地元以外の会社に応募しているだなんて聞いていない。わたしが京都で就職できて、これで離れなくて済む、そう安堵していたのに。

卒業までに仕事が決まることは勿論、百パーセント喜ばしい。だからそれは当然、諸手をあげて祝福すべきことなのだろう。なにせ彼女なのだし。

ああ、何をどう言えばいいのか……「良かったね」と言うのも、「そんな」と言うのも、何もかもすべて今のこころからは遠くかけ離れていて、わたしはひたすら混乱していた。

そんなわたしをちらりと見ると、恋人は小さく咳き込み、また顔をそむける。

「もし今度の面接通らへんかったら、留年することにしたから」

ごちゃごちゃした頭が、また真っ白になった。

「今、先生んとこ行ってきて、話通してきてん。親も、就職浪人するよりはその方がええって賛成してくれたし」

わたしはもう、一言も言うことができずにひたすら相手の顔を見つめた。

目の前のあたたかい体温を持った筈の胸板が、恐ろしい程遠くに感じる。

何だろう、これ……胸の中心にぽっかり穴が空いて、びゅうびゅうと風が吹き抜けていくみたいだ。その風が吹く度に、手や足の先から力がするすると抜けていく。

　東京で就職したっていい、留年したっていい。何だっていいんだ、それで恋人がうまくいくのなら。ただどうしてそれを、今の今まで一言も自分に言ってくれなかったのか。言えば反対されるとでも思ったのか、それとも単に、言う必要もないと思ったのか。

　わたしは全身から脱力しその場に座り込みたいという思いを、ひたすらに耐えた。

「ほな、結果判ったらまた連絡するわ」

　わたしの沈黙をどう取ったのか、恋人はそう言って背を向けた。

　思わずコートの袖を掴むと、相手が驚いたように振り返る。

　わたしは自分でもどうしたいのか判らないまま、その目を見返した。このまま別れてしまうのは嫌だ。次いつ逢えるかも判らないのに、こんな混乱した気持ちを抱えたままで。

「あの、じゃ……駅まで、見送りにいっていいですか？」

　喉の奥に何かが絡まっているような違和感を覚えながら、なんとか声を絞り出す。

「え、でも……講義ちゃうの？」

　確かに今から一緒に京都駅まで行ったら、三コマ目には間に合わない。それは判っていたけれど、こんな非常事に一回くらい、構わない。

「大丈夫」とそれだけ言うと、恋人は一瞬、心底困りきった色をその目に浮かべた。

　その顔に、どきりとこころが冷える。

「いや、もう時間ないねん。すぐタクシー乗って電車乗らなあかんし。ごめんやけど。また連絡するから」

恋人はなだめるように早口で言うと、さっと背を向けて歩き出した。残されてただ呆然としていると、視界の中で正門の向こうに背中が消えていく。

無意識に張っていた肩から力が抜けると自分が恐ろしく無力に思えて、泣きたくなった。わたしは門に背を向け、どこへともなく歩きかけてはっと我に返る。

そうだ、わたし、言ってない。「頑張ってね」と、一番大事なその一言を。

くるっと身を翻して門を見たが、とうに恋人の姿はない。

わたしは急いで走った。駄目だ、こんな風では駄目だ。ちゃんと応援もできないだなんて、それこそ彼女としての資格がない。

門を出て左右を見渡したが姿は見えず、タクシーを拾うなら先の大通りだ、と見当をつけてそちらへと走る。

いいんだ、どんな道をどう選んだっていい。それしかないと思って選んだ道なら、反対なんてする筈もない。だって、仕方がないのだから。

離れることが辛くないとは言わない。けれど、こころがあるなら、それを言葉でも何でもいいからきちんと示してくれたら、わたしはそれだけで他に何にもいらないのに。

息を切らしながら大通りまで出て——足が、止まった。

道をはさんだ向かいのチェーンの定食屋の入口に、見慣れた背中が入っていく。

わたしは言葉も出ずに、それを見送った。

——もう時間ないねん。すぐタクシー乗って電車乗らなあかんし。

つい今しがたの言葉が耳の奥でがんがんと鳴って、足元がぐらぐらする。

なんだ、うそ、だったんだ……まだ時間、あったんだ。

わたしは頭が真っ白になったまま、無感覚な手足を動かして元の方向へと歩き出した。

涙すら、出なかった。


後期試験が終わる頃になっても、恋人から連絡は来なかった。

あの背中を見てしまって、自分から連絡などなおさらできない。でも連絡がない、ということは、きっと駄目だったのだろうな、と思われた。

余計なことを考えたくなくて勉強に集中できた為か、後期試験では我ながら相当、良い結果が出せたように思う。担当教授に「四大に編入しないか」と言われた程だ。

けれどわたしは、一日も早く就職して自立したかった。

わたしの父は、家庭そのものを放置しながら、父自身が家長とはこうあるべきだと定義していることにはある意味非常に真っ当という、変わった人だった。そのひとつが「家長とは家族の財政を担うものである」という発想である。

わたしがどこに進学しようが、どんな会社に就職してどこで暮らそうが、父は何ひとつ関心など持たなかったが、それに必要なお金だけはぽんと払ってくれた。

多分、それで自分は完璧だと思っているのだ。あますところなく完璧な父親で、完璧な夫だと。なのに家族はそれに値しない、だから外の女と関係を持つ。けれどもそれは自分の責任ではない。なにせ自分は百パーセント完璧な男なのだから、そういう思考なのだ。無論、貧困故に選択肢が狭められる、というのは不運なことだと思う。だからわたしは感謝するべきなのだろう。

けれどどうしても、そう思うことができなかった。

だから一日でも早く、わたしは自分の手でお金を稼ぎたかった。そう思うと、就職があんなにあっさり決まったことはつくづくラッキーだったと思う。

と同時に恋人のことを思い、本当に切なくなる。あれから何度も夢に見てしまうあの後ろ姿を脳裏に浮かべて、わたしは大きくため息をついた。

——恋人から何の連絡もないまま、春休みが始まった。

いろいろあったせいか疲れがどっと出たようで、最初の二日は熱を出して寝込んでしまった。熱が引いた後も不調はずるずると続いて、お腹がしくしくと痛い。

少し体調が落ち着いてから、わたしは買い物ついでにシンさんの家に立ち寄った。

ひとの顔を見て、シンさんは開口一番「どないしてん」と怪訝そうに聞く。

「風邪かなあ、ちょっと熱あって。でももう下がったし、平気。……そういえば敏行伯父さん、インフルエンザだって」

昨日の電話で伯母から聞いた情報を話すと、シンさんは目を丸くした。

「ええ？　大丈夫なん？」

「まあ、もう病院も行ったたって言ってたから。後はおとなしく寝とく以外ないんじゃない？　伯母さんにうつらないといいけどね」

「ああ、あのひとは大丈夫やろ。ウイルスの方が逃げていくわ」

顔をしかめて手を振って言うシンさんに、確かにそうだ、と思わず笑った。

「お前はどうなんや。風邪って、飯ちゃんと食うてるか」

「だから大丈夫だって。まだちょっとお腹痛いから、どうせあんまり食べられないし」

何気なく言うと、シンさんの眉根にぐっと皺が寄った。

「お前それ、病院行ったたか？　痛いならすぐ行け」

「え、ううん？　平気だよ、そこまで大げさな話じゃ」

「行け」

意外な程きつい口調で言葉を遮られて、わたしは驚いてシンさんを見た。有無を言わせぬ目をしている。

「……判った、じゃ、様子見て治らなかったら行く」

「明日行け」

「えー……ん、じゃあ、明日になってもまだ痛かったらね」

まだ不満そうな様子でシンさんは小さくうなずくと、作業に戻ってしまう。

じゃ帰るね、とシンさんの家を後にして、ほう、とひとつため息をついた。

とはいえそんなにキツくはないし、多分生理が近いからだろう、とわたしは結局シンさんの言いつけを守らなかった。けれど数日が過ぎても、痛みは去らないどころかどんどん強烈になってきて、仕方なく近所の内科の予約を入れた。

カレンダーに印を入れた日付は、誕生日の二日前。

去年の今頃はまだつきあっていなくて、つきあい出してから誕生日を教えた。恋人はそれをかなり口惜しがって、「じゃあ来年。きっと一緒にお祝いしよな」と言った。

今もそう思ってくれているだろうか。そもそも誕生日を覚えてくれているだろうか。

わたしは苦い思いを抱えて、その日付を指でなぞる。

近所の内科で済むだろう、と軽く思っていたのに、事態は予想外の方向へと向かった。診察中、その場で紹介状を書かれて駅前の大きな総合病院へと向かわされ、出た結果はなんと、虫垂炎《ちゅうすいえん》。「すぐに手術が必要」と言われたのだ。

今日入院して明日切りましょう、と性急なことを言われたけれど、未成年は手術に親の同意書が必要だった。なら誕生日に手術します、と強引に言い張って同意を取りつけ、痛み止めの薬と必要な書類を一式もらって、準備の為に家に戻った。

幸い薬はすぐに効き、鞄に物を詰めつつ伯母に電話をかける。万一の際の緊急連絡先が必要だと言われたのだが、電話を持たないシンさんに緊急連絡なんて絶対無理だから。

すると驚いたことに、今度は伯母がインフルエンザで寝込んでいた。どうやら、ものの見事にうつされてしまったらしい。

相当しんどいだろうに、入院について話すと伯母はたいそうわたしを心配した。

「あんたが退院した後には行けると思うけど、何かあったら竜司に頼みなさいよ」

「ええ、いいよ、盲腸なんて大した手術じゃないんだから。四日くらいで退院できるんだもん、いちいち伝えなくたっていいよ、そんなこと」

「莫迦言わないの。もう」

言下に断ると伯母のかすれた声が一段と甲高くなり、次の瞬間、激しく咳き込む。

「もういいから寝ててよ、伯母さん。緊急の時に連絡していいなら、ひとりで大丈夫だから。どうしてもって言うなら来てくれるのは嬉しいけど、くれぐれも無理はしないでよ」

一方的に言って電話を切ると、わたしはふう、とため息をついた。

鞄に詰めた荷物を点検してから、ふっと台所を見る。レイコさんのマグカップ、持っていきたいけれど……万一割ってしまったら嫌だしな。諦めよう。

でも、こっちは。わたしは机に歩み寄ると、あのペンダントを手に取った。

あれから毎日のように、これを身につけていた。シンさんの家に行く時もだ。

だが実を言うと、あれから結局、お礼の言葉は口にしていない。「ありがとう」などと口にするよりただ黙って身につけている方が伝わると思ったし、事実シンさんは判っているようだった。

これは持っていこう。そう決めると、わたしは必要な物の買い出しに外へ出た。病院からもらった持ち物表には、曲がるストローだの腹巻だの、家にはない物が幾つもある。

駅へ向かいかけてクリスマスの時のことを思い出し、一言断っておこう、と工房に立ち寄ると、かちかちと小さな音を立てて指輪に石をはめていたシンさんが顔を上げた。

「どうしたの、その顔」

見た瞬間、やつれたような、隈の浮いた顔にこっちがそう聞いてしまう。

「指輪の注文、えらい数来て。来月ホワイトデーあるしな」

自分でも気になっているのか、ごしごしと手首で目元をこすってシンさんはそう言った。

ああ、と納得して、それから気づく。そういえばもうすぐバレンタインデーだ。

わたしのチョコなんか、今更欲しいかな、先輩。そうふっと思いかけて、わたしは小さく首を振った。今はそんなことはいい。

「シンさん、わたし今ちょっと忙しくて。しばらく来られないと思う」

珍しげにシンさんはわたしを見て、あ、という風に小さく口を開ける。

「お前、確か明後日……」

「あ、あの、今日もこれから、用事あるから」

わたしはシンさんに何か言われる前に、ぱっと手を振ってさっさと外に出てしまった。

扉を閉める寸前に「あ、おい」とシンさんの声がしたが、そのまま後ろ手に戸を閉め、さっさと自転車に乗って辻を出る。

シンさん、覚えてたんだな、わたしの誕生日。そう思うとちょっと嬉しい。

あれこれと買い物をして家に帰ると、わたしは電話の前でたっぷり三十分は悩んだ。かけるべきなのは判っている、でも。

すう、と深く息を吸い、一気に恋人の番号を押してぎゅっと目を閉じる。自分の呼吸の音が耳のすぐ裏でごうごうと響いた。

――カチリ、と小さな音がするのに、心臓がつぶされそうになった。

と、留守電の合成音が聞こえてきて緊張が一気に解け、思わず息をつく。

それにしても、相手が出ないで安堵するって我ながら一体何なんだ、と思いながらも、今回の入院のことを吹き込む。誕生日のことは一瞬迷ったが、言わずに電話を切った。

受話器を置いてひと息つくと、背中にびっしり冷や汗をかいている。

急にお腹が痛み出して、わたしはずるずるとその場に座り込んだ。


誕生日の朝、朝食を抜いて病院に向かった。

昨日も病院に行き必要な検査は済ませていたので、特にやることがない。ベッドに座って少しでもお腹の痛みがまぎれるように買ってきた雑誌を読みながら待っていると、点滴を打つから着替えるように、と手術着を看護師さんから渡される。

「あ、それから、それは悪いけど外しといてね」

首のペンダントを指さしてそう言われた。仕方なく外して引き出しに入れると、首筋が軽くなった気がして急に心細くなる。

点滴の管を入れた後、「少ししたらぼうっとしてくるからね」と、予備麻酔と称してやたら痛い筋肉注射が打たれた。その痛みで更にむくむくとわいてくる不安をなんとか抑え込もうとしていると、不意に病室の外で騒がしい気配がした。

　割り当てられたのは一番奥のベッドだったので、横たわった状態で精一杯頭をねじ曲げて入口の方を見ると、ガラリ、と扉が開いてものすごい大声が響く。

「――お前何やっとんねやコラ！」

　声と共にシンさんが飛び込んできて、わたしは目をむいた。

「ひとに黙って何しとんねん！」

「ちょ、ちょっとあなた、静かにしてください、病院ですよ」

　ベッドの上で完全に硬直していると、看護師さんが声を上げシンさんを後ろから押さえようとした。それをものともせずに、シンさんはずんずんと大股で部屋に入ってくる。他の患者さんも、目をまん丸にしていた。

「なんで黙っとんねん。なんで言わんねん。おかしいやろお前！」

　そう言うシンさんは、頭から湯気を立ててカンカンに怒っている。

「今日手術て。なんで今まで黙っとってん。何黙って入院なんかしとんねん。ええっ？」

　ずかずかとベッドの脇に歩み寄ってきたシンさんは、その時初めてわたしの状態に気づいたようで、点滴の袋を目にしてたじろいだように二、三歩後じさる。

「いい加減にしてください！　出ていってもらいますよ！」

　勢いが削がれたのを見て、看護師さんがシンさんの腕をぐいっと取った。

「あっ、すみません、あの……叔父です」

慌てて枕の上から声を上げると今度は看護師さんが驚いて手を離し、わたしとシンさんとを交互に見た。

「あの、もう大丈夫なので、ここにいてもらっていいですか？　ほんとごめんなさい」

片手で拝みつつ首を曲げるようにして頭を下げると、看護師さんはもう一度シンさんを睨んでから病室を出ていった。

「ごめん、シンさん」

顔を向けてそう言うと、シンさんはものすごく大きな音を立てて肺の全部の空気を押し出すように息を吐き、ベッドの脇に来るとどすん、と小さな丸椅子に座る。

ぐい、と動いたその肩から発散される怒りのオーラに身が縮む思いがして、なのに同時ににじわじわと胸の奥があたたかくなった。

「……どういうことやねん」

やがて、歯の間から押し出すようにシンさんが言った。

「一昨日忙しい、て言いに来たんコレか。ほんま、どういうことやねん。ふざけとんのかお前。なんでこんな大事なこと黙っとんねん」

なんとか怒鳴らないようにしているのがはっきり判る、抑えた声。でもその分、逆に怒りが濃縮されている。その声に困ったのと嬉しく思ってしまうのとが同時にやって来て、自分でもどんな顔をしていいのか判らなくなった。

「いや、だって……盲腸なんて大した手術じゃないし」

「――あのな！」

ばっと大声を上げた直後、シンさんはすぐ我に返って口を押さえた。

「……あのなあ。体にメス入んねんぞ。大したことない訳ないやろが、このあほが」

声をひそめながらもきつい口調でそう言われて、忘れていた手術への不安がまたちらりと胸をかすめる。シンさんが来てくれて良かった、こころからそう思う。

「心臓止まるかと思ったわ……電報来てんぞ、うち。佐和さんから。俺生まれて初めて受け取ったわ。電報て」

伯母さん、そこまでしたのか。本当にもう、おせっかいというかなんというか。

「ほんまは昨日来とったみたいやねんけど、俺あの後完全に寝とってさ。今朝んなって初めて不在入ってんの気ぃついて、なんじゃコラ、て電話してみたら、いきなり」

どことなく口惜しそうにシンさんは呟く。ようやくちょっと落ち着いてきたみたいだ。

「お前、もしかしてこないだ腹痛い言うてたの、これか。だから早よ病院行け言うたやろうが。何しとってん、今まで」

せっかく収まってきていた怒りがまた復活しそうなのに困り果てて首をすくめると、後ろからいつの間にか入ってきていた看護師さんが顔を出した。

「篠崎さん、叔父さんってこちら？」

シンさんがぎょっとして振り返り、いま俺うるさかったか、という顔でわたしを見る。

いや、そんなことはなかったと思うけど、とわたしは首を傾げた。

「あの、そうしたら、もうすぐ手術が始まりますので、お身内の方でしたらちょっとあちらで手術についての説明をさせてください」

「あっ……ああ、はい」

シンさんは慌てて立ち上がると、ちらっと心配そうにこちらを見た。

わたしは大丈夫、と言う代わりに小さく手を振ってみせる。

看護師さんについてシンさんが部屋を出ていくと、ふう、とため息が出た。胸からじんわりと指の先まであたたかさが広がり、先刻の不安がすうっと消えている。

もう大丈夫だ。あの顔を見てあの怒鳴り声を聞いたら、すっかり肝が据わった。

すぐにからりと扉が開いて、シンさんが看護師さんやお医者さんと一緒に戻ってくる。

その顔からはすっかり怒りの色は消えていて、ただただ心配げなまなざしになっていた。

「篠崎さん、こんなご近所にお身内の方がおったんなら言うてくれな」

お医者さんがそう言うのに、わたしは「すみません」と小さく頭を下げる。

「叔父さんにあまり心配かけたらあかんよ」

先刻のシンさんの暴れっぷりを聞いたのか、からかい気味に看護師さんが言いながら、いつの間にかすっかり力の入らなくなっていたわたしの体をストレッチャーに移す。

「――頑張りや」

頭の上の方でシンさんの声が聞こえたのと同時に、後の記憶がなくなった。

——気がつくと、また元のベッドにいた。

頭が朦朧《もうろう》としたままゆっくり頭をめぐらせると、時計は二時近くを指していた。枕元でシンさんが、わたしが買ってきた雑誌をめくっている。声をかけようと唇を開いたがかすれた息以外何も出てこず、それでもはっとシンさんが目を上げ、こちらを見た。

「……起きたか」

わずかに青ざめた顔色で言われて、こくりとうなずく。

「どうなん、痛ないか……あ、水飲むか」

もう一度うなずくと、シンさんが立ち上がってベッド脇のテーブルの上に置いた水筒を手に取った。中には手術に入る前、十時にお茶の配膳に来た職員さんが入れてくれた白湯が入っている。

シンさんはそれをコップに注いでこちらに差し出そうとして、困った様子で動きを止めた。確かにまだ頭も起こせないのにどうやって飲めば、と思うと同時にストローのことを思い出し、点滴がつながっていない方の手でテーブルの引き出しを指さす。

シンさんはきょとんとしながら引き出しを開け——その動きが、止まった。

どうしたのかと見ると、シンさんは全く動かず、その中を見つめている。

そのまっすぐな目に、ペンダントを外してそこに入れたことをはっと思い出した。

引き出しを見下ろしたまま、シンさんの胸が呼吸と共にゆっくりと上下している。

瞬きもしないその姿にわたしは何だか焦ってしまって、乾き切った唇をむりやり開いた。

「あの……ごめん」

シンさんがはっとしたようにこちらに目を向ける。

「あの、ほんとは、つけときたかったんだけど、看護師さんが駄目だって。だから」

我ながら驚く程にかすかな、かすれ切った声しか出なかったけれど、わたしはなんとかようようそれだけを口にした。まじまじとわたしを見つめたままシンさんは深く呼吸をして、急にふっと目をそらし、目線を引き出しの方に戻す。

「これか」とストローを取り出すのに、わたしはうなずいた。

シンさんはコップにストローを挿すと、わたしの口元に差し出してくる。と、近づいたその目元が一瞬、濡れているような気がして、心臓がことりと動いた。

じっと見つめると、シンさんは慌てたように何度か強く瞬いてふっと顔をそむける。

「早よ飲めや」

言われて、わたしは急いでストローを口にくわえた。からからに乾いていた唇に水分が入って、ほっとひと息つく。

「……痛いか」

心底心配そうなまなざしに、首を横に振った。まだ麻酔が効いているのか、今は全然、痛くはない。

「あ、でも、全身麻酔ってこんなんだと思わなかった……なんかもう、手術室に入る前から、全然覚えてない」

まだかさついたままの声で呟くと、え、とシンさんが身を乗り出す。

「ぱたっと意識切れて、気づいたらもうここなんだもの……もう少しこう、普段見ないような華々しい夢とか見られるもんかと思ってた。すごい、期待してたのに」

もそもそと言うと、シンさんがいきなり噴き出した。

「お前、腹切ったばっかなのに何の話しとんねん。ほんま肝据わっとんな」

愉快そうに言うと、立ち上がってぽんぽん、とひとの頭を叩いた。

「そんだけ言えるなら、もう大丈夫やろ……ああ、安心した……ちょっと佐和さんに電話してくるわ」

そう言ってすたすたと病室を出ていくシンさんを見送ると、わたしはふうっと息をついて天井を見上げた。その模様を見ているとまたうとうととしてくる。

するとその瞬間に、からからと病室の扉が開く音が聞こえた。シンさん、もう戻ってきたのかな。それとも他の患者さんかな。

目を開ける気力もなくぼんやり思っていると、足音が近づいてきた。

「――千晴」

急に名前を呼ばれてぱちりと目を開けると、すぐ傍に恋人が立っている。あまりの意外さに、わたしは言葉を失った。

「留守電、聞いて。びっくりした。……もう終わったん？」

相手はきまり悪そうに目をそらしながらぼそぼそっと言って、一瞬だけちらっとこっちを見た。こくりとうなずくと、少しだけ安心したような表情が浮かぶ。

その顔を見つめながら、わたしは気になっていたことを今ここで聞いていいものかどうか迷う。結局どうなったんだろう、面接。

「ええと……ああそう、これ、お見舞い」

と、言葉と共に、ぽんと布団の上、胸元あたりに大きな花束が置かれて面食らう。オレンジに赤にピンクと華やかなガーベラの花を中心にした、かなり大きな花束。

「治ったら、快気祝いしよな。……俺さ、留年することにしたから」

今こんなのもらっても、と困惑していた気持ちがその言葉にさっと吹き飛んだ。

ぱっと見上げると、相手はばつが悪そうに目をそむける。

「こないだ、あかんかったしさ。もうしゃあない。そういう訳で、俺は来年もまだ学生やから。これから千晴のが先輩やなあ」

自嘲に満ちた口調に、胸の中が苦さでいっぱいになる。そんな言い方、何も今こんな、ひとが弱ってる状況でしなくったって。

「まあ少しゆっくりして、それからまた就活再開するわ。こんなんやったら、来年もまたあかんかもしれんけどな」

その声を聞いていると、先刻まで朦朧としていた頭がいきなりすっきりしてきて、同時に下腹がずきずきと痛み出す。もうこれ以上、聞きたくない。

ぎゅっと顔が歪むのが我ながらはっきり判るのと同時に、ものすごくぶっきらぼうなシンさんの声がした。

「どちらさん」

わたしははっとして、頭をぐいとひねってそちらを見ると、恋人の後ろにシンさんが立っていた。恋人がとまどったように、わたしとシンさんを交互に見やる。

「叔父さん、前に話した」

わたしがまだ出にくい声で言うと、恋人は慌てた様子でシンさんに向き直った。

頭を下げて自己紹介する恋人を、シンさんは機嫌悪そうに見ている。先刻の会話、どこから聞かれていたのだろう。

「あ、あの、それじゃ俺これで。退院したらまた連絡して。じゃ」

恋人は慌てたように早口に言うと、わたしに向かって小さく手を振り、あっという間に部屋を出ていってしまう。……え、じゃあ、退院するまで、もう来てくれないの？

声もかけられぬまま、姿が消える。そう言えば誕生日のこと、何も言ってくれなかった。

ぐったりとベッドに沈みこむと、シンさんが花束を取り上げて小さく鼻を鳴らした。

「花瓶なんか……ない、やんなぁ」

何故だか自分がみっともないふるまいをしている気がして、恥ずかしいような情けないような気持ちがする。手術当日の人のところに花瓶もなしにこんな大きな花束持ってきて、一体どうするつもりだったんだろう、あのひと。付き添いがいるかどうかも判らないのに、わたしの体の上にあんな花束、置き去りにする気だったのか。

「ナースステーションで借りられんか聞いてくるわ」

シンさんはそう言うと、花束を持って部屋を出ていく。

あんなもの、ここに置ける訳がない。途方に暮れてベッド脇の小さなテーブルを見た。

何だかこころのどこかが、ひどく荒らされてしまった気がする。

今まで何度も感じてきた哀しみ、それはつまり、相手への気持ちが存在していたからだ。けれどそういうことが自分の中で、急にすぱっと切れてしまった。

もう駄目なんだ、不意にきっぱり、そう悟った。

もう、どうにもならない……あのひととわたしは、もう駄目だ。

就職がどうのとかそういうこととは無関係に、あれだけ相手の状況を思いやれない人とは自分は無理だ。きっと今のわたしは向こうにとって、そういう思いをはせることもできない位置にいるのだろう。だとしたら、もうどうしようもない。

深くため息をつくと、からっと戸が開いてシンさんが戻ってきた。片手にかなり小さい、薄緑色のガラスの一輪挿しと生花鋏を下げている。どうするのかと見ていると、シンさんはテーブルの端にそれを置いて、花束から数本、ガーベラを抜き取っていけ始めた。

「残り、レイコんちの店にでも置いてもらうわ」

こちらを見ずにシンさんがぼそっと言うのに、わたしは小さくうなずいた。

何だか、ひたひたと悲しい。

シンさんにあのひとのあんな姿を見せてしまったことが悲しい。あんなんとつきあってたんか、と思われたかもしれない。それが本当にたまらなく悲しく、そして口惜しい。

思わずぎゅっと目をつぶると、

「――ハル」

とシンさんの声がして、わたしははっと、目を開けた。

首を動かして見ると、シンさんはこちらを見ずに花を挿し続けている。

シンさんが初めて、わたしの名を呼んだ。

とくんとくん、と自分の心臓の音が胸の中から聞こえる。これはきっと、シンさんが初めてセンセイに『シン』と呼ばれた時と同じ気持ちだ。

シンさんの唇が、ゆっくりと開かれる。

「……あいつ、やめとけ」

どくん、とひときわ大きく心臓の音が鳴った。

同時にぐうっと喉の奥から熱いものがせり上がってきたと思うと、一気にまぶたと鼻の裏に広がり、目頭からじわりとにじみ出してくる。

「……うん」

必死にこらえながらそれだけ言うと、どうしても我慢できずにわたしは落涙した。

シンさんは黙って花をいけ終えると、わたしの方を見ずに、立ったまま手を伸ばしてくしゃくしゃくしゃ、とひとの頭をかきまぜるようになでる。その手にもうとどめることができずに、わたしは布団を鼻の上まで引き上げ、声を殺してぽろぽろと泣いた。

シンさんはそれ以上何も言わずに、ただ黙ってわたしの頭をなで続けた。

手術から四日目、わたしは無事退院した。

荷物をまとめて同室の患者さん達に挨拶すると、シンさんがすい、とバッグをわたしの手から取って先に立って歩き出す。エレベーターを下りてそのまますたすたと受付まで歩いていくと、シンさんが精算窓口でお金を払おうとするのにわたしは面食らった。

「ちょ、ちょっとシンさん、待って」

事前に費用の目安を看護師さんに聞いておいたので、昨日の内に病院内のATMでお金はおろしてあった。当然安くはないけれど、今までのバイト代や仕送りを節約して貯めたお金で充分払える額だ。

名を呼んだ声を全く相手にせずにシンさんは窓口の前に立ちふさがると、さっさとお金を払ってしまう。

「シンさん、それはさすがに駄目だよ。わたし払う」

ひとを完全に無視してどんどん出口へと歩いていくシンさんを、急いで追いかける。

「――お前黙っとけ」

病院の玄関を出て立ち止まると、シンさんは低い低い声で言って、顔半分だけ振り返ってじろりとこちらを睨んだ。

「それ以上なんか言うたらキレたんぞ。ああ……そや、誕生日祝いやとでも思っとけ」

わたしは途方に暮れて立ち尽くした。そんなこと言われたって、さすがにそれは困る。うちの両親はあの通りだから、手術をしたと言えば、あっさり全額ぽんと払い込んでくるだろう。ただそれだけで、ふたりともこちらに来たりすることはないけれど。

それを判っているのに、言わずにいて全部自分で背負い込むというのは、わたしが勝手に選んだことだ。なのにその負担をシンさんにかぶせるなんて到底できない。

怒鳴られたっていい、これは承服できないと口を開きかけた瞬間、前を向いたままシンさんがぼそっと言った。

「――佐和さんと半分ずつ、ってことで話はついてる」

わたしは大きく、目を見開く。

「今回の費用は、俺と佐和さんとで持つ。……親代わりや」

その言葉に、心臓を撃ち抜かれた。

「そやから、これ以上ガタガタ言いな。……判ったな」

シンさんは棒立ちになったわたしを見ないまま言うと、また歩き出した。わたしはゆっくり深呼吸を二度してから、その後を追う。

少し距離を開けて、前をシンさんの広い背中が揺れている。

シンさんと、伯母さん。

――親代わりや。

その背中が、急にわいてきた涙でゆらりとぼやけた。

久々に帰ってきた家は、ひんやりと冷えていた。

「寒いなあ、この部屋。しんどないか。寝るか？　なんかいるもんあったら買《こ》うてくんぞ。早よ言え」

そう矢継ぎ早に言われてわたしはちょっと首をひねった。確かにずっと家を空けていたので多少の買い物はしたい。だが正直もう痛みは殆どなかったので、買い物くらい自分でできる。とはいえ、そんなことを言うとまた怒られそうだ。

「うん、そしたら、牛乳と卵、かなぁ。あと……」

「あ、ちょ、ちょ待て、メモかなんかあるか」

そう言われて、机の上からメモ用紙とペンを取って手渡す。他にヨーグルトや多少の野菜を頼むと、シンさんはメモをしてうなずいた。

「じゃ、頼むね」と頭を下げて、お湯を沸かそうとわたしは台所へ向かう。

やかんに水を入れて振り返ると、シンさんがすぐ後ろに立っていた。

面食らっていると、シンさんがずいと握り拳をこちらに差し出してくる。

よく判らないまま両手を出すと、その中に何かを押し込んで、ぱっと身を翻して部屋を出ていってしまった。

手を開くと、そこにはくしゃくしゃになった先刻のメモ用紙がある。首を傾げながら丸められたそれを開くと、そこには乱暴に書きなぐられた、十一桁の数字があった。

頭の数字は〇九〇――え、これ、もしかして……携帯の、番号？

知らず、呼吸が速くなった。まさかシンさん、電話、買ったの？

ふと思い至って、顔を上げた。電報をすぐに受け取れなかった、と口惜しそうにしていたシンさんの顔が頭に浮かぶ。

わたしは足から力が抜けて、ずるずるとその場に座り込んだ。


その日の夜、わたしは恋人に電話をかけて、別れを告げた。

いつものように電話はかけ辛かったけれど、それでも今までよりずっと楽な気持ちでいる自分に驚く。いつの間にか、あのひとにどう思われようがいいや、と感じていたのだ。だってもう、自分達は終わりなのだから。

相手は一言も反対することなく、わたしの言葉を受け入れた。

自分でも拍子抜けする程あっけなく電話は切れて、わたし達の十ヶ月間が終わった。

布団の中にすべり込むと、自然と吐息が口をつく。

……ああ、本当に、終わったんだなぁ。そう思うと意外なことに、こころが驚く程軽くなって、自由な気がした。もう相手の状況に一喜一憂しなくていい。もうあんな風に自分で自分を、相手の気持ちに縛りつけなくても良くなったんだ。

それは予想だにしない解放感で、そんな気持ちが生まれたことに驚いた。すべてが終わって初めて、相手の存在がここまで自分の精神の負担になっていたと気がついたのだ。

わたしは目を閉じて、久しぶりに深く眠った。

翌朝伯母がやって来て、わたしはシンさんと一緒に京都駅まで迎えにいった。昨日押しつけられた携帯番号については、なんとなく直接は聞けずにいた。聞かなくてもその思いは伝わっている気がしたのだ。

新幹線のホームで出迎えると、伯母が大きく手を振ってくる。

しきりに「大丈夫か」と聞きまくる伯母の横から、シンさんはさっとその荷物を手に取った。伯母の希望で、駅直結のホテルのラウンジへと向かう。ここへは初めて来たけれど、窓際から見える烏丸口《からすまぐち》の改札を行き交う人と、高いガラスの天井が圧倒的な眺めだ。

ランチの注文を終えると、シンさんが何かを取り出した。黒いふたつ折りの携帯電話。

「言うとくけど、あくまで緊急用やから。佐和さん、絶対にレイコに番号、いや、電話持ってんのも黙っといてや。あ、お前もやで」

目を丸くする伯母とわたしにそう言うのに、わたしも「なんで?」ときょとんとする。

シンさんは苦虫を嚙みつぶしたような顔でわたしを睨んだ。

「あほ、あいつに教えたらどえらいことになんねんで。一週間もせん内に、京都市民の半分は俺の番号知ってることになるわ」

……それは言いすぎ、と思ったが、さもありなんという気もする。

「同期ほぼ全員に教えそうやし、ガミに伝わった日には学生にまで伝わりそうやし……ええか、あいつに言うなら佐和さんにも番号教えんからな」

不満げに唇をとがらせる伯母に、シンさんはぴしっと釘を刺す。しかしこの伯母の口を閉じさせることも、なかなか至難の業という気がするのだが。

「……判ったよ。じゃ、番号教えて」

しぶしぶといった顔で、伯母が自分の携帯を取り出した。

「ほんま、絶対広めんなよ。お前と佐和さんだけやぞ。あと、緊急時以外にむやみにかけてくんなや」

わたしは苦笑混じりにうなずいた。そんなこと言ったって、どうせ早晩、レイコさんにはバレるに決まってる。読みが甘いと思うなあ、シンさん。

わたしは込み上げる可笑しさをこらえながら、運ばれてきた食事を食べた。

食事の後、シンさんと別れて伯母はわたしの家に来た。

どうやら何日か泊まり込んで面倒を見るつもりだったらしく、わたしが存外元気なのに拍子抜けしたらしい。

「だから大丈夫って言ったじゃない。せっかくだから観光でもしていったら？」

「何言ってんのさもう。ああでも、ほんとびっくりした。元気そうで安心したよ。あ、そしたら明日、買い物でも行く？　そうそう、成人祝いもしなくっちゃ」

「ええ、いいよ。入院費出してくれただけで、もう充分」

わたしは伯母にお茶を出して、その向かいに座って頭を下げた。

「ほんと、ありがとう。ごめんね」

「いいよ、これくらいはね……純一がなんにもしない分、あたしらがね」

――親代わり、と言ったシンさんと同じことを言う。わたしは胸がちくん、となるのを感じながら、自分のカップを手に取った。

「あれ、それ、もしかしてレイコちゃんの？　ちょっと見せて？」

伯母はわたしの手からカップを取ると、ためつすがめつ眺めた。

「伯母さん、レイコさんの作品、知ってるの？」

「持ってるもの。前に送ってくれて。敏さんと揃いで」

「へえ……会ったことはあるの？」

返してくれたカップを手に、わたしは座り直した。

「うん、一回だけだけどね。一昨年、竜司のとこ行った時」

伯母はうなずき、ちらっと思い出したように笑った。

「え、それって、もしかして一回生の、夏休みの時？」

するとまた、伯母は大きくうなずく。ちょうどその夏、敏行伯父さんの親戚の結婚式が大阪であって、その後に京都に立ち寄ってくれたのだ。

あの時にシンさんにも会っていたのか。両親のことがあるとはいえ、もっと早く教えてくれたら良かったのに、と不満がわいてそれをぶつけると、伯母は一瞬、なんとも言えない微苦笑を浮かべた。

「教えられるような状態じゃなかったんだよ。三年くらい前に野々宮先生が亡くなられて、その後あの子、ほんと荒れてさ。仕事だけは一応こなしてたみたいなんだけど、それ以外の生活はもう無茶苦茶で」

はっと見直すと、伯母はなんとも言えない淋しそうな口元をした。

「先生が亡くなられた時もさ、病室でさんざん暴れて、床に座り込んで、手が腫れるくらい自分の膝叩いて……ぼろぼろ泣いてた、って看護師さんが言ってた」

ずきりと物理的な痛みが胸の間に刺さった。その光景が、まざまざと見えるようで。

「先生、胃ガンでねえ。入院してから亡くなるまで、ほんとにあっという間で。あの子、具合悪そうだなってのは前から感じてて、何度か病院行くよう言ったそうなんだけど、先生聞かなかったんだって。それで朝、工房行ったら、部屋で倒れてて」

続いた話に、あっ、とひらめいて目の奥が熱くなる。

「なんでもっと強く病院行くよう言わなかったんだろう、無理にでも引きずっていけば良かったって、あの子そう、何度も何度もね」

そのひらめきを裏づけるように、伯母の言葉が続いた。そうか、それでシンさん、あんなにも強くわたしに「病院行け」と言ったのか。

「自分のことを、責めて責めて……自暴自棄ってのかね、夜の街、ふらふらしては喧嘩して警察の世話になって。まあそれも時間が経つ内、少しずつ減ってはきてたんだけど、何ていうか、雰囲気がほんとに刺々しくなってさ。もうなんにも自分のまわりには寄せつけないっていうかね」

聞いていると、過去の話なのにどうしようもない無念さが募った。どうしてもっと長くシンさんの傍にいてくれなかったんだろう、センセイ。

「もう完全に世を拗ねた人みたいになっちまって……そういうの見てたからね、あんたが決めた家が竜司の近くで、ほんとに驚いたんだけど、これは教えられないなって思ったのよ。万が一、あんたがあの子の警察沙汰にでも巻き込まれたらいけないと思って」

初めて聞いた話にわたしは驚きつつも納得した。けれどひとつ、疑問が残る。

「でも、じゃ、どうしてシンさんのこと、教えてくれる気になったの」

「あの夏に、竜司の家に久しぶりに行ったんだよ。そしたらそこに、レイコちゃんがいた訳。まあ驚いたよ。だって、あんな子とつきあってくれる女の子がいるってだけで驚きなのに、あんないい子なんだもの」

いたずらっぽく語る伯母に、わたしは大きくうなずいた。

「竜司もずいぶん、落ち着いてるように見えたし……だけどその内、何かやらかして、それであの子が竜司に愛想尽かしちゃうんじゃないかってずっと思ってて」

伯母が言いながら手でお茶のお代わりを要求したので、わたしはポットのお湯を急須に注いだ。

「で、秋に竜司に林檎、送ったのよね。そしたらレイコちゃんの方から、丁重なお礼状が来て。それから竜司抜きで、手紙や電話のやりとりをするようになって。林檎のお礼って敏さんと揃いの湯のみを送ってくれたんだけど、それが、ほんとに良くってさ」

伯母は嬉しそうに目を細めた。

「手にした瞬間、ああ、って判ってね。この子ならきっと大丈夫、って……この子はちゃんと竜司を受け止めてくれる。竜司も、いつかきっとまた幸福を摑めるって」

初めてレイコさんのカップを手にした時のその心地よさ、それを褒めた時のシンさんの柔らかな微笑みが目に浮かんだ。そうだ、レイコさんなら間違いない。

「それで、もう教えてもいいかと思ったんだよ。あんたはこっちに残るって言うしさ。レイコちゃんがいてくれるなら、あの子も滅多なふるまいはしないだろう、と思って」

伯母の言葉にわたしは大きくうなずいた。そうか、レイコさんのおかげか。

「でもさ、もっと早く教えたら良かったなって思ったよ。あんたの為ってより、竜司の為にさ。竜司ほんとに変わったもん、あんたと会うようになってから」

急に意外なことを言われて、わたしはどきっとなった。

「ほら、二度目の荷物送った後に、あんたもうやりたくないって言ったじゃない？　あれ聞いて焦ってさ。竜司がなんかやらかしたかと思って、急いで電話してくるよう葉書書いたの。あんたがこういうこと言ってたけど、なんかやったのかって」

「え……え、あれ話したの？」

伯母の言葉に、わたしは仰天した。

「言ったよ。だってあんたえらい機嫌損ねてたし。変なこと言ったんじゃないか、煙草が悪いんじゃないか、とか……そうそう、ほら、自分は便利屋じゃないって」

そういえばそんなことを言ったような気も……顔から火が出そうだ。

「それ言ったら、竜司しばらく黙っちまってさ。とりあえず空の箱送るから、それでその時、千晴とちゃんと話してよって言ったんだよ」

更に予想外の言葉に、わたしは「え、空？」と思わず声を上げた。

「そう。だってその時、すぐ送れるような物がなかったんだもの。でもこのままじゃまずいと思ったから、とりあえずなんとか会わせる機会つくるから、ちゃんと話せって。適当に新聞紙とか詰めて送ったんだよ」

三回目の荷物……あれだ、急にご飯に引っ張っていかれた時だ。伯母からの荷物をさっさと奥に放り込んで、実に強引にひとを食事に連れていったシンさんの姿を思い出し、わたしは改めて呆れた。あの箱、空っぽだったのか。

そしてその帰りに、カップを手渡したことも思い出す。そうか……あの時シンさんは、わたしにこう伝えたかったのだ。お前は俺にとって便利屋なんかやない、と。

「それであんた達が会うようになったから、もう荷物はいいや、と思ってね。もともとあんた達を知り合わせたくて送ったもんだし。ああいうことができるせいで、うちの母親もまだ家にいた頃、いらない面倒をしょったりしてたしね」

そうだったのか。しかし伯母さんときたら、策士だ。

「でもほんと、もっと早く会わせたら良かったよ。あんたが入院した時の竜司なんか、そりゃもうすごかったんだから」

くっくっと喉の奥で笑う伯母を、わたしはちょっと睨んだ。

「わたし、教えなくていいって言ったのに。しかも電報って、何それ」

「だってしょうがないじゃない。一番早いし」

「そうだけど……なんて送ったの？」

「『チハルニュウイン　スグレンラクセヨ』って」

妙なアクセントをつけて言う伯母に、わたしはますます呆れてしまう。そりゃシンさんだって仰天しただろう。

「すごい剣幕で電話してきてさ。あの子のあんな切羽詰まった声、初めて聞いたよ。おまけに来てみりゃ、今まで何言っても絶対に持とうとしなかった携帯なんか買ってるし」

「それは確かに、わたしも驚いたけど」

「だからさ、あんた達、会って良かったんだよ。見てて思った。相性がいいんだよ」

わたしはなんともこそばゆいような思いで、やたら嬉しそうにしている向かいの伯母に微笑み返した。


結局伯母はそれから三日間うちに滞在し、成人祝いだ、と洋服や靴を山と買ってくれ、高いご飯を食べさせてくれた。新幹線を見送って家に帰ると、久しぶりの静けさが身に沁みる。考えてみたら、伯母とふたりきりでこんなに長く一緒にいたのは初めてだ。

父より四歳年上の伯母は、最初の結婚の頃、夫の赴任でアメリカに住んでいた。十数年以上連れ添っていたが子供は生まれず、やがて夫が突然の事故で亡くなった。そのショックで、日本に帰ってこられなかったのだという。一緒に暮らした家、一緒に過ごした街をどうしても離れられなくて。

失意のまま何も手につかずに暮らしていた伯母に、ある日まわりが声をかけてきた――料理教室を始めてみてはどうか、と。伯母は夫が存命の頃から近所に頼まれるままに簡単な日本料理を教えていて、帰らないならいっそ仕事にしたらどうかと、周囲の人がいろいろな手続きをしてくれたのだそうだ。

そうなるととことん凝り性な伯母は、材料にまでこだわり始めた。そして教室を始めた数年後、日本の知人から送られてきたのが、敏行伯父さんの林檎だったのだ。

ひと口食べて、「ビビッ」と来てしまった伯母は日本に一時帰国し、伯父さんの農園を訪れ、半年後には、結婚していた。いわく、「日本料理を教える人なんてアメリカ中に山といる、でも敏さんの林檎をつくれるのは敏さんしかいない」とか。

その結婚式が、わたしにとって伯母との初めての出逢いだった。

結婚衣装に身を包んだ伯母夫婦と撮った写真は、今でもわたしの宝物だ。

自分に伯母がいる、ということは知っていた。ただ、日本にいない、としか聞いてはいなかったし、それに所詮、あの父の姉なのだ。父があんなにも歪んだ大人になっているのだから、その姉とてどうせ似たり寄ったりだろう、と思っていた。

今になって考えてみればずいぶん勝手な想像だったと思う。だったらそんな男の娘である自分はもっとろくでもない筈なのに、当時はそこまで考えが及ばなかった。

けれど結婚式当日に初めて会った伯母は、そんなわたしの想像を粉々に打ち砕いた。

当日控え室に着くやいなや、式場のスタッフさんに「ご新婦様が、到着されたら姪御さんにすぐお会いになりたいとおっしゃっておりますので」と声をかけられたのだ。

扉を開くと、伯母が振り返った。当時の伯母はもう四十を越えていたが、目も眩むように綺麗だったことをよく覚えている。真っ白なドレスを着て、長いベールをまとって。

なにしろ『花嫁さん』というものを間近で見たのが初めてだったわたしは、すっかりのぼせ上がってその場に立ちすくんでしまった。けれど伯母はそんなわたしの姿に、ぱあっと満面の笑みを浮かべて、すぐに駆け寄ってきたのだ。

「千晴ちゃん？　ほんとに？　こんなに大きくなって……覚えてないよねえ、あたし？」

まくしたてるように言いながら、伯母はわたしをぎゅっと抱きすくめた。

大人にそんなことをされるのは生まれて初めてで、甘い香水と化粧の香りにむせそうになりながらも陶然とした。柔らかくあたたかく自分を包み込む腕に、わたしはこころまで伯母に抱きしめられたのだ。

「ずうっと会えなくてごめんねえ。これからは何かあったら何でも伯母さんに言うのよ。しんどいことは全部、この伯母さんに相談すること。……約束」

……このひとは、判ってるんだ。あの人を親に持ってしまった自分が苦しんでいることを。けれどもそれを誰にも言えずに、全部ひとりで抱え込んでいることを。

こんな大人がこの世にいるんだ、そしてそれは自分の伯母なのだ。それは驚愕の発見で、同時に目眩がする程、嬉しい事実だった。

伯母はそれから、ちょくちょく手紙や電話をくれた。わたしもそれにこまめに返事をしたり、夏休みには敏行伯父さんの農園に遊びにいったりして交流を深めていった。

だが実際のところ、わたしは家のことを伯母に話すことは殆どなかった。ずっと長いこと他人に対して家族の話題を語らないことが普通だった自分には、改めてそれを誰かに話すということができずにいた。

けれど高二の夏、あの事件が起きて……もうどうしようもなくなり、わたしは初めて伯母にＳＯＳの電話をしたのだ。

わたしは引き出しの中にいつも大事にしまっている、伯母の結婚写真を手に取った。

いつもは心地よいひとりの部屋の静けさが、今日は少しだけさみしい。

「……ありがとう、伯母さん」

写真をなでて小さく呟くと、輝くばかりに美しいドレス姿の伯母が、わたしに向かって微笑んだ。

闇の部屋

三月、わたしは短大を卒業した。

誕生日や卒業式にも両親からは何の音沙汰もなかったが、伯母がまた「親代わりだ」と式に出てくれた。その後シンさんやレイコさんも一緒になって、卒業祝いだ成人祝いだとしこたま飲まされ、次の日は強烈な二日酔いだったけれど、気持ちははればれしていた。

これでやっと、独立できる。単なる物理的な距離だけでなく、本当の意味であの家から自分を切り離すことができるのだ。

ひとり暮らしで、初めての就職。世の大抵の人は不安や緊張を感じるだろう中、わたしはただただ、これからやってくる新しい世界への希望でいっぱいだった。


ホテルでわたしが配属されたのは、ベルだった。訪れたお客さんをフロントに案内したり、チェックインの後、部屋に荷物を運んだりするのが主な仕事である。

仕事は一般的な九時から六時の勤務に加え、早出は朝七時出勤の四時あがり、遅出の日は午後一時出勤の十時あがりで、どの勤務日でもシンさんの家に立ち寄る際は、仕事帰りに一杯お茶を飲んでいく、ということが多くなった。

働き出して二ヶ月半が過ぎる中、思いもよらず、ホテルという仕事が自分に合っていると判ってきた。

　人が遊んでいる時に仕事するのが嫌だ、部屋を綺麗にしても次のお客さんが入ればどうせ元通りで、この仕事は何も手元に残らない。それが虚しく、手応えがない。

　多くの同期がそんな愚痴を言い、更にその多くがひと月もしない内に辞めていったことに、わたしは驚いた。何故ならそれは皆、自分にとっては好ましいことだったからだ。

　ホテルで働き出して、わたしはそれがひどく快適なことに気がついた。訪れるお客さんはいわば流れる水のようで、その場にとどまって固定されることなく次から次へと新しく入れ替わっていく。

　日々新しいゲストが来ては去っていくことは、ある意味でひどく気楽でもあったし、業務内容としては同じでも、対峙する相手が入れ替わることで毎日違う気持ちになれた。確かに、今日新しい相手に百点の仕事をしても帰ってしまえばそれはゼロだ。けれど次の日また別の相手に違う百を積む、それが不思議に面白かったのだ。

　職場のメインターゲットは観光客だった。だから多くの人が楽しそうで、幸福そうに輝いていて、それを見るのも嬉しかった。遊んでいる人のサポートをして働く、ということはむしろ自分には居心地のいいことだったのだ。

　仕事で一番とまどったのはメイクだった。化粧なんて一度もしたことがなかったからだ。

　途方に暮れて友達に相談すると「大丈夫、ＢＢクリーム塗って口紅つけたら若い内はごまかせる」と言われ、半信半疑だったがやってみたら本当に大丈夫で安心した。デパートの化粧品売り場で初めて眺めた口紅が予想外に高くて、ドラッグストアの色つきリップに変更したのは内緒だ。

わたしはそんな風にしてすっかり仕事に馴染んでいった。

そんな中、あの部屋の噂を聞いたのだ。

もともとそれは、入社してすぐ、新人研修の時にも耳にしていたことだった。

ホテルの主要施設をぐるっと見学した後に、講師役の女性上司が「何か質問はありますか」と聞いた。その時、お調子者の男の子が手を挙げて言ったのだ。

「幽霊が出る部屋はありますか」と。

たまたま講師のすぐ目の前にいたわたしは、それを目にした――ほんの一瞬、彼女の黒目がぐっと縮まったのを。

「……まあ何十年と営業してるホテルでは、どこもそういう噂はありますけどね。そやけど残念ながら、噂だけですよ」

その表情はすぐにさっと拭われ、にこやかに彼女はそう言った。けれどわたしのこころの隅には、小さな染みのようなものがついた。

そして働いている内、あちこちで囁かれている言葉を耳にする。やはりこのホテルには『出る部屋』があるのだ、と。

その部屋に泊まったお客さんは殆どが部屋を替えてほしいと言ってくる。以前泊まった人が「絶対にその部屋以外で」と指定してきた。お客さんが夜中に突然出ていき二度と戻ってこなかった。そんな幾つもの噂が、ごくごく小さな声で、けれど確実に社員やアルバイトの間を飛び交っていた。

——部屋番号は、七一九六。

その数字は、わたしのこころに不吉に焼きついた。

けれどベルであるわたしは、割り振られたお客さんがその部屋でなければそもそも行くことがない。偶然だったがそんな機会はなく、日が経つにつれその噂を忘れていった。

だがそれは、六月も半ばを過ぎた、今にも雨が降りそうに暗く曇った日に起きた。

わたしはその時、七階の別の部屋にチェックインしたお客さんを案内した帰りだった。チェックアウトが遅かったのか、廊下にはまだ掃除道具を乗せたワゴンが出ていて、部屋の扉がストッパーで開かれている。

歩いていくと、ワゴンの前の部屋から清掃担当のパートのおばさんがひょい、と出てきて、隣室でやはり扉を開いて掃除中らしい部屋の中に向かって声をかける。

「シャワーキャップもう殆どないわ。ちょっと戻って取ってくるさかい」

返事は聞こえなかったが、パートさんはすたすたとパントリーの方に向かっていく。

その光景を特になんと言うこともなく眺めながら廊下を歩いて、たった今パートさんが出ていった部屋の前で、わたしはぎくりと足を止めた。

七一九六。

急に胸が、どきんどきんと鳴り出した。

部屋の中から、何かが自分の足を引っ張っているような気がする。

そうっとそうっと、開いたままの扉の中を覗いてみる。

……暗い。それが、第一印象だった。

部屋の奥のカーテンは開いていたけれど、外がどんよりと曇っているせいか、まだ三時過ぎなのに奇妙な程に部屋の中は暗かった。こんなに暗い上、掃除中なのに電気をつけないのかと、わたしは不思議に思った。

パートさんが視界の端でパントリーに入っていくのが見えて、わたしの喉が、こくっと鳴った。……駄目だ、こころのどこかで誰かが小さく呟いた。大体においてホラー映画では、こういう時にひとりで踏み込んでいく行動は死亡フラグなんだから。

そんなことを妙に冷静に思いながらも、わたしの体は勝手に部屋の正面に向いていた。早くしないとパートさんが戻ってきてしまう、別の誰かがこころの中でそう呟いて、わたしは押されるように部屋の中に足を踏み入れた。

中に入って驚いた。電気がついている。

廊下から見てあんなにも暗かったのに、部屋の照明がこうこうとついていることに、わたしは意表を突かれて立ちすくんだ。

すぐにでも逃げ出したい気持ちを抑えて、辺りを見まわす。ごく普通の、見慣れたツインの部屋だ。

明るい。いや……暗い。部屋の照明はすべてついている。けれどそれが照らしているのは天井や壁のごく上の部分だけで、下にいけばいく程、空気がじっとりと黒くなっていく。そんな錯覚を感じて、目眩がした。

——いや、錯覚ではない。その暗さは、部屋の奥の壁の辺りで渦巻いている。

気づけばわたしは、並んだベッドの間のナイトテーブルへと歩き出していた。そこから、いや、その下から、この不可解な暗さが噴き出している。

何かに取り憑かれたように、その場に膝をついて頭を低くしてテーブルの下を覗く。すると一番奥で、きらっと光るものが見えた。

床に寝そべるようにして思い切り手を伸ばすと、ぎりぎり届く。

その何かが指に触れた瞬間、頭のどこかが鈍く痺れて、指先から心臓に向けて一気にさあっと血が冷えた。

ばね仕掛けのようにそれを摑んで、立ち上がる。

手の中に何か不気味な物がある。それを見ることもできずに、荒い息を吐き出した。

「……あの、どうかしました？」

突然後ろから声をかけられ、わたしは文字通り飛び上がった。

握った手を胸に押しつけて振り返ると、扉のところに当惑した顔で先刻のパートさんが立っていて、わたしはわずかに後ずさりながら小さく首を横に振った。

その様子を異様に感じたのだろう、パートさんはますます困ったような顔になって、こちらに近づいてくる。

「何かありました？　なんや、えらい顔色ですよ」

わたしは空まわりしそうな頭を必死に回転させて、息を吸い込んだ。

「いえ、あの……お客様から、忘れ物を取ってきてと言われて。ありましたので。もう大丈夫です。お疲れ様です」

わたしはひと息に言うと、パートさんの顔を見ずにその横を早足で走り抜けた。後ろから「ちょっと」と声が追いかけてきたが、無視して外に出てしまう。いけないと判っていたが、廊下を走ってエレベーターに乗り込んだ。

大きく息をつくと、壁に寄りかかる。大して走った訳でもないのに心臓がどんどんと早鐘を打っていて、手の内側が氷を握っているように冷たい。

その中を見る勇気がどうしても持てずに、ズボンのポケットの中にそれを押し込んだ。手から離れると、少しだけほっとして――けれども今度は、腰のあたりがずん、と重たくなる。一体これは何なのだ、そう思ったけれど怖くて見ることはできなかった。

制服の上着の中にいつも隠して下げている、シンさんにもらったペンダントを上からぎゅっと握ると、ほんの少しだけ動悸が治まった。同時にエレベーターのドアが開く。

わたしは何度か深呼吸して、どうにかまともな顔を取り繕うと、ロビーへと戻った。

その日は運悪く遅出勤務で、どうにもうまく体が動かず、さんざんな一日だった。

ホテルを出ると、すっかり暗くなってしんと静まった道をわたしはシンさんの家に急いだ。結局拾った物の正体を見ることはできず、制服のズボンごと鞄に押し込んである。

いつもの窓に明かりがついているのを目にすると、こころの底からほっとする。

わたしは転がり込むようにしてシンさんの工房の扉を開いた。

テーブルの方で作業していたシンさんが顔を上げ、いつものように「おう」というかたちに口を開きかけ――そのまま、固まる。

浅い息をつきながら何も言えずに入口に立っていると、シンさんが音も立てずに素早く立ち上がる。そして目の前に立ったと思うと、ぐいっと肩を摑んで中に引っぱり込んで玄関の扉を閉めた。

肩に触れた手のあたたかさにふうっと意識が遠くなりかけると、それをとどめるようにシンさんがわたしの両肩を強く摑んだ。

「どないした。何があった」

強く荒い声に、途切れそうになっていた意識をなんとかこちら側に踏みとどまらせる。

「とにかく座れ」

シンさんはわたしの顔色を見て、手近な椅子を引き寄せると、肩を押しつけるようにして強引に座らせた。

「今ぬくいもん淹れるわ。真っ青やぞ、お前」

そう言われて、わたしは気づかぬ内に自分の歯がかちかちと音を立てているのに気がついた。もう六月だというのに、びっしりと全身に鳥肌が立っている。

シンさんは家の方に上がって、すぐに中からタオルケットを持って戻ってきた。椅子ごとわたしの体をぐるりとくるむと、台所に立ってやかんを火にかける。

遠目にガスの青い炎が見えて、わたしは急にほっとした。

シンさんはいつものお茶のティーバッグをカップに入れて沸いたお湯を注いで、体をかがめて差し出してくれた。両手で受け取ると、そのぬくもりに涙が出そうになる。

「……どないした」

目の前に片膝をついて、目線を合わせてシンさんがもう一度、今度は探るような、けれどやさしい声で尋ねてくる。

一度大きく呼吸して膝の上の鞄を差し出すと、シンさんは怪訝そうにそれを見た。

「中開けて。制服のズボン……右の、ポケットの中」

シンさんは眉根に皺を寄せたまま、鞄を受け取ると立ち上がった。

テーブルの上に置き蓋を開けると中から黒いズボンを引っ張り出して、左右を確かめポケットに手を無造作に突っ込む。

その瞬間、シンさんの顔が大きく歪んだ。目が驚く程大きく見開かれたと思うと、ぎっ、と音が出そうな程に深々と、眉根と額に皺が刻まれる。

ゆっくり、手がポケットの中から出てきた。

シンさんはその手を胸の前で開いて、中をじっと見つめている。わたしの位置からはその手の中は見えなくて、ここへ来て急に、あれが何なのか知りたい、という好奇心がむくむくとわき上がってきた。

「お前こんなもん、どこで手に入れた。えっ？」

それは何、と尋ねようとすると、遮るようにシンさんのきつい声が響く。

仕方なく、わたしはつっかえつっかえ、そもそもの事の発端から話し始めた。シンさんは怒った顔のまま無言でそれを聞き、話し終えると深いため息をひとつついた。

「……さよか」

その顔から険が薄くなったのにちょっと安堵して、気になっていたことを聞いてみた。

「シンさん、それ、何？」

わたしの問いが意外だったのか、シンさんは驚いたようにこちらを見る。

「引っ摑んでは来たけど……見てないの、怖くて」

そう言うとシンさんは少し瞬いて、ほんのわずか、微苦笑を漏らす。

「そうなんか……。見るだけやぞ、手出すな」

シンさんは拳を差し出すと、わたしから三十センチは距離を開けて手を開いた。

「十字架……？」

それはずいぶんと薄汚れた、銀のペンダントだった。細い細い銀の鎖は途中で切れていて、すっきりした細身のデザインのクロスの横棒の端に小さく赤い宝石がひとつ、埋め込まれて光っている。こんな状況でなければ、デザインとしては割とお洒落な、若い女性の好みそうな物に見えた。

けれどわたしの目にはその赤い光はまるで血のように映って、すっかり黒く荒れた銀の表面もたまらなく禍々しく見える。

「こんなもんのある部屋に、客もよう泊まっとったな……」

シンさんは小さく呟くと、またそれをぎゅっと握ってテーブルの前に腰を下ろした。

「その幽霊話、いつからなん？」

尋ねられて、わたしは首をひねる。そういえば具体的に「幽霊が出た」なんて話はなくて、ただふわふわとした噂話しか聞いたことがなかった。そう言うとシンさんはため息混じりに首を振って、テーブルの下から箱を出すと手の中の物をそこに落とした。

「もうちょいマシなもんなら始末したんねんけど、こんなきっついヤツ、下手なことしたらこっちまでとばっちり食らうわ。悪いけどお前その話、明日からもう少しいろんな人に根掘り葉掘り聞いてみてくれん？」

わたしは小さくうなずいた。確かに怖くはあるけれど、肝心のものをシンさんががっちり握っていてくれるなら、それだけで安心できる。

心配そうな目をしたシンさんに、わたしはもう一度、大きくうなずいてみせた。


次の日、仕事をしながら、誰からどうやって例の話を聞き出すか思案する。

ベルは宿泊の入門業務的なところもあり、しばらく経つと他部署に異動することが多い。だからまわりにいるのは長くても三年とか、そんな子ばかりだ。勿論長年のベテランも数人はいるけれど、そんな相手に幽霊話なんて聞ける訳がない。そうはいっても、他部署の知人も自分と同じ、何も知らない同期だけ。

　これは困った、と途方に暮れながらお昼を食べに食堂に行く。

「――あなた、ベルの篠崎さん？　わたし、ハウスのヨシカワやけど」

　食欲がないものの少しでも食べようと箸をつけた和定食もろくに喉を通らず、もう諦めて下げようかと思っていたその時、声をかけてきた人がいた。

　顔を上げると、ハウス――客室担当の制服を着て、胸に『吉川《よしかわ》』と書かれた名札をつけた、三十手前くらいの見覚えのない女性がお盆を持って立っている。

　どことなく硬い顔つきで「ここ、ええ？」と向かいを指さすのに、何が何だか判らないまま、わたしはうなずいた。

　お盆を置いて座ると同時に、吉川さんが言い辛そうに口を開く。

「昨日、七一九六号室にいたん、篠崎さん？　パートさんから聞いてんけど、その時間に勤務入ってたベルの子で、年とか髪形とか当てはまるん、篠崎さんだけやったから」

　これは叱られる、それに訳を聞かれたらどう説明すればいいのか。悩みながらわたしは深々と頭を下げることで肯定した。と、吉川さんは予想に反して、青白い顔で大きくため息をつき深く椅子の背にもたれ、意外な言葉を口にする。

「やっぱり……それで、大丈夫やったん？　ものすごい顔色してたってパートさんが。なあ、何見たん？　あの部屋、絶対おかしいよな？」

　同意を求める吉川さんの顔が本当に必死なのにつられて、うなずく。

「そやろ！　やっぱり……ああ良かった。わたしあの部屋、ほんま怖いねん」

良かったというのも変な話だが、本当に安心したのか吉川さんはくりっとした目尻を下げ、泣きそうな顔で笑った。

「あの部屋なあ、いわくがあんねんよ……篠崎さん、これ絶対内緒やで」

周囲をちらっと確認してから真剣に言う吉川さんに、大きくうなずく。彼女はまるっきり手をつけていない自分のお盆を脇に寄せ、ぐっと身を乗り出すと小声で話し出した。

「あれからずっと、うちのホテルではこの話はタブーになっとって。……五年くらい前やったかなあ……人が、死んでん」

瞬間、わたしの目の前をさっと、あの禍々しい赤い宝石の光が横切った。

「まあ、あの部屋の中で亡くならはった訳やないねんけどね。あの部屋に泊まったお客さんが、チェックアウトした後にそこの歩道橋から身投げしはってん」

予想だにしない話にわたしは驚き、「えっ？」とつい高い声を上げてしまう。

「しっ」と吉川さんが唇に指を当て、きつく眉を寄せた。慌てて口を押さえたが、まだ胸がどきどきしている。あそこから？

ホテルの目の前にある、大通りにまたがった歩道橋。十字路の内、歩行者用の信号がない箇所があるので自分も時々使う。かなり交通量が多い道だ。

一瞬まともにその光景を想像しかけて、振り払うように首を横に振った。

「上の人は皆、否定するけど、絶対あれからやねん、あの部屋おかしいの。わたしはそん時は予約係やったけど、その後もほんまに何人も『あの部屋替えてくれ』ってお客さんが来て……別に何か出るとかそうゆうんやなくて、ただもう無性に気味が悪い、言うて」

吉川さんは自分で自分の肩を抱き、ぶるぶるっと震えた。

「わたし今年からハウスになってんけど、ほんましんどうて……異動したいって何度も言うてんけど、聞いてもらわれへんくて。もう本気で辞めよか、思てんのよ」

泣きそうな顔で言う吉川さんがどうにも気の毒で、わたしは隣に行って肩をぎゅっと抱いて慰めてあげたいという衝動をこらえた。そんなことをしたら目立ちすぎる。

「ああ、でも良かった。おかしいと思ってるの、わたしだけやのうて」

吉川さんは唇だけでなんとか微笑むと、お盆を自分の前に戻した。

「でもほんま、必要ないならあの部屋、入らん方がええよ。パートのおばちゃん達の間でも怖がる人は怖がってる。寒気がするって」

わたしはじっとりとした暗闇に支配された部屋のことを思い出し、一瞬ぶるっと怖気に襲われた。あの部屋にひとりで入って掃除をするなんて、自分には絶対に無理だ。

「あの……吉川さん、わたし、そのお客さんのことを詳しく知りたいんです。一体どういう状況で身投げなんか」

唇を舌で湿らせ、そう途中まで言ったところで吉川さんの顔が大きく引きつった。

「あれ、吉川さん、篠崎さんと仲ええの？　いつの間に？」

え、と思うと、後ろから今までの自分達の間に流れていた重たい空気を吹き飛ばすような呑気な声で、空になった食器をのせたお盆を持ったフロントの加西《かさい》さんが現れる。

「あ、いえ……客室の廊下で、たまたま何回か顔合わせて」

吉川さんが青い顔をしたままさっと言うと、全く疑っていない様子で加西さんは笑顔を浮かべた。

「そうかあ。宿泊同士仲良うするのはええことやねえ。今度皆で、飲み会でもしよか。予定合わせといてよ」

明るく笑って一方的に言うと、加西さんは立ち去った。時計を見ると、もうわたしも行かなければまずい時間だ。

「すみません、あの、またお話、聞かせてください」

立ち上がりながらわたしが言うと、吉川さんは色を失った顔をこちらに向けて、唇を引き締め小さくうなずいた。


ちょうど翌日が休みだったわたしは、シンさんと図書館で吉川さんの言っていた五年前の新聞を調べることにした。

そんな昔の物が部屋に残ったままなんてことがあるのかと思ったが、「これだけとんでもない品となると、こっちの予想もつかんことをしよる」とシンさんがぽつりと言った。

一月から手分けして順に見ていくと『七月九日の朝七時半過ぎ、歩道橋から上京区在住の二十七歳の女性が飛び降り自殺をした』という小さな記事を地方版の片隅に発見する。

「ならこの日、誰が泊まったかって、顧客リストみたいのんにあるん違うか」

「あると思う。でもわたしそんなの見られないよ。予約かフロントじゃないと無理」

そう言ってわたしは、はっとした。吉川さんは、当時予約係だった筈。

だが出勤して途方に暮れる。そもそもベルとハウスは、廊下でばったり会わない限り接触の機会がなく、課が違うから向こうのシフトすら判らないのだ。一番会える可能性が高そうなのはお昼や晩の食堂だが、食べるよりも出入りする人の顔に注意を払っていても相手は現れることはなかった。

全く出会えないまま数日が過ぎ――一応、毎日報告だけはしに来いと言われていたので、わたしはその日も仕事帰りにシンさんの家に向かった。

シンさんの家のすぐ手前で聞き慣れた声に振り返ると、レイコさんが立っていた。にこっと笑ってこちらに手を振ると、すっとわたしの腕に腕をからめてくる。

「ちょうど良かった。一緒にいこ。……手間、省けたな」

呟いた意味を聞こうとする前に、からからっと工房の扉を開かれてしまった。

「お……ああ、久しぶりやな」

ちょうど台所でコーヒーを淹れていたシンさんが振り返り、わたしの隣のレイコさんを見て少し目を丸くする。

「うん、そうかな。ここんとこちょっと、バタバタしてて」

レイコさんは機嫌良さそうに言うと、ショルダーバッグを外してとん、とテーブルの上に置き、椅子に座った。

「まあええタイミングで来たわ」

シンさんがそう言って棚からカップを出そうとすると、「あ」とレイコさんが小さな声を上げて立ち上がった。棚に手を伸ばしたまま怪訝そうに見るシンさんに、「ストップ」と言うかのように両方の手の平を向ける。

「わたし、コーヒーはいい」

「なんで」

体を曲げて、シンさんは不思議そうにレイコさんを見た。あんなにコーヒー、ことにシンさんのそれが大好きな彼女が一体どうして、とわたしも首を傾げる。

レイコさんはきゅっと唇の端を上げて笑うと、椅子に腰掛け、実にあっさりと言った。

「リュウ、あなたお父さんになるから」

え？　え……ちょっと待って、それってつまり。

わたしが完全に頭が真っ白になっている中、シンさんはほんの数秒、まじまじとレイコさんを見た。そしてかすかな息をついて、くるっと背を向け、まるで何事もなかったかのように、再度コーヒーメーカーにお湯を注ぎ始める。

その背中をレイコさんは相変わらずにこにこと見守っている。

ええと……今自分はものすごい爆弾発言を聞いたような気がするんだけど、この目の前のまるで平和な光景は一体何だ？

もはやどちらにどう突っ込んでいいのか判らず絶句していると、シンさんができあがったコーヒーをこぽこぽと自分のカップに注いだ。

「――いつや」

背を向けたまま、低い声がするのに何故かわたしがどきっとする。

「来年二月。あ、千晴ちゃんと誕生日、近くなるかもしれない」

そう言ってレイコさんはこっちを見てにっこりと微笑む。うわ、すごい、とようやく現実味が湧いてきて、わたしは思わずレイコさんに飛びついた。

「そうなんだ、すごい……あ、あ、おめでとう！　良かった！」

まずこれを言ってなかったと思い、手を外して頭を下げると、レイコさんがくすっと笑って頭を下げ返してくれた。

「なんでお前がそんな、テンション高いねん」

後ろからシンさんが呆れたように言って、ずっ、とパイプ椅子を引っ張って腰かける。

「シンさんがテンション低すぎなんだよ！　喜んでよ、おめでたい話なんだから！」

「そんなん別にめでたくも……」

憎まれ口を叩きながら、シンさんはそっぽを向き――突然、その顔が硬直した。

あまりにも急激な表情の変化に、のぼせていた頭が少し落ち着く。わたしはシンさんの目線を追って、それがまっすぐにテーブルの下に向いているのに気がついた。

レイコさんの足元のすぐ傍に置かれた、固くテープでくるまれた小さな箱。それを見た瞬間、冷や水を浴びせられたように心臓が縮み上がった。

シンさんは無言で立ち上がると、片手でテーブルの上のレイコさんのバッグを取り、もう一方の手でぐい、と腕を摑んで立ち上がらせる。

「え……え？　リュウ？」

ひとり訳が判っていないレイコさんが、目をくるんとまわしてシンさんを見上げた。

シンさんはそのままレイコさんを引きずるようにして、玄関の前まで移動していく。

「帰れ。……当分来んな。ええっちゅうまで」

完全に当惑しきった顔でレイコさんはシンさんを見上げて、それから途方に暮れた目をしてわたしの方を見た。でも、わたしも説明できない。

「万一、もしも万一、なんか異常あったらすぐ連絡せえ」

そう言ってシンさんは、テーブルの上にあった何かの包装紙の端を破って机の上のペンを取ると、さらさらと数字を書いてレイコさんに押しつけた。その紙を見て、レイコさんは目をまん丸にする。

「リュウ、あなたこれ……」

「早よ帰れ」

シンさんは有無を言わせずそう言って玄関の扉を開けると、半ばむりやりレイコさんを外に押し出した。そのままぴしゃん、と扉を閉めると、肩で大きく息をつく。

「……レイコさん、大丈夫……かな」

背中に怖々、声をかけるとその肩がぎくっと揺れた。

「見てもおらん。触ってもない。どうもないやろ」

シンさんは自分に言い聞かせるように言うと、くるっとこちらを向いてすたすたとテーブルの傍まで歩いてきた。わたしはレイコさんが心配で窓の外を見る。

「――行ってくる」

言葉と同時に、わたしは後ろも見ずにシンさんの家を飛び出した。

辻の出口の方を見ると、レイコさんがゆっくりと歩き去っていく。その背を追って走ると足音に気づいたのかレイコさんが振り返り、わたしの姿にほっとしたような薄い笑みを浮かべた。

わたしはその向かいに立つと、背の高いレイコさんの顔を下から覗き込んだ。

「大丈夫？　どうもない？　あの……お腹とか、痛くない？」

不安に駆られながら聞くと、レイコさんは訳が判らない、といった顔で首を傾げる。

「どうしたの？　リュウも千晴ちゃんも、変よ。どうかした？」

わたしはなんにも言えずに黙り込む。いっそ説明してしまった方がいいのか、と一瞬思うが、いやそれは駄目だ、と自分の中で誰かが言う。あんな得体の知れないものに、レイコさんの大事な体を近づけるなんて絶対にいけない。

その葛藤に言葉が出ずにいると、レイコさんはそんなわたしをじっと見つめて、ふう、と大きなため息をついて肩の力を抜いた。

「まあいいや。昔っからああなのよね、リュウって。なんにも説明しない」

見上げると、レイコさんは白い歯を見せて笑った。

「千晴ちゃん、ちょっとつきあってよ。お茶くらい、飲んで帰りたいわ」

わたしはその目に吸い込まれるように、ひとつうなずいた。

駅近くの喫茶店に入ると、レイコさんはほう、とひと息ついた。

「大丈夫？　しんどい？」

うかがうように尋ねると、手を振って苦笑する。

「もう、まだ全然なんてことないのよ？　心配しすぎ」

わたしは本当のことが言えないまま、椅子の背に体を沈めた。

向かいでレイコさんは、バッグの中から先刻シンさんに渡された紙切れを取り出して見つめている。きっと、携帯番号だ。シンさん、まだ教えていなかったのか。

ふっと息をつき、レイコさんはそれを元通りバッグに入れた。わたしの目線に気づいてこちらを見ると、ほのかに微笑む。

「まさか自分から教えてくれると思わなかった。持ってんのは判ってたのよ、だって、バレバレだもん。ポケットに入れたままのジーパン、部屋の隅に放ってあったりするし。あれで気づいてないと思う方がどうかしてる」

シンさん、あれだけレイコさんには教えるなと言っておいてそれは駄目だろう、とわたしは内心で額を押さえた。

「でもさ、どうも当人、必死で隠してるつもりみたいだったから……だからわざと、聞かずにおいてあげたのよね」

　さすがレイコさん、遥かに上手《うわて》だ。感心していると、レイコさんはくすっと笑った。

「千晴ちゃんは知ってたんでしょ？　ていうか、あの入院の後よね」

　もうそこまでバレてるのなら、とわたしは素直にうなずく。

　レイコさんは何故かひどく満足そうに笑って、長椅子の背に大きくもたれた。

「わたし実はさ、子供つくろうと思ったの、千晴ちゃんのおかげなんだよね」

　次の瞬間、まるで思ってもみない言葉を言われて面食らう。

　レイコさんは唇の端を上げて上品に微笑み、運ばれてきたオレンジジュースのストローをくわえた。

「千晴ちゃんが入院した時、リュウが怒鳴り込んでったの聞いて、それから携帯持ったらしいってのは判って。それで、ああこれ、もう大丈夫なんじゃないかって」

「だい……じょうぶ？」

「わたし、野望があるんだ」

　身を乗り出していきいきと話すレイコさんのその言葉には、どこか聞き覚えがある。

　レイコさんはにかっと笑うと、思いもよらない話を語り始めた――。

　もともとね、わたし野々宮先生と知り合いだったのよね。

学生時代からよく研究室に通っては、彫金教えてもらったりしてた訳。

野々宮先生、自分の工房では食器をメインに扱っててね。まあわたしがやってる陶芸でも食器は基本だから、そういう意味でもすごく参考になった。ほんとお世話になったから、卒業する時、自分がつくったカップを贈ったのよね。

……うん、あれ。今リュウが使ってるクリーム色のカップ。

わたし学生の頃、ドイツの陶芸家にすごく心酔してて。自分の作品の写真とか添えて何通も手紙送ってたら、卒業したら来ないかって言われて、喜んですっ飛んでったの。そこで学んでる内に、ふっと先生の食器、思い出したんだ。

先生のつくる作品と陶器を組み合わせたら面白いんじゃないか、そう思いついたらもういてもたってもいられなくなって、よし、帰ろうって決めたのよ。

幸ちゃんと美由紀ちゃん、三人で窯開こうって話も順調に決まって、帰国してすぐ、先生の工房、訪ねていったの。でもその時にはもう先生、亡くなられてて。

そこに、リュウがいたのよね。

リュウのことは、実は知ってたの。顔と名前が一致する程度のレベルだったけど。

素行が悪くて教務に呼び出されたりしてたのに、腕は良くて、野々宮先生の秘蔵っ子だって話も耳にしてて。だからまあ、リュウが工房にいたこと自体はそんなに驚かなかったんだけど……その時ちょうど、あいつ、あのカップ使っててね。

リュウの方はわたしのことは全然知らなかったそうなんだけど、そのカップが卒業生のひとりからもらったものだってことだけは先生から聞いてたらしいのね。

だからかな……それ、わたしのカップだって言ったら、一応受け入れてはくれたんだ。でもその時の印象が、ほんと最悪でね。なんていうか、空気が痛いくらいピリピリしてた。野々宮先生って、もうほんと温和な、のほほんとした感じのひとだったから、それにもびっくりして。

でもリュウが仕事してる背中しばらく見てて、はたと思いついた訳。そうだ、このひとがいるじゃない。先生の弟子で、跡継ぎで。

思いついたらわたしもう黙ってられなくて、すぐに言ったのよ。自分は先生と一緒にものをつくりたかった、あなた、わたしと一緒につくりませんかって。

そしたらあいつ、うるさそうな顔して言ったの。自分はアクセサリーしかやらない、食器はやってないって。

でもわたし、全然納得いかなかったんだ。やってなくてもできる筈でしょ、だって手伝ってたんだから。やろうよ、絶対面白いからって、そう言ったの。

でもリュウ、絶対にお断りやってさ。

だけどわたし、自分は諦めない、絶対にあなたの気を変えさせてみせるって、そう宣言した訳。

それからさ、ほんと、日参したわよう……もうほんっと、うざがられてね。でも全然平気よ。だってやりたかったし。あいつほんっと、すごく腕いいんだもん。シャープなのにすごく繊細で、でもどこかピリピリしてて、ほんと抜群にうまい。今は割と植物とか具体的な物をモチーフにすることが多いし、男物女物、つくり分けてるじゃない？　でもあの頃は、きゅっと引き伸ばした直線的なパーツを組み合わせたブレスレットとかネックレスとか、男女問わずつけられる物が多くて、それがまた結構人気あったのよ。

だけど食器は、頼んでも頼んでも駄目で。わたし、それが不思議でね。できない筈ないのよ。あの腕だし、ずっと先生とやってたんだし。なんでなんだって、どうしても納得できなくて。

だって、つくってなんぼよ？　わたし達みたいなのって。つくんないと判んないのよ、どんな代物ができあがってくるのかなんて。

ほんと、三日と空けず通ったわよ、リュウの家。いい加減にしろって怒鳴られたり、頼むからもう諦めてくれって懇願されたりもしたけど、わたし全然、めげなくってね。

その内にわたしと組むかどうか、なんてどうでも良くなって、ただつくってほしいと思ってた。このひとが食器つくったら絶対いい物ができる、そう確信があったから。

で、通い始めて、半年くらいかな……田上沢君とも再会したりして、諦めた訳じゃなかったけど、なんていうか、もう普通の友達づきあいみたいな空気になってたのよね。

その頃にね、我ながら会心の作ができたのね。かなりの大皿。いい物ができる時って、何もかもが思った通りで、それなのに何もかもが思ったものを越えてるの。

もう嬉しくって、有頂天になって……できた瞬間にリュウに見せたいってそれだけ思って、でっかい皿抱えてすっ飛んでったのよ。

あいつ、一時間くらいずっと黙って、わたしの皿見てた。

その姿見てたら、もう黙ってられなくて。

……やろうよ、わたし見たいんだ、リュウのつくった食器。そう、言ったの。

そしたらリュウが言ったの。自分にはつくれないって。

わたしの皿を手に取ってじいっと見ながら。

俺には無理や、って。

その声が、今までただ「やらない」って言ってた声とは、全然違ってた。

食器っていうのは、食卓で使うもんや。

食卓っていうのは、幸福でなきゃいけない。

俺はあったかい食卓ってもんを知らん。

だから俺には食器はつくれん。

悪いけど、諦めてくれ。

そう、言ったの。


「……一瞬、頭が真っ白になってね」

そう言ったレイコさんは、言葉と裏腹に歯を見せて笑った。

わたしは声も出せずに、その向かいに座って話を聞いていた。

たった今聞いたシンさんの言葉が、自分の胸に巨大な刃のように突き刺さっている。

それはまるで、わたし自身の中から出てきた言葉のようだった。その言葉を発したシンさんの気持ちが、わたしには痛いくらいよく判った。

わたしも、知らない。幸福で、あたたかい食卓。そんなものとは一切、縁がなかった。

無論、シンさんやレイコさんと食事をしたり友達と飲みにいったりするのは、楽しくて幸せだ。でもそれはあくまで「イベント」にすぎなくて、日常の、地に足のついた、自分の中に深く根ざしているものとは違うのだ。自分はそういうものの上に立ってはいない。

わたしが初めて感じた「食卓の幸福」は、家を出てひとりになって、自分だけの家で最初に食べた、ひとりきりの夕食だった。あの、例えようもないこころの安らぎ。ひとりきりで充足していて、完全に閉じている。

小さい頃、父が高級住宅地に一軒家を建てた。並んでいる家はどれも似通っていて、同じような壁面に、同じような窓がある。

当時、夕食が済むとわたしはしばしば家を抜け出し、知らない家の窓を覗いた。

窓の見た目は似ていても、その中の光景は、自分の家とは全く異なっていた。

うちの夕食時間は父が帰宅して風呂を出てすぐと決まっていた。それは夕方の四時だったり、逆に夜の九時と子供には遅い時間であったりしても、基準は父だった。わたしが何をしていても、その時には確実に食卓についているよう母に厳格に言いつけられていた。

父は一切の私語なく食事を済ませると、わたしや母がまだ食事中でも、席を立って書斎にこもるか、どこかへ出かけてしまう。わたしが小学校半ばになる頃からは、夕食どころかそもそも帰ってこない日もよくあって、そんな時母は無言で父の料理を捨てていた。

それが「家族の食卓」なんだとわたしはずっと思っていた。他人の窓の中を見るまでは。父親がいて母親がいて、その間に子供がいて、そして皆、笑っている。他人の家では、時に叱られたり泣いたりしていても、何故だかいつも、最後は笑顔でその場が収まるのだ。あれが欲しい、心底そう思った。けれどもいつしか、わたしはよその家の窓を見ることをやめた。うちにはあれはないものだ。どれだけ憧れたってどうしようもない。

シンさんが言う「食卓の幸福」は、わたしにとっての「窓の中の幸福」と同じ。

自分はそれに無関係な人間なんだ、子供の頃のわたしは、そう自分に決めたのだ。

いつか伯母が言った、わたしとシンさんは似ている、と。相性がいいんだ、とも。

確かにわたしもシンさんも、そんなものとは一切無縁に生きてきた。手の内に何も持たずに、まるで世界と戦うように。

大人になって初めて出逢った、十近く年の離れた異性の相手のことが、何故こんなにも手に取るように理解できるのかずっと不思議だった。でも、今ならその理由が判る。

シンさんの過去について、わたしはそれ程知っている訳ではない。でも多分、手に余るような辛さや苦しさ、もどかしさにぶつかった時、それにどう相対するか、わたし達はその姿勢が似ているのだ。ひとりきりで世界の端に立って、すべての風を受ける。もしも魂にかたちがあるなら、わたしとシンさんのそれとは、双子のようによく似ているのだ。

暗い辻に工房の窓から漏れる明かりを見る度、なんとも言えない落ち着きを感じた。あそこにシンさんがひとりで暮らしている、そう思うと奇妙な程に心強い思いがした。あそこにいるのは自分の同志で片割れだ、と。

「……気がついたら、怒鳴ってた。莫迦じゃないの、って」

自分の胸の中に一気に湧き上がった思いに囚われていたわたしは、レイコさんの言葉にはっと我に返る。

「経験してなきゃって莫迦じゃないの、なら中国で修行してない中華料理人は全員駄目だし、モテてなきゃ恋愛映画もつくれない、人殺ししてなきゃ推理小説も書けない。経験主義なんてくだらない、経験主義者のプロなんてお話にもならない、知らないものを完璧につくれてこそ本物のプロってもんじゃないか、あなたアマチュアなの、アマチュアが人からお金取って物つくって売ってるの、って……そりゃもう一気に、まくしたてたてねぇ」

照れたように笑うレイコさんを前に、わたしは呆然とした。そのあまりにも予想外の方向からの、あまりにも鋭い切り込みっぷりに。いつか田上沢さんがレイコさんを評して言った、「時々こう、きらきらっと、びっくりするくらい鋭く輝くんだよ」。

あれはきっと、こういうことなんだ……これがレイコさんの魂の、真の強さなんだ。

ふたりがもし同じものを専門にしていたとしたら、つくった物はきっと真逆の輝きを持つのではないか、そんな気がした。方向性が、全く逆なのだ。

レイコさんの言葉は、わたしには――そしてきっとシンさんにも、まるっきり意識にないものだった。例えば自分達が平面しかない場所でそれが世界のすべてと思って生きていたのに、ある日突然遥か頭上から言葉が降ってきた、そんな感じに。けれど、いやそれだからこそ、シンさんはレイコさんに、レイコさんはシンさんに惹かれたのだろう。

「わたしさ、記憶にある限り、他人に怒鳴ったことってない……ていうか、腹が立つようなことも正直、そんなにはないのよねぇ。大抵のことは面白がっちゃう方で。だけどあの時は自分でも訳判んないくらい、お腹の底からむらむらと腹が立って」

　ちらっと舌を出してレイコさんはいたずらっぽくそう言う。

「そりゃもう、度肝抜かれてたわよう、リュウの奴。今までどれだけ、きっついこと言って追い返そうとしても、わたし実際、全然平気で、へらへらしてたもの。それが突然、あの大爆発」

　くくっと可笑しそうに喉の奥で笑うと、レイコさんはかくんと肩を落とした。

「思い切り怒鳴って、それで家飛び出してきちゃって……帰り道、泣けてさあ」

　はっと息を呑んで見ると、レイコさんは長椅子の背にもたれて、どこか懐かしそうに目だけで天井の方を見上げている。

「ものすごい大股でガンガン歩きながら、もう泣けて泣けて……どうしていいんだか判んない程、たまらなく口惜しくて口惜しくて、無性に腹が立って……ああ、なんだ、わたし、あのひとのこと好きなんだ、そう思ったのよね」

　ふうっと唇に、笑みが浮かび上がった。

綺麗だ、その全身から柔らかな輝きがあふれ出しているのにわたしは目を瞬いた。

「いつの間にか、好きになってたんだ、そう……判ったのよね」

ふっと目を落として、はにかむようにレイコさんが呟く。

「でも判ったはいいけど、もうどうしたらいいんだか……あんな啖呵《たんか》切っちゃって、どの面下げて会えばいいのかって。それに、あれって一種の決別宣言じゃない？　生きてる場所が違うんだ、みたいな。つまり、望みゼロ。だからそれから一ヶ月くらい、わたし行けなかったのよね、リュウのとこ」

もうそれはすべて過去の話なのに、わたしはどきんと不安になった。

「それである日、駅で買い物してたんだけど、ほら、あそこのデパート、地下で甘栗売ってるじゃない？　わたし好きで。ちょうど新栗の季節で、それ見たらわあ嬉しいって思って、店の前に立ってあの香り吸い込んだら、いてもたってもいられなくなって」

レイコさんはくすくすっと笑って、既に氷が溶けて水のようになっているジュースを一口する。

「一番大きい袋、衝動買いして、それ抱えていったの、リュウのとこ。そりゃもう、あの細い目まん丸にしてたわよ、リュウ」

一番大きいのって……それかなりの重量だったような、と売り場を思い返す。

「甘栗買ってきた、一緒に食べない？　ってそれ差し出したら、リュウは無言でわたしを家の方に上げて、コーヒー淹れてくれて。そのままふたりで黙って延々、甘栗食べてね」

レイコさんは可笑しそうに笑った。確かに想像すると、かなりシュールだ。

「そしたら不意に、リュウがね。『こないだは悪かった』『お前の言うてたことは百パーセント正論や』って。それで……『それでもやっぱり、俺には食器はつくれん』、そう言われたの。『すまん』って頭下げたのよ、あのリュウが」

その時のシンさんの思いがまた痛い程伝わってきて、わたしはたまらなくなった。

そうなのだ、レイコさんの言葉は百パーセント正しい。できないのは、ただ単にできない自分が莫迦で駄目なのだ。それはすべて判っていて、それでもどうしてもできない。

「その時にはわたしどうしてか、もう全然、腹も立たなくってね。いいよって一言言って、それでまた黙って食べてたんだけど、実はわたし、甘栗むくのがかなり下手なのね。あの、爪で切れ目入れて割るのがほんと下手で」

レイコさんはそう言って、指先をつまむように動かしてみせた。

「だけど食べてて、ふと気がついたの。なんか軽く力入れただけで綺麗にぱくっと割れる栗があってね。それも幾つも。それで、こんなに栗って楽にむけたっけって不思議に思って、ふっと見たらさ、リュウがね……あいつが、爪でぱきぱき、うまいこと割れ目入れて、それをわたしの手元の方にさりげなく転がしてた訳」

レイコさんの話に、わたしはじんとした。それは確かに、ぐっとくる。

「それ見たら、なんかもう訳判んないけど、どうしようもなく泣けてきて……ひたすら甘栗食べながら、ぽろぽろ泣いてね。そしたらリュウ、びっくりした顔して手を止めて、だけどなんにも言わずに、その内またぱきぱき栗割って寄越してくれてね」

　情景がありありと見えるようで、わたしは先刻までの痛みを忘れて、すっかりほのぼのとした思いに浸った。やっぱりシンさんの相手がレイコさんで、良かった。

「その内リュウは自分は食べるのやめちゃったんだけど、わたしはなんかもう、むきになってて、やめられなくてね。リュウが隣で呆れてんの判ってたんだけど、とにかく食べて……相当長い時間かかったんだけど、全部食べ切って」

「え、全部？」

　わたしはいきなりほのぼの感を断ち切られて、まじまじとレイコさんを見る。だって確かあそこの一番大きいのって、キロ単位じゃ？

「うん、全部。そしたらさすがに、気持ち悪くなって」

　レイコさんはこくんとうなずくと、照れくさそうに笑った。

「もうすっかり夜も遅くなってたし、わたし気持ち悪くて動けなかったし……泊まってけって言われて、それがこうなったきっかけ」

　それにしてもなんというか、実にふたりらしい馴れ初めというか。ロマンチックのかけらもない。

「そういう訳で、リュウにいつか、食器をつくらせる。それがわたしの野望なの」

　レイコさんはもう一度にっこりと笑った。成程、そこに話が戻ってくるのか……いや、とはいえ今の話には、わたしは当然、全然関係していない。それでどうして、「わたしのおかげ」で子供をつくろうと思ったのか。

「でね、その時ぱっと、あ、じゃあ子供つくっちゃえばいいんじゃない？　って思ったんだ。そしたら強制的に判るでしょ、『あったかい食卓』ってもんが」

わたしはいよいよほのぼの感をぶった切られて、目を見開いた。いくらなんでもそれは。

「でもね、あの頃のリュウ、冬の静電気みたいにやたらピリピリしててね。それに、どう言ったらいいか……厭世的っていうのか、破滅的っていうか。そういうひとの子供を産んじゃっていいのかって。自分の人生ならともかく、勝つか負けるか判らない勝負に子供の人生乗せる訳にはいかないいなって思いとどまったのよ」

レイコさんは軽く肩をすくめて、両の指を組んでぐっとそらす。

「で、つきあってる内に、なんかもういいかって思ったの。野望の方は諦めてなかったんだけど、子供はね……子供とか結婚とか、別にいいか、って。このままふたりで、好きな物好きなようにつくって、そういうのって結構いいなと思ってた」

わたしは改めて、向かいのレイコさんを見つめた。

「でも、前も言ったかな。わたし、アメリカから帰ってきて千晴ちゃんがリュウと一緒にいるの見て、ほんとびっくりして……けど、なんだかすごく嬉しかったの」

「え？」

「千晴ちゃんのカップ、家に置いてたじゃない？　お茶も。あれですごく、びっくりしたのね。受け入れてるんだって。自分の生活の中に、千晴ちゃんを容れてる。それがすごく意外で……そうそう簡単に他人を受け入れる奴じゃないのよ。ほんっと、狭量を絵に描いたような男なんだから」

それは判る。シンさんはそう簡単に他人を自分の中に容れない。けれど、血縁があるという意味とはまた別に……多分わたしはシンさんにとって、他人ではなかったのだ。

「千晴ちゃんにだけは、シンって呼ばせてるし。いろんなことがね、これまでのリュウとは明らかに違うのよね。で、千晴ちゃんが入院した時に、なんていうのか、誰かの為にいる自分っていうのがこのひとにも持てるんだって思って」

レイコさんは考え考え言いつつ、自分の髪をくしゃっとかきまわした。

「うーんとね、別に今までだって、相手がわたしでも田上沢君でも、実のところ大抵のことはしてくれるのよ、リュウって。憎まれ口叩いてぶつぶつ文句言いながら、でもやたら細かい世話焼いてくれる」

上目遣いに天井を見ながら、レイコさんは珍しくとつとつと話す。

「でも、なんていうか……自分じゃなくてもいい、って思ってる気がするのね。たまたまここにいるからやってるだけで、いつでも自分の代わりがどっかにある、みたいな」

いつだったかレイコさんについて「あいつには俺よりもっとマシな男が合う」とシンさんが言っていたことをふと思い出した。

「だけどね、あの入院の時のリュウ見て、それからその後、携帯買ったの見て、これは今までと違うんじゃないか、そんな気がしたの。自分じゃなきゃ駄目だ、自分でありたい、そう思ってるんだって判ったのよ」

——親代わりや。

レイコさんの言葉に、そう言ってくれたシンさんの背中が、脳裏に甦った。

「その姿見て、大丈夫なんじゃないかって思えたのね。だから、千晴ちゃんのおかげ」

レイコさんは言い終えると、不意に何か思い出したようにくすくす、と笑った。

「だからさ、その時わたしリュウに宣言した訳。わたし、子供つくろうと思って、って」

まさに宣言、と呼ぶにふさわしい台詞に、わたしはのけぞった。実に直球ストレートだ。

「リュウ、ひとの顔見たまま二十秒くらい固まっててね。で、聞いたの。『誰の』って」

シンさんのあまりの返しに、わたしはくすくす笑うレイコさんを半口開けて見つめる。

「あなたの、って言ったらまた黙って、それから『なんで』って聞くんで、『欲しいから』って答えたの」

なんというか……ムードのかけらもないカップルだ、このふたり。

「また『なんで』って言うから、『産みたいから』って。そしたら今度は、『産んでどないする』って聞くから、『育てる』って。『誰が』って言うんで、『わたしとあなたが』って」

なんかもう、見たかったなぁ、その時のシンさん。顔は普通でも、内心えらい動揺したんだろうなあ。想像すると、ちょっと、いやかなり可笑しい。

「そうしたらまた黙っちゃって、しばらく考え込んで……それから一言、『判った』って。で、その結果が、これ」

レイコさんは笑顔で、そっと自分のお腹をさすった。

つくづくロマンチックのかけらすらないカップルだけど、やっぱりお似合いだ。

今は一刻も早く、あの妙なものを片付けることを考えよう。それでレイコさんが安心してシンさんの傍にいられるようにしよう。わたしは改めてこころを決めた。


店の前でレイコさんと別れた時にはとっぷりと日が暮れていて、わたしは急いで、シンさんの家に戻った。

玄関を開けると、テーブルに座っていたシンさんがはじかれたように立ち上がる。

「おま……何しとってん今まで。なんでこんな遅いねん！」

しまった。シンさんは多分、何も手につかないまま、ずっと待っていたのだ。

「ごめん」とわたしは思い切り頭を下げて、その傍に歩み寄る。

「あの後レイコさんと長話になって。でもレイコさん、元気だった。大丈夫だよ」

「当たり前や。……何かあってたまるか」

シンさんは吐き出すように言うと、乱暴な音を立てて椅子を引き、腰を下ろした。そのまま顔をそむけて頬杖をつく姿に、ふうっと勝手に頬に笑みが浮く。

「シンさん、良かったね。おめでとう。わたし、嬉しい」

「別にめでたいことあるか」

シンさんは目を合わせないまま、軽く鼻を鳴らす。

「めでたいよ。男の子かな、女の子かな。どっちでもいいか、楽しみ」

「――別に浮かれるような話ちゃうやろ」

わたしの言葉を無視してシンさんはそう言うと、いきなりがたりと立ち上がった。そのまま台所に歩いて、やかんを火にかけるとコーヒーをセットし始める。

「どうして？」とその背に聞くと、振り向かないまま、声だけが返ってくる。

「自分の遺伝子持った子供が産まれてくるとか……正直ちょっと、どうなんって思う。女やったらあいつに似るやろからまだええけど、男なんか最悪や。俺のコピーみたいのん生まれてきたらどないすんねん」

わたしはまじまじとシンさんの背中を見た。声音から、冗談じゃなく本気で言っていると悟る。

「……シンさん、大丈夫だよ」

ゆったりと言うと、シンさんの動きが止まった。

「わたし、手に取るように想像できるもん。シンさんってものすごい親莫迦になる。もう、むっちゃむちゃ可愛がると思う」

「……何言うてんねんお前」

お湯を移したポットを手に、シンさんがこちらを探るような顔で振り返った。

「なるよ。だってシンさん、ほんとは保護欲の塊だもん。口ではそんなこと言って、いざ産まれたら全力で可愛がるよ」

シンさんは絶句し——驚くべきことに一瞬、耳までさっと赤くなった。

「おっ……お前、何言うとんねんな」

なんと声まで軽く上ずっている。わたしはその様子の微笑ましさに加え、自分がシンさん相手にここまでアドバンテージが取れたことが嬉しく、つい笑ってしまう。

「何やねな自分、大人からかって」

「からかってないよ。ほんとにそう思ってるもの。シンさん、前に、言ったじゃない。お前は俺より俺のこと判ってるって。そのわたしが言うんだから間違いないよ、絶対」

「余計なことだけよう覚えとんな……」

わたしが明るい声で強く言うと、シンさんはいよいよ赤くなって、ぶつくさと口の中で言いながらぱっと背を向けてしまった。

「とにかく大丈夫だよ、シンさん。わたしの保証付きだよ」

微笑んで言うと、シンさんは肩をすくめた。

「そらどうも。安心して来年を迎えられるわ」

皮肉めいた口調にもめげずににこにこしていると、シンさんはカップを手に持って戻ってきて、とんとんとテーブルを指で叩いた。

「まあもうええやろその話は。それよか早いことカタつけるで、これ」

浮かれていた気分が、その言葉に引き締まる。

「お前、レイにこれの話したんか」

シンさんの問いに、わたしは「まさか」と頬を膨らませた。そんなことをする訳がない。いくらシンさんが今動揺してるからと言って、なめてもらっちゃ困る。

あんなに体全体で幸福でいるレイコさんに、あんな嫌なものの気配など、話だけでさえ近づけたくない。シンさんも同じ気持ちであることくらい判っている。

「そやな、悪い……まあでも、あまり長いこと放ったらかしとくと、あいつ絶対なんや気にして首突っ込んでこようとしよるやろから、早よやっつけんとな」

「ん。とにかく誰かから話、聞き出してみる」

わたしはぐい、とうなずいた。まずはなんとかして吉川さんを捕まえよう。

翌日わたしは、本来の出勤時刻より一時間以上早く会社に到着した。

更衣室のロッカーには、すべて名札がついている。それをしらみつぶしに調べよう、と思いついたのだ。運の良いことに、『吉川』はひとりだけだった。

わたしはロッカーの扉の隙間に、自分のシフトに加え、『例のお部屋についてお伺いしたいことがありますので、ぜひお時間ください』と書いたメモを押し込んだ。

それから思わず参拝のようにぱんぱん、と手を合わせて祈ってしまう。どうか一刻も早く、吉川さんがこれを見てくれますように。

そして二日後、遅出のシフトで夜の十時に仕事を終えて更衣室に戻ると、吉川さんが青白い顔色で立ち上がり頭を下げた。

吉川さんを説得するのは結構骨が折れた。仕方がない、ことは個人情報だ。ゲストの情報を教えることを渋る彼女に、わたしは「知り合いにこういうことに詳しい人がいる、それは結局ホテルにとっても有益なのではないか」と言って口説き落とした。吉川さんは二日後、彼女の同期で今は予約係にいるという女性から、ゲストの名前と住所をこっそり調べてもらってきた。

河瀬《かわせ》明里《あかり》と、村井涼平《むらいりようへい》。それがその日、七一九六号室に泊まっていた人の名だった。その事件は当時週刊誌にも取り上げられたそうで、どうやら村井氏は既婚者、つまりふたりは不倫の仲で、別れ話がこじれて河瀬さん側が自殺に至った、ということらしい。

次の日、仕事が休みだったわたしはシンさんと一緒に、河瀬さんの住所に向かった。バスに乗って千本通をひたすら上がると、少々狭い道幅の両側にびっしりと店が立ち並び始める。多くの人が行き交っていて、活気のある下町、といった風情だ。

最寄のバス停で降りて歩き出すと、足を止めたその場所には『水口《みずぐち》酒店』という看板があり、運の悪いことに『本日定休日』と書かれた札が下がりシャッターが閉められている。

「水口酒店は……どう考えても水口さんがやってるお店だよね」

辺りを見まわすと、左隣は小さなアパート、右はクリーニング屋さんだ。

するとシンさんはすたすたとそのクリーニング店に入っていく。

「すみません、ちょっとお伺いしたいことがあるんですが」

慌ててついていくと、入口でシンさんがそう声をかけた。ずらっと洋服の吊るされた奥から一瞬、二十代半ばの、髪を坊主に近いくらいに刈り込んだ若い男性が顔を覗かせる。

「お隣なんですけどね、あそこ、河瀬さんって方のお宅やなかったでしょうか」

そうシンさんが言うと、相手は足早にこちらに歩いてきた。

「さあ、どうでしたかね。それでその、河瀬さん、とかいうお宅に、何かご用でも」

つっけんどんに言うその表情は、どこか怒っているようにも見える。その真摯さに、シンさんの問いが正しいと確信できた。

シンさんは相手の態度を全く意に介さず、まるで世間話のような口調で言った。

「明里さんの遺品をお預かりしてます。ご遺族の方にお渡ししたいんですけども」

「それ……どういう、品ですか」

一瞬口をつくんで、それから疑心暗鬼な顔で尋ねてくる相手に、シンさんはペンダントの特徴をざっと説明する。

男性はシンさんをちらっと睨んで、ジーパンのベルトに装着したケースから携帯を取り出し、素早い指の動きで何かを操作した。メールだろうか。

携帯を畳み、かたんとカウンターの上に置く。と、ものの一分とかからぬ内に、そこから軽やかなメロディが流れ出した。さっと取り上げると、ぱちんと開いて耳に当てる。

「あ、俺。久しぶり……うん、そう、……いや、ちょっと待って」

小声で言いながら、彼はわたし達の脇を大きくまわりこんで店の外に出ていった。しばらく待っていると、話し終えた男性が携帯をしまいながら戻ってくる。

「お待たせしました。この後、お時間ありますか」

相変わらず硬い表情でそう言うと、申し訳程度にわずかに頭を下げる。

「そしたら……この道出てもらって、今出川通《いまでがわどおり》を西入《い》ったとこに喫茶店がありますから、そこにおってください。明里さんの弟さんが、お会いしたい言うてますから」

そう言いながら、彼はカウンターの隅にあったメモ帳を一枚破って、簡単な地図と喫茶店の店名を書き込んで手渡してきた。

「多分、三、四十分程度で着く、言うてますんで。お手数ですけど、よろしく」

彼はそう言ってまたごくわずかに頭を下げると、奥へ引っ込んでいく。

わたしは慌てて、その背中に声をかけた。

「すみません、弟さんってお名前は」

男性が、吊るされた洋服の間から顔だけ覗かせる。

「――カワセ、ユウジ」

そしてそれだけ言うと、さっと頭を引っ込め、姿を消した。

店を出ると、わたしとシンさんは指定された喫茶店へと向かった。灰色がかった木枠にすり加工で木や鳥のデザインされたガラスの扉をくぐり、アイスコーヒーとアイスティを頼んで、ひんやりとした液体をストローで吸い込むと汗がひいて緊張が少し和らぐ。

「河瀬さん、もうあそこには住んでないのかな」

「そら住みづらいやろ……昔からおればおるだけ、しんどい思うで」

確かに、とストローの先で氷をぷくんとつつくと、わたしはため息をついた。

新しい客もないまま待っていると、三十分程で勢いよくお店の扉が開いた。

わたしはちょっと伸び上がるようにして、そちらを見る。シンさんよりわずかに高いくらい、ずいぶんと背丈のある、けれど肩の厚みや胸板はかなりしっかりとした男の人が、あちこちを見まわしながら中へと入ってきた。

その目がこちらに向くと同時に、シンさんが立ち上がってわたしの隣に席を移し、どうぞ、という手つきで空いた向かいの椅子を指し示す。

「……河瀬、ユウジです」

テーブルの脇に立った相手は硬い顔つきで言うと、ぺこりと頭を下げた。わたしも慌てて立ち上がり、「篠崎千晴です」と一言名乗る。

「森谷竜司、彼女の叔父です。……どうぞ」

もう一度シンさんが手で席を勧めると、河瀬さんは再度頭を下げ、腰を下ろした。

「あ、コーヒー。全部入りで」

注文を取りに来ようとした店員さんに片手を上げてそう言うと、ふう、と肩を落としてため息をつく。

年の頃は先刻の男性と同じ、二十代半ばに見える。さらさらとした髪は脇が短めに切られ、しっかりした眉が目にぐっと近い位置にあって、そのまなざしが状況も手伝ってか、ひどく憂鬱で疲れているように見えた。

「姉の、遺品をお持ちやと伺ったんですが」

前置きもなくぼそりと口火を切った声は低く柔らかく、けれどひどく疲れて聞こえる。

シンさんはうなずくと、シャツのポケットの中から、ジッパーで閉じられた透明の小さなポリ袋を取り出した。その中に見える例のペンダントの姿に、遺族の方が目の前にいると判っていながら、わたしの背中は勝手にぎくりと硬くなる。

河瀬さんはこちらにはっきりと聞こえるくらいの音を立てて深く息を吸い込み、そのまま止めて、テーブルの上のそれをじいっと食い入るように見つめた。

「……これを、どこで」

たっぷり数十秒は経ってから、息を吐き出すのと一緒に言葉がこぼれ出る。

シンさんがちらりとこっちに目を向けたので、わたしはおずおずと話し出した。

勤め先のホテルの名を告げると、手も触れずにペンダントを見つめ続けていた河瀬さんがはじかれたように顔を上げ、初めてまともに正面からわたしの方を見る。その目に射貫かれそうになりながら、わたしはあらかじめ決めていた内容を少しずつ語った。

「部屋のじゅうたんに大きなシミができてしまって、はがすことになったんです。そうしたらこれが、ナイトテーブルの下の壁際に入り込んでいて。古くからいるフロント係の人に聞いてみたら、見覚えがある、あのお客さんじゃないか、と」

話の途中で、河瀬さんはまたテーブルの上のペンダントに目線を落とした。いつの間にか全身がぎちぎちにこわばっていたのが、視線が外れたことで少し力が抜ける。

「よう覚えて……そうですね、あんなことした、ひとですもんね」

呟くように言うといきなり手を伸ばして袋を開き、あっと思う間もなく手の平にざらりとそれを落とした。

背筋がぎくっとして、ひゅっと喉が勝手に鳴った。けれど河瀬さんは特段何かを感じた様子もなく、ただ傷ましげなまなざしで、手の中のペンダントを指先でなでている。

「これ、俺……自分が、姉にプレゼントしたもんなんです」

そして河瀬さんは、おもむろにそう話し出した。

もともとあの場所で酒屋を開いていたのは、河瀬さん一家だったのだという。

両親と五歳年上の明里さん、ユウジさんの四人家族だったのだけれど、母親は河瀬さんが高三のはじめに、長年の療養の末に亡くなったのだそうだ。母親が寝つくようになってからは、姉は学生生活を犠牲にしてよく家族の面倒を見てくれた、と河瀬さんは語った。

「うちは父が相当な姉贔屓で、そやから逆に、自分は母親っ子で。姉はそれよう判ってて、母親が寝ついてから自分の面倒、よう見てくれて」

うつむきがちに淡々と語る口調には、どこか後悔のような色が見える。

「だから、若い女の子の楽しみ、みたいなん、ろくに味おうてなかったんやないかな、どっか……甘えられるような先が欲しかったんかなぁ、とか、いろいろ」

そう言うとさみしそうに、手の中のペンダントをぶら下げて見つめる。

「このペンダント、自分が二十歳の誕生日の時に、バイト代で姉に買うたんです。姉ちゃんのおかげで無事に成人できたから、ありがとうって。姉貴、泣いてねえ」

話を聞いてするっと腑に落ちた。この人が触ったところでなんともない訳だ。もしあのペンダントから放たれる冷気が悪意や怨みなら、それは決して、この人にだけは向けられることはないだろう。

「自分の誕生日やのにあほなことして、お金がもったいないやないのって……そんでも喜んで、近所のおばちゃんらにまで『弟にもらってん』て誇らしそうに言いまわりましてね。恥ずかしいからやめてえや、って何回も言うてんけど、聞いてくれませんでしたわ」

低いトーンの声で語られる思い出はあくまでやさしいセピア色に満ちていて、結末が判っているだけにぎゅっと胸が痛む。

「……なんでなかったんやろって、不思議で」

不意にその柔らかだった声の色が、がらりと変わった。

「あれの後、持ちもんとかそういうの諸々、警察が持ってきて。鞄も携帯も、皆ぼろぼろで……壊れて取れた靴の踵まであったのに、これはなかったんです」

——あれ、という短い言葉で表された、いや、そうとしか表すことができない相手の心情が伝わり、こころが震える。

「何度もしつこく聞いたんですけど、そんなもんはなかったって……でもどうしても、自分ではその場に行って探すゆうことができんくて。きっと、壊れてバラバラになって、どっかいってしもたんやって、ずっとそう思ってました」

　ぐっとペンダントをのせた手を握りしめると、河瀬さんは顔を上げてわたしを見た。

「見つけてくださって……本当に、ありがとうございました」

　わたしは「いえ、そんな」と慌てて両手を振りながら、何だかひどく申し訳ないことをしている気持ちになる。

　だって正直言って、自分の中では「怖くて恐ろしくて気持ちの悪い物」で、一刻も早く解決したい、そんな風にしか思っていなかったのだから。このペンダントにそんな思いを込めていたひとがいたなんて想像すらしなかった。

「部屋にあったんやったら……あいつの、せいやと思いますわ」

　なんとも言えない罪悪感に囚われていると、河瀬さんが不意にぼそりと言った。

　その声の低さに、胸がぞくっとする。

「……あいつ？」

　唇を湿らせシンさんが聞くと、河瀬さんは小さくうなずく。

　姉につきあっている相手がいる、ということは、河瀬さんも父親も、なんとなく勘づいてはいたそうだ。突発的に帰りが遅くなったり、やたらと携帯を気にしたり、妙に浮かれている日があったと思うと急に落ち込み気味な日があったり。

後になって思うと確かにあの日の一週間程前から姉の様子は変だった、と河瀬さんは言った。情緒不安定だったし、時々泣いていたような雰囲気もあった、と。

なんと河瀬さんは、いまだに相手の男の顔も名前も知らないのだという。

完全な自殺であり、たとえその動機になったかもしれないとはいえ、相手の男に法律上の罪は何ひとつない。だから警察も頑として相手の情報を教えてはくれなかった。

けれども京都という名の通った街で、朝の渋滞の中に飛び降りるというセンセーショナルな亡くなり方をした為、事件は週刊誌に取り上げられた。

記事では名前こそなかったが多少の素性は明かされていて、相手は彼女が仕事で出入りしていた出版社の社員で、年は十二も上だったそうだ。既婚で、奥さんとの間にひとり息子がおり――けれどもその子には、重い障害があった。だから家庭がしんどい、安らぎが欲しいと自分も口説かれたことがある、そう部下の女性が匿名で語っていたという。

記事の内容を聞いて、わたしは心底むっとした。勿論、大人なんだし、そんな関係になるのはどちらにも非があると思う。でもその男は、相当な屑《くず》だ。

「姉は弱ってる人、放っとけんタイプやったから……ほんまどうしようもないあほやなあ、と思いますけど、まんまとそうゆうんに引っかかりよったんでしょう」

困ったものだと言うように、けれどひどくさびしげに、河瀬さんは眉をひそめた。

あの日はどうやら仕事帰りにそのままホテルにチェックインしたらしく、記事によるとそれは『別れ話をする為だった』らしい。

ふたりはホテルのバーで一杯飲んでから部屋に戻り、激しい口論となった挙句に男は深夜に部屋を飛び出して、別のビジネスホテルで一夜を明かした。そして翌日の朝、七時半頃にチェックアウトをして出ていった彼女は、あの歩道橋の上から身を投げた。

更に記事には、河瀬さん達遺族には全く伝えられなかった情報が書かれていた。

彼女の首筋には、何か細いもので絞められたような痕があったのだという。

死因そのものは自殺だし、そういう意味では男はシロだ。けれども夜の口論で男が激昂し彼女の首を絞めたのではないか、それが彼女にはショックだったのではないか、と。

何故なら、彼女のお腹には新しい命が宿っていたから。

その記事に河瀬さんは本当に驚いて、警察に殴り込むように事実を問い質しにいき、妊娠が事実であること、それは既に父親には伝えてあることを聞かされた。首の痕についてはただの痴話喧嘩にすぎず、自殺で亡くなったことが明白である以上、遺族に伝える必要はない。だから父親にも伝えていない、と当然のように言われたのだそうだ。

「妊娠のことは父親も自分には、よう言えんかったんでしょう。そやけど、遺族にも教えられんような話がなんで週刊誌に漏れとんねん、て、ほんま納得いきませんでしたけどね」

河瀬さんはそう苦笑混じりに続けると、ふうと深いため息をついた。

「……多分、これで絞めたんでしょう。で、そん時、切れて飛んだんやと思います」

手の中からざらっとテーブルに落とされたペンダント――無惨に切れたそのチェーンと、

目のように光る赤い石に、わたしの首筋から背中一面にざわっと鳥肌が立った。

「そいつ、通夜にも葬式にも顔も出さんくてね。まあ来たところでぶっ飛ばして追い返してますけど……けどほんまに、あれから一度かって、線香の一本あげに来たこともなければ謝罪も一切なしですわ。そいつ、全国的な情報誌の関西版担当しとったんですけど、どうも九州支社に飛ばされたらしくて。今はどうしてんのかも知りません」

……やっぱりどうしても気に入らない、その男。先刻のざわざわが薄れるくらいに、むかむかと腹が立ってくる。

「実際、週刊誌が取材できてる訳ですから、家も名前も、その気になって調べたら判ったんやろうと思います。けど……父がやめとけ、言うて。相手さんからしたらこっちが加害者なんやからって。奥さんに慰謝料を渡したいって警察に伝言頼んだんですけど、断られたんですって。まあ受け取りたないですよね、旦那奪った相手の家族からの金なんか」

自嘲気味に話す言葉が、胸に痛かった。

「父は、そやのにむりやり探したりしたら、奥さんと子供さんがますますしんどい思いするだけや、あの子はよそさんの家壊したんやから、相応の報いを受けたんやって」

まっすぐなひとなんだ、河瀬さんのお父さん。息子であるこのひとも、きっと。

「まあでも、口ではそんなん言うてましたけど、きっと自分なんかより親父の方がずうっと、やりきれん思いやったと思いますわ。あの時からもうみるみる、体なんかも縮むみたいにちいちゃくなっていって……亡くなるまで、ほんまにあっという間でした」

え、と喉の奥からかすれた声が出た。思わずまともに見つめると、河瀬さんは眩しいものでも見るような目でこちらを見て、かすかに笑う。

「もともと弱りがちになってたとこに、肺炎で……三年半くらい、前に。まあもう七十越してましたからね。しゃあないですわ」

なら、母と父と姉、三人に逝かれて……河瀬さん、ひとりぼっちなんじゃないか。

「亡くなるずいぶん前に店はもう閉めてたんで、思い切って土地ごと売ってしもて、自分は越しましてん。もう……あそこ住んでんのも、しんどうてね」

そう言うと、ふうっと河瀬さんは遠くを見るような目をした。

「あの家に……ひとりで帰るんが、もう、しんどうて」

心臓がぎゅうっと握りつぶされたように、胸の全体に強い痛みが走る。

テーブルの端に置かれたその大きな手をぎゅっと握ってあげたい、発作的にそう思ったが、体が動かなかった。

わたしのそんな思いに気づく筈もなく、河瀬さんはテーブルの上のペンダントを手にして、また大事そうにそれを指先でなでる。

あの、冷たく薄暗い部屋が脳裏に甦る。もし単に別れを告げられただけなら、彼女の絶望はそこまで深くはならなかったんじゃないか、と殆ど確信的に思った。不倫なのだし、産む、という選択は別れと同義だ。それくらい彼女だって判っていただろう。

きっと彼女が本気で絶望したのは、相手が彼女の首を絞めたからだ。彼女だけなら多分まだ良かっただろうに、お腹にいる命までも葬ろうとしたことへの絶望。その絶望があのペンダントに乗り移り、あの部屋を暗く染めたのだ。

　不倫は双方悪いとはいえ、どうしても納得がいかない。彼女と子供が死んで、彼女の父親が死んで、そいつだけが今も好き勝手に生きていることに。

　テーブルの下でぎゅっと拳を握ると、今まで横で殆ど口をはさまずただ話を聞いていたシンさんが、腕組みをほどいてわずかに身を乗り出した。

「そのペンダント、もう一回お預かりしてええですか？　十日……一週間で、お返しします。どうしてもお嫌でなければ、預からしてください」

　河瀬さんが驚いた顔で目を上げ、わたしも同様に隣のシンさんを見る。

　シンさんは口をつぐんでそれ以上の説明をせず、とまどった顔で河瀬さんがこちらを見たけれど、わたしにも意図が判らなかったので小さく首を振った。

「……判りました」

　その表情を崩さずに河瀬さんはうなずいて、片手をシンさんに差し出した。シンさんはその手から注意深くペンダントをつまみ上げ、袋に戻す。

「ご無理言うて、すみません。なるべく早くお返ししますんで」

「あ、いえ……こんな何年も昔のもん、見つけてくれただけでもありがたいのに、わざわざ届けることまでしてもうて、それだけでもう」

　河瀬さんはにこっと笑った。今までで一番、陰のないその笑顔に、ほっとすると同時に何故だか胸の奥がつうんと痛くなる。

「そしたら、じゃ、連絡先渡しときますんで」

河瀬さんはそう言うと鞄の中から名刺を取り出して、ペンでその裏にさらさらと携帯の番号を書き込む。差し出されたそれを見ると、『河瀬悠治』という名前と共に、わたしでも知っている、紙製品を扱っている烏丸四条近くの会社の名前が見えた。

「パッケージデザインとか企画とか、そんなん担当してます。昼休みに外で食事してたら、隣のクリーニング屋の息子、幼なじみなんですけど、そいつからメール来て。ああそうだ、すみません、態度悪かったでしょう、あいつ」

いきなりそう言われて「はい」とも言えずにいると、河瀬さんは小さく苦笑した。

「昔ね、興味本位のマスコミがたくさん来てたんで。あいつカンカンに怒って、それ以来警戒してくれてて。今日も、こんな話持ってきたのがいるけど大丈夫か、なんて失礼なメール寄越してきたんで、上司に頼み込んで早退してすっ飛んできました」

「すみません、平日の昼間に、突然こんな話でお呼び立てしてしまって」

その言葉に申し訳なくなって、わたしは頭を下げる。

「いや、こっちこそすみません。わざわざここまでしてもうて、その上えらい自分ばっかり延々喋ってもうて……でも聞いてもらって、ちょとすっとしました」

河瀬さんは歯を見せて笑って立ち上がった。

「お礼にここ、出しときます。……ほな」

そう言うと止める間もなく、さっとテーブルの上の伝票を取ってレジに向かっていってしまう。あっと思った時には、もうレジでお金を払っているところだった。

そしてこちらに向かってもう一度頭を下げると、店を出ていく。

わたしは深いため息をついた。今の話が、ずしんと重たくこころの底に貼りついている。けれどあれだけの哀しみを背負いながら、河瀬さんというひとは何だかひどく健全というか、ねじけていないひとだと思った。大きな辛さをその背に負いながら、まっすぐ立って前を見ている。そのまっすぐさが、胸に切なかった。

「ほな、帰ろか」

わたしの思いを断ち切るように横でシンさんがそう言って、名刺とペンダントの入った袋をしまい込むと立ち上がる。

「シンさん、そのペンダントどうするの？」

わたしは我に返って、立ち上がりながら気になっていたことを聞いた。

「……ちょっとな」

シンさんは短く言って、すたすたと歩き出した。シンさんは一度こうなるともう、絶対教えてくれないとは判っているが、これはあまりにも消化不良だ。

わたしは内心膨れながら、シンさんの後に続いた。

それから数日間、一体シンさんがあのペンダントをどうしているのか、わたしにはまるっきり謎だった。工房に寄ってもどこに行っているのか、いないことの方が多い。

更に数日が経った夜、仕事を終えて更衣室に入ろうとしていたところを、吉川さんにぐいっと袖を引っ張られた。久しぶりに見たその顔に、何だか申し訳ない気分になる。あんな情報を教えてもらいながら、あれ以来何の報告もできていないなんて。

ところが相手から出てきた言葉は、意外なものだった。

「篠崎さん、ありがとう！」

きょとんとしていると、吉川さんはあ、と用心深い目をして廊下を見渡し、くいくいとわたしの腕を引いて更衣室の脇の細い廊下に引っ張り込む。

「わたし今日、七階担当やって、あの部屋入ってんけど……もう全然、まるっきりどうもなくなっててん。ほんまありがとう！　なあ、何してくれたん？」

どこかうきうきしたような顔で袖を引く吉川さんに、わたしは内心の驚きを隠して小さく咳払いした。とにかく何かを言わねば。

「あの……えっと、ご遺族にお逢いして……知人の知り合いのお寺の方に、ホテルの前でお経あげてもらいました」

「……それだけ？」

袖から手を離して、拍子抜けだと言わんばかりの顔と声で彼女がわたしを見た。

咄嗟に思いついた言い訳だったけれど、これ以上どう説明していいのか全く判らなかったので、とにかくこれで押し通そうと決め、「はい」と力強くうなずいてみせる。

「そうなん？　ああ、でも確かに、あん時は部屋で亡くならはった訳やなかったから、お坊さん呼んでへんかったような……なんや、そしたらうちとこの供養足らず？」

「さあ……そうだったのかも、しれないですね」

適当に同意しておくと、吉川さんはなあんだといった顔で力を抜いた。

「なんやもう、そんなんでこんな長いこと怖い怖い思いさせられて……でも良かった。なんか悪いことしたよなぁ、そのお客さんにも。ずっと縛りつけとったみたいで」

彼女の言葉に思わず深くうなずく。確かにそうだ……あの部屋にあり続けることで、あのペンダントはずっと不幸なままでいた気がする。

「ほんまにほんまに、ありがとうね。今度ご飯奢るわ。ほなね、お疲れ」

吉川さんは小さく手を振ると、小走りに立ち去っていった。

残されたわたしは、思わずふうっと息をつく。

しかしシンさん、一体何をしたんだろう。あれこれ疑問に思いつつシンさんの家に向かったけれど、今日も不在で、わたしはぼやきつつ仕方なく自宅へと帰った。

翌日、今日こそはと思い、仕事の後にシンさんの家に向かってみる。

からりと扉を開けると机に向かっていたシンさんがはじかれたように顔を上げ、わたしの姿に落胆したように肩を落とした。

「なんや、お前か」

「なんやって何よ。失礼だなあ」

頬を膨らませて抗議したのに、シンさんは全く取り合わずにいらいらと壁の時計を見上げ、ふと、ぱっと目を大きくしてこちらを見た。

「そうや……ええとこ来た、お前。悪いけど頼まれて。今日あの兄ちゃんと会うねん」

「え？　兄ちゃんって……河瀬さん？」

「そう、あいつ。代わりに行ってきてほしいねん」

言いながらシンさんは立ち上がると、家の方の引き戸に向かった。中に入って、部屋の小机の引き出しを覗き込んでいる。

「シンさん、行かないの？」

「荷物待ち。昼に来る筈やったんが、トラックが事故しよったらしくて。手配し直して今から持ってくるって連絡あって……その材料、今日中に届かんとまずいねん」

そう言うとシンさんはこちらに戻ってきて、ぽん、といきなり、ひとの手の上にあのペンダントの入った小さなジップ付きの袋と、先日河瀬さんが出した名刺を置いた。

ぎくんと背が硬くなる。――あれ、でも。

「どうもないやろ。……ちょっとすっきりさせてきたったわ」

顔を覗き込むようにしてシンさんがにやりと笑うと、さっさと机に戻ってしまう。

わたしは毒気を抜かれた思いで立ち尽くして、それからはっと思い出した。

「あの部屋、なんともなくなってたって、昨日ハウスのひとが言ってた」

わたしの呟きに、作業に戻ろうとしていたシンさんが顔を上げる。

「……ほうか。そら良かった……これでお前も安心して働けるやろ」

どことなく満足げな笑みを浮かべて、シンさんがうなずく。

「シンさん、一体、何したの？」

「んー、まあ、それはおいおい……また今度話したるわ。ちょっと急な仕事で今日ほんま忙しいて。すっきりさせてからそれクリーニングしよ思っててんけど、そんな間もなかったわ。で、悪いけどそれ、頼んだ。京都タワー下のコーヒー屋に七時な」

壁の時計を見ると、今は六時前だ。まだかなり余裕はあったが、どう見てもシンさんは今日はそれ以上の説明をしてくれそうになく、仕方なくわたしは鞄に袋と名刺を入れると、シンさんの家を出た。

歩きながら、ペンダントの入った袋を取り出してじっくりと眺める。

チェーンは切れたまま、黒ずんだ汚れもそのままで……なのにそのペンダントは、確かに前とは明らかに変わっていた。発していた禍々しさがすべて拭い去られていて、あれ程嫌な感じのした赤い石も、ただの可愛らしいアクセントにしか見えない。

しかしこうなってみると、何だかこの汚れや鎖の切れがひどく気の毒に思えてくる。せっかく女性の首元を可愛く飾る為につくられ、贈られたものなのに……こんな姿で弟さんの下に帰るなんて可哀相だ。

――まだ時間は、充分ある。わたしは夏の空に立つ真っ白い京都タワーに背を向け、駅の傍の百貨店の宝飾店に立ち寄った。店員さんに、この切れ方ならチェーンの直しは時間も費用もさほどかからない、と言われて迷わずお願いする。

椅子に座って待っていると、すぐに店員さんに名前を呼ばれて柔らかなピンクの薄紙にくるまれたペンダントを渡された。ぴかぴかと新品のような輝きに、思わず笑みが浮く。白い封筒に入れてもらったそれを肩かけの鞄に入れて店を出ると、胸がほこほことして、あたたかい。はずむような足取りで、わたしは待ち合わせ場所に向かった。

まだ少し早いかなと思ったけれど、河瀬さんは既にテーブルに着いていて、コーヒーを前にぼんやり外を眺めていた。「いらっしゃいませ」という店員さんの声でわたしに気づくと、顔を崩すようにして笑いかけてくる。

歩み寄りながら頭を下げると、その笑顔があれ、という顔に変わった。

「こんばんは。……叔父様は？」

その問いに、つい軽く噴いてしまった。叔父「様」なんて大層なものじゃないよなぁ、シンさんは。

「え、どうかしました？」

「あ、いえ……あの、叔父はどうしても仕事の都合がつかなくて。わたし、代理です」

「ああ、そうなんですか」

拍子抜けした顔で言うと、河瀬さんはわたしに向かいの椅子を勧めた。

「長くお預かりしてしまって、申し訳ありません」

腰を下ろして軽く頭を下げて言うと、鞄から取り出した封筒を差し出す。

相手は怪訝そうな顔でそれを受け取ると、糊のされていない封を開け薄紙にくるまれた品を取り出し、開いた瞬間、すべての動きを止めた。

瞬きも、呼吸すら止めたかのように、じいっと食い入るように手の中を見つめる。

わたしは急に不安になった。……もしかして直したの、まずかっただろうか。

そのまたっぷり一分程が経ち、不意にいきなり、河瀬さんが顔を上げた。

その大きな目がはっきりと黒く濡れているのに、わたしの不安は頂点に達した。

「すみません、あの、勝手なことしまして！」

河瀬さんが手を差し出しながら何か言おうとしたのに、わたしはとにかく先に謝ってしまえ、と立ち上がって思い切り頭を下げた。

まわりのお客さんが不思議そうにこちらを見る。我に返って、頬が熱くなるのを感じながらそうっと腰を下ろすと、向かいで河瀬さんの目もまん丸になっている。

「……これ、……篠崎、さんが、直してくれはったんですか？」

やがてゆっくりと手の中を指さしながら言われて、わたしは思わずぶんぶんと首と片手を振った。

「いえ、わたしにはそんな技術ないです。百貨店の宝石屋さんに頼んで直してもらって。あの、勝手してほんとすみません、でもどうしても、鎖切れたままとか汚れたままとか、気の毒だし可哀相で」

怪訝そうな河瀬さんに、必死になって言い訳して——あ、しまった、シンさんがやってくれたことにしておけば良かった。そうすればその為に預かってたって言えたのに。

ばつの悪い思いで向かいを見て、どきんと胸を突かれる。

河瀬さんがまた息を止めたように固まって、今度はわたしを見ていた。

その全くゆらぎのない、食い入るようなまなざしに何だか息苦しくなる。

ますます顔が赤くなっていくのが自分ではっきり判る。どうしよう、と思ったその時、河瀬さんがいきなりがたんと椅子を鳴らして立ち上がった。

「奢ります」

「……え？」

「何か奢ります。何でも好きなもん言うてください」

言いながら河瀬さんは財布を取り出し、テーブルの横にまわりこんでくる。

「一番おっきいサイズでもクリーム追加でも、なんでも言うてください。好きなように」

「いえ、そんな」

思いっきり腰が引けてわたしがそう言うと、河瀬さんは何を勘違いしたのか、あ、と小さく口を開いてますます身を寄せてきた。

「勿論、また改めてちゃんとしたお礼はします。でも今すぐ、何かしたいんで。そやから遠慮なく」

「いえ、あの……」

「いや、ほんま遠慮いらんです。もう何でも幾つでも奢ります」

「いえ、あの、だから……」

「ぜひ。ぜひ、お願いします。ほんまに遠慮なんかしんといてください。好きに言うてくれたら」

もう、やっぱりここでもあれ、言わなきゃならないのか……しかも、よりにもよってコーヒーチェーンで。

今日はそもそも代理で来ただけだから、注文なんてしないでさっと話を済ませて出てしまおうと思っていたのに。ペンダントを渡すだけなのだから一分で済むと思っていた。

小さく手招くと、河瀬さんはものすごく意気込んだ顔つきで高い背をかがめる。

その顔に申し訳ない気分になりつつも、手を口の脇に当て、わたしは小声で言った。

「あの、わたし……コーヒー、嫌いで。飲めないんです」

囁いた瞬間、河瀬さんの動きが止まり――三秒後、いきなり体を折って爆笑しだす。

今度はお客さんだけでなく店員さんまでもがこっちを見て、わたしはあわあわした。その横で河瀬さんは片手をテーブルについて、片手でお腹を押さえて笑い転げている。

でも、目と口の脇に幾重も皺を寄せて顔いっぱいに笑っているその姿を見ていると、だんだん胸がきゅんとなってきた。こういう風に、笑えるひとなんだ……ちゃんとまだこんなに体全部で笑えるんだ。本当に……良かった。

河瀬さんはようよう笑いを収めると、目尻の涙を指先で拭いながら自分の席へ戻った。

「ああ、もう……何かもう、たまらん……こんな笑ったん、いつぶりやろ」

まだくすくすと口元に笑いを残しながら言うその表情に、どきんと心臓が高鳴った。

「ありがとう」

真正面から見据えられ言われたその言葉に、また一気に顔に血がのぼる。

「え、いえっ、あの……」

腰が引き気味になりつつ、両手を強く振った。どうして先刻からわたしばっかり、こんなにこっ恥ずかしい思いをし続けてるんだろう。

けれど河瀬さんはわたしのそんな様子に全く動じず、にこにことこちらを見ている。

「むっちゃ嬉しかってん……ああ言うてもらえて、ほんまに」

そう言うとテーブルの上のペンダントを見て、目を細める。

「姉貴のことを大事に扱ってもらったみたいな、そんな気ぃして……自分以外の誰かがまだそんな風に姉貴のことを、ひとりの人間として大事に見てくれる、そんな風に思えて。それがたまらんく嬉しかってん。ほんま、ありがとう」

すっかり敬語の抜けたその声はあたたかみに満ちていて、けれどそんな最大級の感謝がひどく自分にはそぐわない気がして、どうにも落ち着かない。

「こないだ、これ見た時、どういうんか、変に重苦しい、いうか……気分が沈むような感じがして。ぼろぼろやったし、それでかなって思ってたけど、今日のこれ見たら、もうほんまスキッとしてて……姉貴が嬉しそうに受け取ってくれた、あん時のまんまで」

わたしは思わず、河瀬さんの顔を見直した。それはシンさんのおかげだ。

「ほんまに嬉しかった。ありがとう」

大きく頭を下げるのを、わたしは手を上げて止めた。

「あ、いえ……もし良かったら、そのお礼というのは今度また改めて、叔父に」

「え？　あ、はい」

一応うなずきながらも、河瀬さんは怪訝そうに首を傾げてわたしを見た。ああ、また余計なことを言ったかも。けれど、このお礼の言葉をもらうべきなのはわたしじゃない。

「判りました。ほなそれは、また今度改めてぜひ」

けれど河瀬さんはにこっと笑ってそう言ってくれ、わたしはほっとして肩の力を抜く。

「にしても……そしたらコーヒー屋なんかで待ち合わせせんかったら良かった」

くくっと喉の奥で笑って言われて、自分も少し可笑しくなって微笑む。

「まあでも叔父はコーヒー、好きなんで。それにここ、判りやすいし」

「言えてる。……そしたら篠崎さん、今夜晩飯つきあってもらえません？」

なんということもない会話に続いていきなり言われた言葉に、わたしは「え？」と声を上げてのけぞった。

「コーヒーやと奢れんし。けどどうしても、今日の内に何かしょうもないことでも、お礼したいから」

「あ、いえ、だからほんとに、わたしは」

「今日ね、命日なんです」

なんとか辞退しようとしていると、河瀬さんがまるっきり明るいトーンのまま、さらっとそう言ったのに絶句する。今日は——七月九日、だ。

「今日っていうこの日に、こんな、むっちゃ気分良くなる思わへんかったから。こんな気分ええの何年ぶりかってくらい。……この気分のまま、ひとりで家帰ってひとりで飯食いたないいんですわ」

河瀬さんは言葉の重さには全くそぐわない、こぼれそうな満面の笑みを浮かべて言った。ずるい、そんなことを言われたらもう断れない。

「……判りました」

うなずくと、河瀬さんはまた顔をくしゃっとして、とびきりの笑みを浮かべた。


高い店だったら割り勘ですよ、と道々さんざん言うと、河瀬さんは判った判ったと笑いながら、古い銀行を改装した、市内に何軒かあるチェーンのパスタ屋にわたしを連れて入った。確かにここなら、普通においしくて、でも安心して奢ってもらえるレベルだ。

わたしはほっとして、河瀬さんの向かいに座った。

「生。……篠崎さん、飲む？」

座るやいなや、河瀬さんはお水を持ってきたウエイトレスさんにメニューも見ずにそう頼むと、わたしの方を見た。

「あ、いえ、わたしは」

断るとそれ以上無理強いはせずに、うなずいて座り直す。

「ごめんな、何かほんま飲みたい気分やって……今飲んだら絶対おいしいわ、思て」

こころの底から嬉しそうなその姿に、わたしの頰にも勝手に笑みが浮いた。

「ようし、ほなもう、ほんま好きなもん頼んでな。三人分くらい食うてくれてええから」

「それは、無理です……」

思わずそう言うと、河瀬さんは破顔した。

結局河瀬さんは、パスタに加え前菜にキッシュ、サラダとあれこれ注文し、次々とわたしにも取り分けてくれた。わたしは自分のパスタとアイスミルクティと一緒にそのお皿をつつきつつ、相手の健啖家ぶりに感心した。わたしの周囲って、食べっぷりと飲みっぷりのいい人が集まっている気がする。

河瀬さんはこの間の重たい様子が嘘のようによく喋りよく飲んで、つられてわたしもずいぶんとあれこれ話をした。

その中で、千晴ちゃん――何杯目かのビールの後に、呼び名が下の名前に変わっていた――京都の人やないよね、けど叔父さんは京都やんね、ということを聞かれて、自然とわたしはシンさんについて話し出していた。シンさんの仕事のこと、もらったペンダントのこと、レイコさんのこと。

時々、頭の隅をちらりと「あ、わたし話しすぎかな」という思いがよぎったが、その度に向かいの河瀬さんがゆったりと微笑んで、「うん、それで？」と柔らかくうながすのに、ついまたずらずらと話を続けてしまう。

話を聞きながら、河瀬さんは終始機嫌の良い顔をしていた。そして何度か朗らかな声で笑った。その声を聞く度、何故だかわたしはどんどん安心していくような思いがして、もっと話したくなった。わたしは普段どちらかというと会話では聞き役で、自分のことはあまり話さない質なのに、これは本当に珍しいことだった。

「ああ、もう、ほんっとに……千晴ちゃん、むっちゃ、おもろいわ。変わってる」

あれこれ話していると、河瀬さんは笑いながらよいしょと座り直して、そう言った。

その言葉に、とん、と胸を突かれたような思いがする。

それに気づかず、相手はおいしそうにキッシュをかじって、ビールで流し込んでいる。

「……あ、の」

とくんとくんと鳴る心臓を押さえて小声で言うと、河瀬さんが顔を上げた。そしてわたしの顔を見てふっと表情を消し、食事の手を止める。

改めて言い出そうとして不意に息苦しくなり、ふうっと息を吸い込むと、河瀬さんは黙ったまま眉を寄せるようにしてわたしを見ていた。

「あの、わたし……そんなに、変ですか」

「えっ？　どういうこと？」

やっと勇気を出して言い終えると、相手は鳩が豆鉄砲を食ったような顔になった。

「あの、だから……わたし、そんなに、変でしょうか」

聞きながら、何故だか急に心細さを覚える。どうしてだろう、今までだってシンさんになら何度も言われたことがある。でもシンさんに言われたってなんとも思わないのに……同じことを言われて、何故こんなにも自分は動揺しているのか。

「えっ……え、いや」

河瀬さんは軽くのけぞって二、三度瞬きをしたかと思うと、慌てたようにいきなり身を乗り出す。

「ああ、あのね、千晴ちゃん、関西やないから判らんかもしれんけど……こっちではおもろいとか変わってるとかって基本褒め言葉やから。気い悪くしてたらごめん、でも全然、莫迦にしてるとかそういうことやないから」

「あ、はい、あの……莫迦にされてるとは、わたしも思ってないですけど」

早口の言い訳に、自分の言葉が圧倒的に足りないことに気がつく。

「そうじゃなくて、ええと、あの……わたしって、そんなに普通と違いますか?」

河瀬さんがまた、ぴたりと動きを止めた。

「わたし、自分ではものすごく普通のつもりだし、普通にふるまってるつもりです。でも……外から見たら、そうじゃないんですか?」

ああ、聞けた。わたしはその事実に、殆ど感動する。そして口に出して初めて、そうだ、ずっと自分はそれが知りたかったんだ、と改めて自覚した。

昔からまわりの人に「変わってる」と言われる度、自分の中では、納得のいかなさと共にいわれのない恐怖があって、その真意を問い質したいという思いと同時に聞くのが怖い、と聞けないでいた。けれどこのひとにになら、聞いても大丈夫な気がする。

このひとにになら、わたしの問いを真剣に受け止めてもらえそうな気がする。

「一体どうふるまったら……わたしは、『普通』に見えるんでしょうか？」

自分の親は、どう考えても「普通」ではない。自分から見ても、とても奇妙な人達だ。長いことつきあっている自分が見てそうなのだから、外から見たらなおさらだと思う。だとすると、そんなふたりに育てられた自分という人間も、外の人からしたら、ものすごくおかしな人間に見えているのではないだろうか？

わたしはずっとあの家にいて、自分がおかしくなっていないか、それが怖かった。完全にネジの狂った人達の間に産まれて、その人達に育てられて、それでまともに育つ方が難しいと自分でも思う。いくら自分ではまともだと思っていても、周囲がどう思っているのかが判らず、怖かった。

わたしは普通がいい。普通でいたい。「変わって」なんていたくない。

「……うん」

ひとり思い詰めていると、不意に河瀬さんが向かいでうなずき、椅子に座り直した。テーブルの上で両指を組んで、こちらをまともに見る。変わらずやさしく細められた目でじいっと見つめられると、片手で絞られたみたいに心臓がうずいた。

が、それと同時に焦りと恥ずかしさが走る。わたし、つい調子に乗ってものすごく変なことを聞いたんじゃないか。殆ど初対面と変わらないような相手なのに。

「ええと……どう、言うたらいいかな」

そんなわたしに気づかず、かすかに咳払いして河瀬さんがふっと横を見る。

「そう、真っ正面から言われたら……どうゆうんが『普通』で、どうゆうんが『普通やない』んかは、正直俺にも、判断はつかん」

考え考え、語る言葉はひどく真面目で、相手がこの奇妙な問いにあくまで真剣に答えようとしてくれている、その事実に胸を打たれた。

「ただ、もしもやで……もし、どっかよその人が、君のことを『普通やない』とか『そんなんはおかしい』て言うたとしても……俺は、今の千晴ちゃんがいいと思う」

――すとん、と胸の一番底に、何かが音を立てて落ちた。

「万一、どっかの誰かが千晴ちゃんに、『自分は普通やない、頭おかしい』とか言うたとしたら……俺は多分、そいつをぶん殴ってる」

今度はいきなり胸の奥からごうっと熱いものがわいて、鼻の奥がつうんと痛くなる。

正直、今の河瀬さんの台詞は、わたしの問いへの返事には全然なっていない。それなのに……どうしてこんなに腑に落ちて、たまらなく、泣きたい程に嬉しいのだろう。

「まあ、俺の保証なんかなんぼもならんかもしれんけど……そやし、大丈夫。安心し」

そうか、わたしはずっと、誰かにそう言ってもらいたかったのだ。大丈夫、と。安心していいのだと。

目の前のひとに自分が丸ごと肯定されている、その事実が目が眩む程眩しかった。わたしは何も言わずに、小さく、こくんとうなずいた。何か言ったら、涙があふれ出してしまいそうで。

ふうっとネジがゆるむように河瀬さんの顔に微笑みが広がると、すっと片手が伸びてきて、ぽんぽん、と頭を軽くはずむようになでられた。

柔らかな、手触りだった。


「あー……ほんま、充実したわ。こんな酒美味かったん、何年ぶりかなぁ」

夜道で大きく両手を横に広げて、河瀬さんは背筋を伸ばす。

「千晴ちゃん、家あっちの方、言うてたよな。送るわ」

「え、いいですよ、大丈夫です」

「ええやん、涼しいし、ちょと酔いざまししたいねん」

言いながら河瀬さんがどんどん先へ行ってしまったので、わたしは慌てて後に続いた。すぐに目の前に見えてきた堀川通を、特に何も考えずに道沿いに家の方に曲がる。

――瞬間、わたしの全身が硬直した。道の先に、あの歩道橋が見えている。

少し前を歩いていた河瀬さんが足を止め、振り返った。

「……どないしたん？」

辺りは暗く、距離があって、表情がよく見えない。

「あ、の……あの、うち、もう少し西の、猪熊《いのくま》か大宮か、そっちの通りの方が近くて」

必死になってその道からそれようと言うと、河瀬さんが一歩、こちらに歩み寄ってきた。顔に街灯の光が当たって、表情が見えてくる。

「……大丈夫」

河瀬さんの目はすうっと細まって、唇にほんのりと笑みが浮かんでいる。それは今まで見てきた、陽気で明るい笑顔ややさしい微笑みとは全く違う、消えてしまいそうな、透明な笑みで、ああ、と胸が詰まった。

河瀬さんはその笑みを浮かべたまま、肩をまわして歩道橋の方を振り向いた。

「もう……大丈夫や」

自分自身に言い聞かせるような声で言うと、また歩き出す。

わたしは胸騒ぎを覚えて、その後を小走りで追った。

「……あれの後、初めてやねん……ここ、来んの」

横に並ぶと、まるで独り言のように河瀬さんが呟いた。

「もうずっと何年も避けてきて……でも、やっと、来れたわ」

わたしは言葉が見つからず、無理にでも引っ張って道を変えなかったことを深く後悔しながら、足元と河瀬さんの横顔とを交互に見つつひたすら歩いた。

やがて河瀬さんは歩道橋のたもとにたどり着き、手すりに手をかけると、上を見た。

「あの、やっぱり……」

かすれた声で言いかけた時には、河瀬さんは既に階段を一段一段、踏みしめるように上がり出していた。

わたしは急いで、そのすぐ後ろにぴったりと続いた。後になってみたら妙な発想だし、万一そうなったとしても自分にこの体格の男性が支えられる訳もなかったのだけれど、何故だか河瀬さんが倒れて上から落ちてきそうな、そんな気がして。

けれど勿論そんな筈はなく、河瀬さんはそのまま階段をのぼり切った。橋の下には、激しく車が行き交っている。

河瀬さんは中央にたどり着くと、両手を大きく横に広げて手すりにかけた。

わたしは鼓動が激しくなるのを感じながら、少し離れて後ろに並ぶ。

「こんな、とっからなぁ……。そないな度胸が、あるようなひとやなかってんけどな」

口の端で呟いて、河瀬さんはガクッと頭を垂らすようにして下を見た。

ぱさっ、と目元にかかった髪が、風にふうっと揺れる。

怖い。今にもこのひとが飛び降りてしまいそうで、わたしはぎゅっと両手を握りしめた。

「気ぃ強い癖に、ジェットコースターにも乗れへんようなひとやったのに……」

くっ、と喉の奥で笑うような音を立てるのに、この状況でそんな風に笑っている相手の心情を思うと、足がすくむような恐怖と同時にたまらない切なさを感じた。

「ほんまに……なんで……」

だんだん言葉が崩れていき、手すりの上から橋の下の地面に向けて、きら、と何かが光って落ちる。

――涙。

河瀬さんは頭を垂れたまま、声も出さずにただただ落涙していた。

どうしていいのか判らずにその背中を見つめていると、自分のまぶたの裏にも勝手にじわりと熱いものが浮いてくる。すると目の前で河瀬さんの体からゆっくり力が抜けていき、ずるずる、と手を引きずるようにして、その場に膝をついてしゃがみ込んでしまった。

「河瀬、さ……」

そしてそのまま、片手で口を覆って声を殺すようにして泣く。

――そんな場合ではないのに、センセイを亡くした時のシンさんのことをふっと思い出す……暴れてわめいて、手がつけられなかったと、そう伯母は話していた。

シンさんの哀しみが爆発するそれなら、目の前の相手は凝縮された、ぐうっと押しつぶされたそれだった。きっと本当はどこかに思い切り放出したかっただろうに、何年も、どこにも出せずに溜め込んできたかちかちの塊。

出してしまって、いいのに……そんなにこらえなくても、いいのに。

そう思った瞬間、体が勝手に動いた。かがみ込むようにして河瀬さんの背中に手を当てると、かすかに震えていた肩の動きが一瞬止まる。

広げた手の平をぐっとその背に押し当てたまま、わたしは口を開いた。

「五年分……泣いて、いいと思います」

やっとそれだけ言うと、手の下で河瀬さんの背中が大きく揺れた。

腕が動いて、両手でぐっと手すりの下の柵を掴む。

「は……」

そして大きく背を折って、まるで吐き出すようにして声を上げて泣き出した。

こらえきれず、わたしの目からも涙が落ちる。

それがぽたぽたと自分の手の甲と相手の背中を濡らすのを見つめながら、わたしはただひたすら、その背に手の平を強く押しつけ続けた。

――そうやってそのままどれくらい泣き続けたのか、河瀬さんがやっと、ふうっと体全体で大きく息をついたかと思うと、何かを振り切るようにばっと顔を振り上げた。

「あー……みっともねえ」

上を向いたままそう言ってくくっと笑うと、はっと息を吐いてひと息に立ち上がる。

その背にかがみ込むような体勢になっていたわたしは、慌てて少し後ろに飛びのいた。

河瀬さんはぐいっと腕で顔全体をこするように拭うと、顔半分だけ振り向いて、歯を見せてちらりと笑ってみせる。

「ごめんな、ほんま、みっともないとこ見したわ……あー、こっ恥ずかしい」

先刻までの姿が嘘のように陽気な声で言うと、両手を頭の後ろで組んで歩き出す。

「でも、すうっとしたわ。ありがとう」

振り返って言われて、その場に立ち尽くしていたわたしも慌てて後に続く。

「今日ここ来れて、良かったわ。……ありがとうな」

歩道橋を渡りきり階段を下りながら、河瀬さんは嚙み締めるように言った。

「ひとりやったら、来れんかった。君がおってくれたしや」

その言葉に思わず足を止めると、階段を下りきった河瀬さんは二、三歩先へ進んで、ふと立ち止まって振り返る。

「……おおきにな」

まだわずかに濡れて光っている、こすってはれぼったい赤い目。その目の下をふっくら膨らませるように瞳を細め、なんとも言えない、甘いような苦いような笑みで、河瀬さんがわたしを見つめた。ふうっと勝手に、頰に血がのぼる。

しばらく河瀬さんはそんなわたしを見つめ続け――不意に、ちらっと崩した笑みを浮かべて、また歩き出す。こっち？　と尋ねるように前を指さされて、家の方向を指した。

「うわ、ほんま、めっちゃ近……いいな、これほんま通うの楽やなあ」

見えてきたアパートに驚いたように言った声がまるっきり普通のものだったので、わたしは少しほっとした。

「そしたら……俺は土日祝は休みやし、平日は京都駅なら七時には大抵出てこれるから、千晴ちゃんと叔父さんで時間と日、決めてくれるかな。ちゃんとお礼するから」

「いえ、わたしはもう充分ですので、叔父に」

焦って手を振ると、河瀬さんは歯を見せて笑った。

「足らんわ、あんなんで。……えらいみっともないとこ見してしもたし」

「そんな、みっともなくなんかないです、全然」

思わず強く言うと、その目がすうっと細くなった。

「……おおきに。ほな……待ってるし、連絡して」

言葉と同時に、いきなりぎゅっと片手を握られた。息もできずにいると、ぶんぶん、とまるで子供のように大きく手を振って握手され、ぱっとその手が離れる。

「ほな、おやすみ」

軽く片手を上げ、さっと歩き去っていく背を見送りながら、わたしはまだ感触の残る火のように熱い左手をそうっと胸の前で握りしめた。


次の日の仕事帰りシンさんの家に寄り、無事に渡せたこと、ずいぶんすっきりしたように見えると河瀬さんが言っていたこと、その後お礼だと言って夕飯を奢ってもらったことを、ぽつぽつ話す。鎖を直したことと歩道橋でのことは、何故か言えなかった。

シンさんにも改めてお礼をしたいから時間を取ってくれないかと言われたと言うと、シンさんは面倒そうに片眉を上げる。

「いや、俺は別に、もうええねんけどなぁ」

「でも、ほんとにお礼言われるべきなのはシンさんの方じゃないの？　だって、あれシンさんが何かしたんでしょ？」

聞くと、シンさんはにやりとどことなく意地の悪い笑みを浮かべた。

「そや、その話まだしてへんかったよな。例の男の会社、全国規模の情報誌出してる出版社や、言うてたやろ。心当たりあってん。で、前に俺の品、取材しにきた時の担当の人に聞いてみたら、ビンゴ」

思ってもみない話に、わたしも身を乗り出す。

「そいつ、今は吹田《すいた》におる。事件の後にすぐ九州支店に飛ばされて、そんでもまた懲りもせんと向こうで女と問題起こして、揉めて、結局また大阪支店に戻されてんて」

「うそお。なんで戻れるの、そんなんで」

わたしは呆れ返って声を上げた。

「それがや、九州でやらかした後、離婚して、その浮気相手の女と再婚しよってんて」

「えっ……だって、奥さんと子供さんは？」

驚いて尋ねると、シンさんはにっと笑ってコーヒーを口に含んだ。

「なんか社内では有名な話らしいねんけど、その九州支社長って、えらい漢気《おとこぎ》満点なタイプやねんて。そんで、奥さんに弁護士さんつけたげて、がっつり双方から慰謝料取らして『こんな奴は大阪で引き取れ、二度と九州に足踏み入れさせせんな』って突き返したんやと」

わたしはそのふたりと、それをずっと気にかけていたであろう河瀬さん、両方の為にほっとした。だが同時に、腹も立ってくる。どこまでろくでなしなんだ、その男。

「そんでもそいつ、また性懲りもなく大阪支社の女の子らにコナかけとるらしいで」

「はあ!?　サイッテー」

むかむかしているところにとどめを刺されて、つい声が裏返ってしまうとシンさんが声を上げて笑った。

「な。ほんま、あの顔でなんでそんな女が寄って来るんか、俺には理解不能や」

さらっと言ったその内容が実はとんでもないような気がして、わたしは顔を上げた。

「あの顔、って……」

「会うてきた。社内旅行ん時の写真見せてもうて。そんでその後、会社の前で張ってた」

どことなく凶悪な面相でにやりと笑って、シンさんがあっさりと言う。

「そんで声かけてん。……『これ、落としましたよ』て」

シンさんは両手でペンダントをつけるような動きを見せ、わたしはごくんと息を呑む。

「あいつ、覚えてへんくてな」

予想だにしない言葉に、わたしは硬直した。

「……覚えて、ない？」

「ひとの手の中覗いて、まるっきり素の顔で、いえ違いますよ、て」

「サイテー……」

わたしはまた、呆然と呟いた。

「そんでさっさと行こうとするから、もっかい呼び止めて。いやでも絶対、今あなたの鞄から落ちましたからって。よう見てみて、って無理くり相手の手に押しつけて」

喉が勝手にひゅっと鳴った。……あれを、持たせた。

「もうな……何ちゅうんか、一瞬で、ごうっと……真っ黒い、どろどろしたもんが、ざあっと一斉に、相手の後ろに飛び移る、みたいな」

言いながらシンさんは、自分で気づいているのかいないのか、一度小さく震えた。

「覚えとったら、見過ごしたろ思てんけどな」

シンさんは親指で軽く唇をなぞると、ちっと小さく舌打ちする。

「不倫なんてやったもん両方悪いわ。妊娠かって、そんな関係やったら気ぃつけん方がおかしいと思うし、ましてその挙句に死なれても。そんなんまわりの人間にとっちゃただの迷惑やろ。そやけど、あんまり相手がろくでなしやから……あんまり不公平すぎるから、それが納得いかんかったから、そんであれ、預かってん」

シンさんはしかめっ面で話し続ける。

「なんちゅうかな……今現在、何やってどんな風に暮らしとっても、まあそれはそれでええわ。そいつの人生や。そやけど……忘れとるとか、有り得へんやろ」

ひそめた眉の下の細い目が、ふっと翳る。

「悔恨や反省やのうてもいい、恐怖でもいいわ。どんなかたちでもええからあれ見て、相手のこと思い出すようやったら……それだけで引き返すつもりやってんけどな」

目の前にわたしがいなければきっと煙草を口にしたいのだろう、シンさんは指で何度か唇をこすると、ぐっとカップのコーヒーを飲み干した。

わたしはなんとも言えない思いを抱えて、そんなシンさんを見つめる。

あのペンダント、近所の人に自慢しまくるくらいなのだから、間違いなくその男も聞かされていただろう。それなのに最後には、それで彼女の首を絞めたのだ。

覚えて、いない。わたしはぎゅっと膝の上で両手を握った。

「あの兄ちゃんが大事に持ってる限りは、あの品もそうそう暴れんとおとなしくしてるやろ、そんでだんだん、消えていくやろと思ったし、それがええと思っとってんけど……まるっきり思い出しもせんあの姿見て、これはあかんわ、思て。こいつは一度、自分のやったこと全部背負わんと駄目や。そう思て、あの品にくっついてたもん、押しつけてきた」

シンさんはぎゅっと眉根を寄せた。

「あれはもう、その死んだ姉ちゃん個人がどうこうやなくて、もともと物にかかってたマイナスの場に、どんどんいろんなもんが引き寄せられて膨らみきったような代物やったから……あんなもんまとめて乗っけたら、そいつがどないなんのか、想像もつかんけどな。まあ自業自得や」

その言葉に、背筋がすうっと冷たくなる。何年も何年もあの部屋に降り積もり、じっとりと暗くなったあの気配……あんなものに取り憑かれるなんて。

「ええとこだけ綺麗にすくい取って、あの兄ちゃんに返せたし……喜んどったんやったら、それで良かったわ」

シンさんはどこか自分自身にも踏ん切りをつけるように言って、勢いよく立ち上がった。

台所に置いたコーヒーメーカーから、二杯目をカップに注ぐ。

「判った、そしたら俺は今週やったらいつでもええし、お前の都合で日決めえ」

背を向けたままいきなりそう言われて、わたしはどきんとする。

「あ、うん、判った。じゃあ電話、借りてもいい？」

「え？　……ああ、ええよ」

振り返って親指でくい、と家の方を指すのにうなずき、家に上がって座卓の上に放ってあった携帯を手に取ると、昨日シンさんから預かったままの名刺を取り出す。

ぐっといつもの緊張が胸を襲ったが、わたしは深く息を吸った。大丈夫、夕飯時はもう過ぎてるし、遅い時刻でもない、用件もちゃんとあるし……それに。

――待ってるし、連絡して。

別れ際の相手の言葉と強く握られた手の感触が甦って、心強い思いと同時に、かあっと頬が熱くなる。それを打ち消すように頭を振って、その勢いでどんどん番号を押した。

「……はい、もしもし？」

「あ、あの……あの、篠崎です」

緊張で裏返りそうな声を抑えて言うと、河瀬さんが「ああ」とやさしく笑った。

歩き出す

約束の日、わたしとシンさんは前と同じ京都タワーのコーヒー店に向かった。

奥の方の席の河瀬さんに軽く会釈するとシンさんはレジに並び、わたしは自分だけ先に相手の席へと向かう。ぺこりと頭を下げると河瀬さんは唇をほころばせて、何故だかとても嬉しそうな顔で微笑んだ。どうしてか、胸のあたりがきゅうっと切なくて息が詰まる。

「こないだは、ありがとう」

顔を伏せ気味に向かいに腰を下ろすと、柔らかい声で言われて、またどきっとする。

「あ、いえ、あの、こちらこそ、ごちそうさまでした」

声がうわずりそうになるのを抑えながら言うと、シンさんがコーヒーとわたしの分の紅茶を持って後ろから現れ、隣に腰を下ろす。

「あ……先日は、お世話になりました」

河瀬さんが立ち上がりかけるのを、シンさんは「ええから」とさっと手で制した。

「すみません、でも、ほんまにおふたりには感謝してるんで……チェーンも直してもろたし綺麗にもしてもろて、こないだとえらい見違えるようになってて、ほんま嬉しいいて」

台詞の途中でシンさんがわずかに目を見開いてわたしの方を見た。その目線に止めようもなく、ばーっと顔が赤くなっていく。黙ってたのに、言われてしまうなんて。

「……いえ、それ程でも」

シンさんが実に含みのある声でそう答えた。この声は絶対、後で突っ込まれる。

「お姉さんの相手の男ね」

と、いきなりシンさんがそんなことを話し出したので、わたしはぎょっとする。わたし同様、河瀬さんもとまどった顔をしてシンさんの方を見た。

「仕事関係の、出版社の方に聞いたんですが……九州飛ばされて、その後そこでも問題起こしよって。けど、そっちの会社の人が協力してくれて、奥さん、うまいこと仕事見つけて慰謝料も取って離婚しはって、今も九州でお元気にしたはるそうですよ」

そうか、シンさんはそれを言ってあげたかったのか。わたしがほっとするのと同時に、きょとんとしていた河瀬さんの顔にもゆっくりと安堵の色が広がっていく。

「そら良かった……お元気にしたはるんやったら、何よりですわ。ああ、安心した」

目元をゆるませて微笑むのに、やっぱりいいひとだな、とこころから思う。

「そんで男の方は、どっか地方に飛ばされたそうですよ。今は鳴かず飛ばずらしいです」

今度はわたしが、目を見開いてシンさんの横顔を見た。その真面目な横顔に、シンさんはきっと、これ以上河瀬さんの背に重い荷物を乗せたくなかったんだと思い至る。

「そんくらい自業自得や……ああ、でも、ほんと良かった。ずっと、気にかかってたんで。すっきりしました。ほんま、ありがとうございます」

小さく毒づいてから河瀬さんははればれとした笑みを浮かべると、テーブルに両手をついて深々と頭を下げた。

「あれを見つけてもうただけでもありがたかったのに、わざわざそんなことまで調べていただいて、ほんまに、感謝の言葉もありません。――これ、気持ちです」

と、脇に置いていた鞄を手に取り、中から取り出した封筒にわたしはぎょっとした。シンさんも意表を突かれたように目を見開き、それからむうっと、眉根に皺を寄せる。

「あほか。しまえや、いらん」

いきなり敬語抜きになってしまったシンさんだったが、注意する気にもならなかった。わたしも同じ思いだからだ。

「いや、でも……何か具体的なもんでお礼しないと、こっちの気も済まんので」

が、不機嫌モードに入ったシンさんに一歩も引かずに、相手は更にすっと封筒を指で押し進めてくる。

「こっちはこっちの都合があってしたことや。言葉だけならともかく、そないな礼してもらうような話ちゃう」

腕を組んでふい、と体ごと横を向いてしまったシンさんにも全くめげることなく、河瀬さんは食い下がった。

「でも、ほんまに嬉しかったんで。命日に綺麗になったあれが帰ってきて……それでやっと、あの場所にも行けましたし。ちは……篠崎さんが一緒にいてくれはらへんかったら、自分ひとりではとても行けませんでしたから」

シンさんが肩をまわして、珍しいものでも見るようにわたしの方を見た。

また頬があっと熱くなるのを感じていると、シンさんが腕組みを解く。

「そやし、受け取ってもらえんと自分の気が……」

「──判った」

河瀬さんの台詞をぶった切って、シンさんは一言言うといきなり立ち上がった。

驚いて見上げると、シンさんは立ち上がりざまにコーヒーをひと息に飲み干す。カップを置くと背をかがめて、差し出されている封筒をぐい、と手の平で相手側に押し返した。

「ほな今日これから、この中身でこいつにええもん食わしたってくれ」

そう言いながらくいっと親指でわたしを指す。

「え、ちょっ……」

「それで帳消しや。……ええな」

あっけに取られた顔でシンさんを見上げた河瀬さんの頬に、ゆっくりと笑みが広がる。

「──はい」

ええっ、ちょっと……何ふたりで話つけちゃってるの？　わたしの意見は？

ひとがパニックに陥っているのを尻目に、シンさんは軽くぽんっとわたしの頭を叩く。

「ほな、こいつよろしく」

「はい」

やけに力強くうなずく河瀬さんに軽く手を振って、シンさんはさっさと店を出ていってしまった。

「ほな行こうか、千晴ちゃん」

封筒をしまいながら、実に機嫌が良さそうに河瀬さんが言う。

「いやあのっ、でもほんと、そんな、いいです、わたし」

しどろもどろになりながら必死に手を振ると、首を振って笑った。

「今更そんなん言わんといてえや。君の叔父さん、むっちゃきついんやろ？　言うてたやん、こないだ」

いや、まあ、実際凶暴なひとではあるんだけれど……でも。

「言われたこと守らんかったら、俺なんかすぐぼっこぼこやわ。助ける思て、つきおうてえよ、千晴ちゃん」

どこかいたずらっぽく両手を拝むように合わされる。もう、シンさんの莫迦！

わたしは半分、やけになりながら立ち上がった。


河瀬さんは既に行き先を決めている様子で、駅前からタクシーに乗り込んだ。運転手さんにわたしの知らない店の名前を言うと、移動しながら店に電話を入れる。

……どうしてこんなことになったのか、すぐ隣に相手の体温を感じながら、わたしはひどく居心地の悪い思いで身をすくめた。車窓からは、陽が落ちて間もない薄青い空気に包まれた鴨川の流れが見える。平たくて薄い川だと、見る度に思う。

やがてタクシーは止まり、さっさと料金を払って車を降りた河瀬さんは、渋い門構えの純和風の店にどんどん入っていってしまう。びくびくしながら後についていくと、案内された部屋は個室だった。また、背中に冷や汗がにじむ。

河瀬さんは注文を取りに来た仲居さんにメニューも見ずにさくさく頼んでしまうと、座布団の上によいしょ、とあぐらをかいてこちらを見て笑った。

「ここ、コース一択やねん。ものすご昔に接待でいっぺん来ただけやけど。美味いよ」

接待って……高い店ってことだよね、それ。

もう何だか泣きそうになりながら座っていると、お酒に続いて料理が運ばれてきた。

綺麗な盛りつけの先付を前に、高校の家庭科で習った『懐石料理のお作法』を思い出そうとするが記憶は真っ白だ。個室で良かったと思いつつ、わたしはぎこちなく箸を口に運んだ。おいしいような気はするけれど、緊張しすぎて味もよく判らない。

「千晴ちゃん、背中がっちがちやで」

河瀬さんが苦笑しながら、運ばれてきた日本酒を注いでくれる。

その内にくつくつと煮えた鰻と葱の入ったお鍋が運ばれてきて、おだしを口に含むと、そのあたたかさとまろやかな味にやっと人心地がついてくる。

お酒がまわってちょっと気が抜けたところで口も軽くなってきて、何がきっかけか、またわたしはあれこれと話し出していた。シンさんのこともだけれど、特に仕事のこと、深く考えず飛び込んだ仕事だったが、人が楽しそうにやって来て楽しそうに帰っていくのがたまらなく嬉しいのだとか、そんなことを。

話しながら頭の片隅で「話しすぎかも、セーブしなくちゃ」と客観的に思うのだけれど、それはすぐに流されていってしまった。

何故って河瀬さんが、どうしてだかひどく嬉しそうに、ひとの話を聞くからだ。くいくいと杯を傾けながら、話が止まると「うん、それから？」と笑顔で続きをうながす。その笑顔を見ると、不思議と何もかもどんどん、聞いてもらいたくなってしまうのだ。

いざ会計となって心底恐縮してしまったが、河瀬さんは「もともとはお礼の分で俺も食べてんねんから、損どころか得してるわ」と笑って、ふたり分をあっさり出してくれた。

外に出るともうすっかり暗くなっていたけれど、時刻はまだ九時過ぎだ。

夜気に当たると、自分の頬がすっかりほてっているのがよく判る。足元もクッションを踏んでいるみたいな、奇妙にふかふかした感触だ。この感触が気持ち良くて、七条通《しちじょうどおり》のバス停を指さし、乗るかと聞いた河瀬さんにわたしは首を振った。

「そやな、もう大分涼しいしな。駅まで歩こっか。しかし千晴ちゃん、ザルやねえ」

後からついてきて、くいっとわたしを歩道側に押すようにして隣に並んだ河瀬さんが、そう言って笑う。

「そうですか？　わたしから見たらシンさんやレイコさんの方がよっぽど飲むんですけど……あぁ、でも今レイコさん、お酒アウトでした」

言いながらお腹の前で片手で大きく弧を描いてみせると、河瀬さんは目を見開いた。

「へえ……あ、じゃ叔父さん、結婚?」

「そりゃそうでしょう。って、あれ、そういえば、どうするんだろう……」

多分、まだ籍は入っていない筈だ。勿論最終的には入れるのだろうけど。

「まあ……するでしょう。すると思います。しなかったら殴ります」

「乱暴やなあ」

つい拳を握って力強く言うと、河瀬さんが破顔した。

「だって。……わたし、ほんとに嬉しいんですよ。もうね、絵に描いたみたいに、はっきり見えるみたいで。絶対にシンさんが幸福になるって思うから」

わたしは顔中から笑みがあふれ出してくるのを止められないまま、指を組んだ両の手を思い切り前へ伸ばした。

「……そんな、嬉しいん」

河瀬さんが少し背中を曲げて、こちらを覗き込むようにして笑顔で尋ねる。

「そない仲ええんやったら、多少さみしかったりすんのかなぁ、と思ったけど」

「え、どうして?」

本当に判らなくて、わたしは真顔で河瀬さんを見上げてしまった。

「わたし、だって、シンさんが幸福になることが、なにより嬉しいんですもの。百パーセント、あますところなく幸福になってほしい。それが見てみたい」

「……そっか」

すこぶる真面目に本心を言ったのに、河瀬さんは何故か笑って、ぽん、と軽くわたしの頭を手の平ではずむように叩いた。

「ほんまに叔父さんのことが好きなんやね、千晴ちゃんは」

やさしく言われた言葉に、咄嗟にぱっとただうなずくことができなかった。

好きか嫌いかで言ったら文句なく「好き」だ。でもそんな単純な言葉とは違う気がする。

「うーん、なんか、好き、って言うのか……似てるから、わたしとシンさん」

やっとその言葉が出てくると、自分の中でいきなりいろいろなことが一気に整理された。

「……わたし、子供の頃からずうっと、自分が窓の外にいるみたいな気がしてて」

道はちょうど、行きに見た鴨川にかかった七条大橋の手前側の信号に差しかかる。河瀬さんが足を止めたので、わたしもその場で話し続けた。


――子供の頃、よその家の窓を覗くのが好きだったんです。

カーテンの隙間からあたたかい光が見えて、その中に親と子供がいて、皆笑ってて。

それがずうっと、喉から手が出る程、羨ましかった。

大きくなるにつれ、さすがにそんな、子供じみた気持ちはなくなっていって……大人になった今は、それを見るのが嬉しいと思うんです。

働き出してから、そう感じる理由が判ってきました。ホテルの仕事は、窓の外から中を見て嬉しいと感じるのに似ているんです。

目の前にはっきりと、あたたかく幸福なものがある。それはわたしには与えられなかったし縁もないものだけど、確かにそこにある。夢物語じゃなくて、世界にはどこかにちゃんとそういうものが存在していて、きらきらと息づいているんだ、って。

それを見ているだけで、間違いなくそれが存在しているということだけで、嬉しかった。その輝きを見ていると、勇気づけられました。わたしには手が届かないものだけど、その輝きを見ていると、勇気づけられました。この世界も捨てたもんじゃない、大丈夫だ、って。安心できたし、救われる思いがしました。

「シンさんも……窓の外にいるひとだって、そう感じてて」

多分わたしとシンさんは、世界に対して同じようなスタンスで生きてきたのだ。自分はここでいい、傍観者のままでいい。ずっとひとりでこの場所にいればいい、そんな風に。

「だから、なんていうか……一緒に窓の外にいる、そういう感じだったんだけど、これできっと、シンさんは中に行ける、そう思ったら嬉しくて」

ホテルのように、どこかの誰かの幸せではない、身近で大事なひとの幸福の光が眺められるんだと思うと嬉しかった。あの窓の向こうで、ずうっと幸福でいてほしい、そう思う。

「ん、大体……判った、君の言うてること。けど、ひとつ判らんことがあんねやけど」

何度目かの信号が変わるのも無視して、少し背をかがめるようにして注意深く耳を傾けてくれていた河瀬さんが、何度もうなずきながら考え考え言った。

「なんで、自分は……千晴ちゃん自身は、窓の中に行こうとは思わへんの？」

──瞬間、頭の中が真っ白になった。

意味が判らない。わたしは回転の落ちた頭の中で、今の河瀬さんの言葉を反芻した。

何故、自分は窓の中に行こうとしないのか？　脳内で何度か繰り返すと、電撃が走るように頭の先から足の先まで、ぐっと体が突っ張る。

だって……そんな、こと。先刻まで真っ白だった頭の中が一瞬で、砂のように大量の言葉であふれ返った。足元からパニックに襲われ、ぐらりと上体が傾く。

「え、あ、千晴ちゃん⁉」

傾いだ体を、河瀬さんが慌ててぐい、と両肩を摑んでくれた。その手の感触、そのあたたかみと力強さに、突然、堰《せき》を切ったようにぽろぽろと涙がこぼれ出す。

「え……えっ？」

河瀬さんも軽くパニックになったのか、熱いものに触れたみたいにぱっと手を離す。自分の顔がどうなっているのか全く判らないまま河瀬さんの方を見上げると、後から後から、涙が頰をつたった。

息をはずませながら、河瀬さんもそんなわたしをじっと見ている。

突然、腹の底からたまらないいたたまれなさと苦しさが湧き上がってきて、気がつくとわたしは、点滅しだした青信号を走り出していた。

「──千晴ちゃん！」

後ろから叫ぶような声が聞こえたが、わたしは振り返らなかった。

すぐに河瀬さんが追ってきたのに気づいて、足を止めずにそのまま橋を渡る。すぐ先の細い路地に飛び込むと、更に細い道に入って相手を振り切った。この近辺はまだ再開発が進んでおらず、古びた家の間に細く入り組んだ道が多いのだ。

「千晴ちゃん、どこや……！」

狭い辻の間に身をひそめ、しばらくすると名前を呼ぶ声が聞こえなくなる。深く息をつきその場にずるずると座り込み、並んだ家の壁にもたれて夜空を仰いだ。

顔がほてって、頭が風船みたいにぱんぱんに膨らんだ感じがする。急に走ったせいか、一気に酔いがまわっていた。

少し落ち着くと、とんでもないことをしたような気がしてきた。酔っていた、せいなのか……いや、違う。

何故、窓の中へと行こうとしないのか。その問いから、逃げたかったのだ。

例えればそれは魚に「何故、水の外で生きないの？」と聞いているようなものだった。だからそれを聞いた時は完全に呆れ、だが次の瞬間、殴られたようなショックを受けた。

本当は、わたしは魚なんかじゃない。なのに何故、陸に上がらないのか？

だって、そう考えなければ、生きてこられなかった。

小さい頃、たまらない切なさを抱えて見つめた窓の中の世界。けれどわたしはその渇望をやがて手放した。あれは自分とは無関係なんだ、そう決めた。

わたしは水の中にいる魚で、あそこは陸の上なのだ。そこはとても綺麗で、でも自分は魚なんだから行けない。そう割り切ることで、苦しさから逃れた。

人が単純に外国の景色に憧れるように、こんな素敵な場所がこの世のどこかにあるっていいなあ、という気持ちで生きていたのに、河瀬さんの問いはその目眩《めくら》ましを剝《は》いでしまったのだ。

どうして自分とあの場所とは、こんなにも深く断絶しているのか。何故あそこにあるのは自分が知らないものだらけなのか。あんなにも易々と誰もが手にしている、なのにどうして自分には与えられなかったのか。

それを真剣に考え出すと泥沼にはまり込む、だからわたしは逃げたのだ。

理由はたったひとつ、わたしが出来損ないだからだ。わたしは生まれながらにどうしようもなく出来損なっていて、窓の中に入ることは決して許されない。だから誰ひとり、血を分けた親でさえ、中には入れてくれなかった。それを思い知るのが嫌で、自分は魚だと思うことにしたのだ。

わたしは肩で大きく息をついてハンカチを出すと、ごしごしと顔中をこすった。

こんなことはもう自分の中ですっかり消化されている、そう思っていたのに、いまだに泣いてしまうだなんて。魚には魚なりの幸福や喜びがちゃんとあって、それで手の中をいっぱいにして生きていける。だから苦しくなんかない、そう思っていたのに、まだ自分の中に人になりたい、そんな気持ちがあっただなんて。

たまらなく苦々しい気分になりながら、わたしは夜空をじっと見上げた。

どのくらい経っただろうか、ずるずると足を引きずるようにして、息を吐く度にため息のようになってしまうのをどうにもできないまま、わたしはアパートへ続く道を曲がる。

とぼとぼと歩いていると、そこに見えたものにこくっと喉が鳴った。

アパートの外階段の一番下に座り込む人影――河瀬さん。

曲げた膝の上に両肘をのせて腕を投げ出し、うつむいて座り込んでいる。

わたしは自分でも気づかぬ内に、じりっと後じさっていた。きゅっとかすかに靴の底がアスファルトにこすられる。

河瀬さんが顔を上げた。

離れていてもはっきり判る程目が大きく見開かれて、また勝手に体が逃げ出そうとしてしまう。

「――待って、じっとしとき!」

と、矢のような声が飛んできて、わたしの足はぎくりと硬直して動かなくなった。

河瀬さんがバネのように立ち上がって、大きな歩幅で飛ぶように近づいてくる。すぐ目の前に立たれて、すくむ体をぐいっと両手できつく摑まれた。

「どこほっつき歩いとったん！　どんだけ心配した思て……ひとの前からあんな消え方して、あんなんで、もし……もし、あのまま……そんなことんなったら、俺は……！」

――ぐいっと、心臓が体から摑み出されたような気がした。

足元から喉元まで、一気にさあっと体温が下がる。焦燥に駆られて見ると、肩に置かれた手もきつく噛み締められた唇も、わずかに痙攣《けいれん》するように震えていて、その目元ににじんわりと涙がにじんでいる。

声を出そうとしたけれど、喉がからからに渇いていてうまく言葉にならなかった。ああ、わたしは……なんてことをしてしまったんだろう。

後悔で打ちのめされそうになっていると、河瀬さんの手から力が抜けた。

「頼む、から……俺デリカシーないし、考えなしやから、またヘンなことぽろっと言うてしまうかもしれん。けど、むかっときたら、どんだけ罵ってくれてもぶん殴ってくれてもええから、頼むからあんな風に俺の前から姿消すんだけは……勘弁、して」

言葉と一緒に吐き出された息も、肩にかかった指先も、どちらも細かく震えている。

「もう、心配で、心配で、どうかなりそうやったわ……良かった、無事で」

「ごめん、なさい」

わたしは乾ききった唇をなんとか舌で湿して、かすれた声を出した。頭を下げるとその勢いで涙が出そうになったけれど、悪いのはわたしだ。泣いてはいけない。

そう判っているのに、どうしてもこらえきれずに、一粒涙が落ちた。

「……ん」

河瀬さんはうつむいた顔を上げ、小さく、何度もうなずく。そうして大きく息を吐いて、ぐい、と乱暴にわたしの髪をなでた。

「……なあ、どないしてん」

なでる手を止めないまま、子供をなだめるような響きで尋ねられた声は、先刻までの大声とも悲愴なものとも違っていた。ひどく柔らかい、あたたかな声。

いきなりさっと、こころの一番底の部分に手を当てられた気がした。

「ん？　……何が、あってん」

降ってくる声は、限りなくやさしく、辛抱強くて、それに触れた瞬間、わたしは順序も何もなくめちゃくちゃに、先刻頭を走り抜けた思いを吐露していた。きっと訳の判らない説明になっていたであろう話を、河瀬さんは実に我慢強く聞いてくれる。

ひと通り話し終えると、河瀬さんは口をつぐんで少し考えていた。そして顎を上げ気味に空を仰ぐと、軽く息を吐き出す。

そのまますっと顔を下げてこちらを見下ろすと、いきなりわたしの目の前に片膝をついて座って、とまどうわたしの両手をはさむようにしてきゅっと握る。

まっすぐに見上げられて、急に恥ずかしくなった。

「……そしたら、俺がそっち行くから」

ゆらぎのないまなざしと共に放たれた言葉に、頭が真っ白になる。

「俺の窓ん中には、もう誰もおらんもん。……そやし、俺が窓出て、そっち行くから」

わたしはあっけに取られて、相手を見下ろした。

「千晴ちゃんには、窓の中は別の世界で、自分は絶対入られへんねやろ？　そんならもう、それはそれでしょうがない。そしたら俺が、千晴ちゃんとこまで行ったらええやん」

あまりにも思考の外の言葉を言われて、頭がショートしたみたいに動かない。

「千晴ちゃん、かまくらって経験ある？」

するると突然、話が飛んだ。わたしはもうどうしていいのか判らず、ただ息をはずませて河瀬さんを見つめる。

「母方の田舎で昔ようやってさ。あれむっちゃ楽しいねん。中に入れる大きいのつくって、それ囲んでちっさいサイズのたくさんつくってさ。ちいさいのに全部、ろうそく入れて……日が落ちる頃にまわりがみぃんな灰色がかった青色になって、そん中でゆらゆら光が揺れて……子供心に、もう夢のように綺麗やって」

歌うような声で言いながら、河瀬さんは小さい子にするように両手ではさんだわたしの手を上下に振った。

「俺がそっち行くからさ、ふたりでかまくらつくったらええねん。大きいのつくって中に炭のこたつ入れて、鍋食べて、ちっさいのに幾つもろうそく灯して……それ窓ん中の連中から見たら、きっとむっちゃ綺麗やで。向こうが羨ましがるくらい」

一瞬でぱっと、瞳の中に水の膜が張った。強い力で壁に押しつけられたみたいに、ぎゅうっと胸の全体が苦しくなって息が浅くなる。

「そういうんは……嫌かな」

一心にわたしを見上げていた河瀬さんの眉が、ほんのわずか不安げに寄った。

「俺では……嫌か」

わたしは何を言ったらいいのかも判らないまま、とにかく何かを言おうとして息を深く吸い込む。と、自分でも驚く程激しい泣き声が口からあふれ出た。

はっとした顔で見上げる河瀬さんに、もうどうしていいのか判らずに、ただその手をきつく握ってわたしは泣き続ける。

「千晴ちゃ……」

こころの一番深い部分が、ずぶりと剣で刺し貫かれたようだ。

こんなことを言ってくれるひとは、いなかった。こんな風に何もかもをひっくり返してくれたひとは、今まで誰も、いなかった。窓の中から閉め出されている自分は、出来損ないだと思っていた。あちらが正しい、あるべき姿で、そうでない自分は欠損していると。だからもし、窓の中から誰かが自分を呼んでくれても、自分はそこには行けない。横に来て手を引いてくれたとしても、相手が入れるラインで、自分ははねられる。どこまでいっても自分はそういう生き物なのだから。そう諦めていた、それなのに。

わたしが外にいたまま、自分が憧れていたのとは違うかたちで、けれど全く同じ重さで欲しいものを掴み取ることができる、河瀬さんの言葉はわたしにそう告げていた。

窓の中のそれとは違う、でも中からさえも眩しく見えるものが掴める。その為に自分がそっちに行く、と。

後から後からあふれ出る涙をもうどうにもできず、止めようという力も湧かずに、ただ子供のようにわあわあと泣き続けていると、こころの底にあるかちかちの塊がじんわりと溶けてほどけていく。

　河瀬さんは、わたしがきつく握った手を振りほどかずに握り返してくれている。誰かの前でこんな風に手放しに泣けるなんて、思いもしなかった。こんな風に人に自分をさらけ出したことは、今まで一度だってなかった。

　やがて涙が落ち着いてきてすっかり飛んでいた理性が戻ってきた途端、頭が膨らみそうになる程、顔全体に一気に血がのぼってきた。どうしよう、恥ずかしすぎる。

　そうっと相手の手から片手を抜いてハンカチを出し顔に押しつけると、まだ預けたままだった片手を一瞬、きゅっと握られた。と、目の前で河瀬さんが立ち上がる気配がする。

　片手を握られたまま、ぽん、と頭の上にもう片一方の手がのった。そこから染み込むように、あたたかみが伝わってくる。

「ようさん、泣いて……そない泣いたら、明日しんどいで。目、後でちゃんと冷やしや。でないと腫れるよ。そんであったかいもん飲んで、よく寝る。な、ええな？」

　低く柔らかくやさしい声に、わたしは顔を上げられないままこくんとうなずいた。

「ん。……ええ子や。ほな、帰って早よおやすみ」

　ぽんぽん、と手が頭を叩くと、肩にまわされ軽く体を押された。わたしはうつむいたまま目の部分だけハンカチを下ろして、足元を見ながら並んで階段を上がる。

　扉の前に立つと、わたしはくるりと、河瀬さんの方を向いて……けれどやっぱり顔は上げられず、ハンカチも外すことができない。

その時、頭上でこほん、と河瀬さんが小さく咳払いした。

「あの……また、逢うてくれるかな」

不意に言われた言葉に、きゅっと心臓が縮み上がる。

「……あかん？」

何も言えずにいるとふっとその声が不安げに陰り、わたしは殆ど何も考えられないまま、ただ強く顔を横に振った。

「良かった。そしたら、また連絡するから……そや、電話、教えてくれへんかな」

わたしはこくん、とうなずき、がさがさした声で市外局番から番号を告げ出すと、河瀬さんは一瞬、え、と声を上げた。

「ごめん、もう一回。メモるから」

携帯を取り出して河瀬さんがそう言うのでもう一度番号を繰り返すと、今度ははっきりと、ため息をつく音が聞こえた。

「……それだけ？」

それからそう聞かれ、わたしはよく判らないままとりあえずこくり、とうなずく。

「……そっか。ん……ほな、今度連絡するし。おやすみ」

ぽん、とまた軽く頭が叩かれて、見えている足元がくるりと向こうを向く。

「あ、……あの、ほんとに、ごめんなさい」

今夜は本当に迷惑をかけてしまった。そう思い急いで頭を下げると、河瀬さんがわずかにすっと息を吸う音が聞こえた。

「いや、うん、別に……ええよ。おやすみ」

遠くなる足音にそろそろと顔を上げると、階段に消えていく背中が見えた。

――まだ帰らないで、そう呼び止めたい。

一気に湧き上がってきたその強い衝動に自分で驚きながらも、実行はできないまま去っていくその背をただ見つめていると、道の角のところで相手が振り返った。

街灯のぼんやりした明かりの中で、一度大きく手を振るシルエット。わたしは手を振り返しかけ、自分でもどうしてだか判らないまま、その手を下ろすと深々と頭を下げた。

だって、言ってなかったから。……ありがとう、と。

頭を上げると、相手はまだそこに立っていて――そしてふっと、角に消えていった。


それからは、毎日が不安の連続だった。

今度、とはなんて不安で頼りない、限りなく希望だけを膨らませる言葉なのだろう。

我ながら病的だと思いながら、朝起きて家を出る、その瞬間にまで電話のベルに耳をすました。休みの日にはどこにも出られず、家にこもって過ごした。

引っ越して電話を買った時に付属していた子機。必要ないと思っていたそれを初めて取り出し設定した。家のどこにいても、絶対に取り逃したくなかったのだ。もし取り逃したら、その後の時間の苦痛が倍加するのは目に見えていた。もう一度かかってくるのか来ないのか、万一かけてくれたとしてそれは一体いつになるのか。

……そんなに連絡が欲しいのなら自分からかければいい、そう頭では判っていた。けれどただでさえ電話がかけられない自分が、この状況でそんなことは不可能だ。

鳴らない電話に対する不安は、かつての恋人の比ではなかった。恋人から電話が来ないからといって、『恋人同士』という関係性が失われる訳ではない。

けれどわたしとあのひととは、まだ何ものでもない。『友達』とさえ、言っていいのかよく判らない。もしもこのまま何の連絡もつかなければ、ただ消えていくだけだ。互いの住所も知らなければ共通の友人もいない。生活圏も違うし、偶然の再会などゼロに近い。

溶ける雪のように、すべては跡形もなく消えてしまうだろう。

それが怖くて、わたしは仕事の時間以外は電話から離れられなかった。

そんな風にして十日程が過ぎ、そして、電話が鳴った。

ちょうどシフトで土曜が休みになった前の日、金曜の夕方のことだった。

早出の仕事から帰って電話を見つめたまま、座椅子で少しうとうとして目を覚ますと、もう六時近かった。何か食べなくては、そう思ったけれど体が動かない。夏バテも伴い、食欲がなく、あの日からまともな食事もしていなかった。これはもう本当に病気だ。

明日、電話を待って、それでかかってこなかったら……もう、諦めよう。シンさんから渡されたままの名刺も捨てて、それで忘れよう。どこかで区切りをつけなければ、自分が駄目になってしまう。

　少しでも栄養を取ろうと思い、冷蔵庫からヨーグルトを出して居間に戻ったその時。

　――電話が、鳴った。

　危うくカップを落としかけながら、転がるように電話に歩み寄ると受話器を上げた。するとと向こうからものすごいボリュームで、「お前どうしとんねな一体！」と、シンさんの怒気を含んだ声が響いた。

「なんだ、シンさんか……」

　シンさんには申し訳ないけれど、ぱんぱんに張りつめていた緊張が一気に抜けて、わたしは受話器を握ったままその場にずるずると座り込んでしまう。

　相手の声が、怒りと共に呆れた調子を帯びる。

「なんだって何やねんコラ。大体お前、あん時から何も連絡してこんと、顔も見せんと、ってどういうことや。一体何しとったんや、ええ？」

　後になって考えてみたら、これはシンさんが初めてわたしにかけてきた電話だった。けれどその時には、そんなことはまるっきりよそに飛んでいた。それどころか、今相手がかけようとしてきてたらどうしよう、という焦りさえこころをよぎった。

「何って、別に……仕事して、後は家にいたけど」

「はぁ!?」

　わたしの返事に、少し落ち着きかけていたシンさんの声がまた裏返る。

「ほななんで全然あれから音沙汰ないねん。家で倒れとるかと思うやないか！」

「……ごめん」

そう怒鳴られて、わたしは初めて深く反省した。そういえば何も連絡をしないまま、こんなにも長くシンさんの家に行かなかったのはこれが初めてだった。

そんなことが全部頭からすっ飛ぶ程、わたしは電話のことで頭がいっぱいだったのだ。

「……お前、何かおかしいで。あの後……あの兄ちゃんとなんぞ、あったんか」

何かがあった、そう言われれば、確かにあったように思う。でも、ある意味では何もなかった、とも言える気がする。もし何か、があの時本当にあったのなら、いくらなんでも「今度」はもう来ていていいのではないだろうか。

「俺……先帰らん方が、良かったか」

何も言えずにいると、シンさんが打って変わって真剣に心配げな、不安の混じった声で尋ねてきた。

「別に、そんなんじゃ……電話、待ってたの」

ごまかすことも面倒になってそう言ってしまうと、少し気が楽になる。

「電話？」

「河瀬さん。この間、帰りがけに番号聞いて、また連絡するって、そう言った。だから……待ってたの」

言いながら、自分で自分が情けなくなってきた。わたしはただそれだけのことに、この十日程、食べ物も喉を通らぬ程思い悩んできたのだ。

「……かかって、こんのか」

尋ねられた言葉にこくんとうなずいて、電話なんだから声に出さなきゃ伝わらない、そう思った瞬間、空気で察したのか、シンさんがちょっと呆れたような声を出す。

「ほな、自分からかけたらええやないか。番号知ってんねんから」

何を当たり前のことを、といった口調で言われて、ぐっと言葉に詰まる。

そんなことは判ってる。何度も何度も考えた、でも。

「怖くて。……かけようと、思ったよ、何度も……でも、向こうは全然、わたしに無関心で、電話したたって邪魔かと思われるかもしれないと思うと、怖くて」

「――かけろ」

途切れ途切れに言うと、受話器の向こうからものすごく厳しい声がした。

「すぐや。この電話切ったら、十分以内にあの兄ちゃんに電話せえ」

「シンさん」

「もしあの兄ちゃんにその気がのうても三分あったら話にカタつくやろ！　たかが三分の為にお前この十日も悩んで、今動かんかったらこれから先その三分の為に、この後いっつまでもそうやってぐじぐじぐじぐじ悩み続けんねんぞ！　そんくらい踏ん張れや！」

シンさんの言葉がぐさりと刺さって、わたしは唇を嚙んだ。

「ええな、すぐやぞ！　後でまた確認するからな！　もしまだやったら、俺が直接、あの兄ちゃんに電話してお前んとこかけさすからな！」

「ちょっと、そんな無茶……」

「嫌ならすぐせえ！　ええな！」

怒鳴り声と同時に、ぷつん、と電話は切られてしまった。

途方に暮れながら受話器を眺めると一旦それを電話機に置いて、わたしは無意味に部屋を一周した。部屋の片隅で足を止め、机からシンさんのペンダントを取るとぎゅっと握りしめて、そろそろと電話機に近づく。実のところ、河瀬さんの番号はもう暗記していた。大きく深呼吸して息を止め、最初の幾桁か番号を押してはすぐに切る。胸に大きな重しが乗っているようで、息がひどく苦しい。

目に涙がにじんでくるのを感じながら、わたしはきつくペンダントを握って、必死に番号を押し――ある瞬間、ぐっと息を止めると、ひと息に最後まで押し切った。

プルル、とコール音が鳴り出す。一回、二回……ああもう駄目だ、切ろう。

「――もしもし？」

『切』ボタンを押そうとした瞬間、あの声が耳に届いた。

「もしもし……千晴、ちゃん？」

同時に声が、全く出なくなった。

声を出そう、何か言おう、そう口を開いたけれど、唇からは息の音しか漏れてこない。

「もしもし？　この番号、千晴ちゃんよな……なあ、どうしたん？」

相手の声は、ひどく不安げに心配げに揺れている。

この十日間の不安がまとめて胸に押し寄せ、どっと涙があふれ出た。

「千晴ちゃん？」

片手を口に当てて泣き声をこらえていると、相手の声が低く探るような響きを帯びる。

「……泣いてんのか」

更に声が、また一段低くなる。どうしよう……助けて、シンさん。

後から後からあふれてくる涙に声も出せずにいると、突然受話器の向こうから「――今から行く」ときつい声がして、わたしは目をみはった。

「四十分……三十分で、行くから。待っとき」

言葉と同時に、電話が切られる。

わたしは呆然と、ツー、ツー、と鳴り続ける受話器を見つめた。今から、行く？

焦燥に駆られて辺りを見まわし、意味もなく動き出そうとして、自分の手の中に受話器がまだ握られているのに気がつく。はっと思い出して、おろおろと、何度も押し間違えながらもわたしはシンさんの番号を押した。

コールが鳴るか鳴らないかの内に、相手が出る。

「どないや」

詰問するような声にはどこか気遣うような響きも含まれていて、パニックのあまり引っ込んでいた涙がまた復活しそうになる。

「……来るって、今から」

そう言うと、向こうでシンさんがふっと微笑《わら》った。

「さよか。……頑張れ、ハル」

そして言葉と共に、電話が切れる。

わたしは心強いのか心細いのか、自分でも訳が判らなくなりながらまた部屋を見まわした。そうだ、片付けなくては。

急いで洗い物をすると、あちこちを整える。まだ散らかっているところはないか、再度部屋の中をぐるりと見まわしかけた、その瞬間に——チャイムが、鳴った。

わたしはぎくしゃくと壁の時計を見上げた。まだ、二十分ちょっとしか経っていない。いくらなんでも早すぎる。

恐る恐る部屋を出て、廊下を歩き玄関に近づくと、すりガラスの向こうに影が見えた。深く息を吸い込んで、思い切って「はい」と声をかけると人影がわずかに揺れる。

「……俺やけど」

早すぎる、そう思いながらも、操られるように手が伸びて内側から鍵を開けた。

扉を押し開けると、河瀬さんがそこにいた。

目の前の相手は、困ったような怒ったような目でわたしをじっと見下ろしてくる。

わたしはなにも言えずに、軽く身を引いて河瀬さんを招き入れた。部屋に通すと、一応、座卓の奥の方に置いてみた座椅子を手で勧める。

「いや、こっちでええよ」

けれど河瀬さんはそう短く言うと、さっさと下座側に置いていた座布団に座ってしまう。わたしはエアコンを入れていないことに気づいて、窓を閉めスイッチを入れた。風が苦手で自分ひとりの時にはめったに使わないが、来客がいるのにそうはいかない。

冷蔵庫から麦茶を取り出し、氷と一緒にグラスに入れると座卓に置く。

他には何かないか、ときょろきょろしていると、河瀬さんはふっと苦笑いを浮かべた。

「まあ……とりあえず、座りぃさ。って、客の俺が言うのもヘンやけど」

うなずいて座椅子の上に腰を下ろすと、気まずい沈黙が部屋を支配した。かすかにエアコンの運転音が鳴っているのが、やけに耳障りだ。

一度はしぼみきっていた緊張がまたどんどん膨らみ始めるのを感じて、わたしはぐっと息を詰めた。すっかりまともな思考が停止していたが、落ち着くとこうしてここに河瀬さんがいるのが異常事態に思える。そもそも部屋にシンさん以外の男性とふたりでいるのは初めてで、二メートルもないその距離が、逃げ出したい程近く感じた。

と、不意に河瀬さんが大きくため息をついて、かりかり、と片手で頭をかいた。

急な動きにどきんとして相手を見る。河瀬さんは座布団にあぐらをかいて、しばらくわたしと目を合わさずに、座卓の端の辺りを見るようにして目を伏せていた。

「あの、俺……こないだ、フラれた思っててんけど」

と、唐突に話し出された言葉に、わたしは更に固まってしまう。

一体何の話をしているのか、と目を見開いたまま言葉を失っていると、河瀬さんは実に気まずそうな顔をして、また大きく息を吐いて顔を横にそむけた。

「それ、どういう……フラれたって、河瀬さんが？　え、何の話ですか？」

これ以上自分の頭の中だけで考えていたって全然判らない。完全にホールドアップしてしまったわたしは、もつれる舌でそう尋ねた。

すると河瀬さんが、ちょっと心外そうな目でわたしをちらっと見た。

「言うたやん、俺。俺がそっち、行くからって……俺では嫌か、って」

また、頭の中が一瞬真っ白になって——あの晩のことが一気に脳裏を駆け抜けるようによぎって、頰にぶわっと血がのぼった。え、あれって……告白だったの⁉

脳味噌がふっ飛びそうになりながら、かろうじて自分の考えにしがみつく。あんなまわりくどい台詞が、告白？　いや、それ以前にそもそも、わたしに、告白？

その上、どう考えてもわたしには、あの時このひとを「フッた」覚えがない。「嫌です」とさえ言ってない。そりゃ「いいです」とも言ってはいないけれど。

「あん時もいいともあかんとも言われんかったし……それに千晴ちゃん、結局携帯、俺に教えてくれへんかったやろ？」

ひとりパニック状態に陥っているわたしに、河瀬さんは少し唇をとがらせるようにして言った。またも予想外の台詞に言葉を失う。

「そもそも最初、わざわざ叔父さんの携帯からかけてきてたやん。あれ、警戒されてんのかなぁとは思ってててんけど、自分では結構、これいけるんちゃうかって思ってたとこに、言われたん家電の番号だけやったから。ああ、あかんねやこれ、て」

わたしは言葉が出ないまま、目をみはって河瀬さんを見つめた。その沈黙をどう取ったのか、ますます気まずそうな顔をしてあぐらを組み直すと目をそらす。

「携帯番号もメルアドもなし、連絡せんといてってことなんやな、思て。帰りがけには『ごめんなさい』言われるし、頭下げられるし。これほんま、完璧アウトやねんなあ、ごめんなさい、さよなら、てことなんやろなって」

事ここに至って、わたしの思考は完全に停止した。本当に、意味が判らない。

「俺、あの晩ほんまへこんでや、寝られへんかってんで。あれから毎晩、やけ酒」

と言われ、頭の中でちょっと待って、と声にならない言葉がまわる。

ということは、この十日程、実際はかけらも苦悩する必要がないことに、お互い真剣に苦悩し続けてたってこと？

ゆっくりと事態を理解すると、だんだん唖然としてきた。京都の人は言外の意味を汲み取って会話するとはよく言われるが、それでもこれはあんまりだ。

「――有り得ないです、もう……そもそもわたし、携帯持ってません」

その瞬間の河瀬さんの顔は、後になってから思えば実に見ものだった。目が落ちそうな程に大きく見開かれ、口がぱくんと開いて。

「シンさんの携帯借りたのは、あの時シンさんちで、電話あれしかなかったからです。ごめんなさいって言ったりお辞儀したりしたのは、迷惑かけたし心配もさせたし、それなのにお礼も言ってなかったのが申し訳なくて。とにかくもう、それ全部河瀬さんの深読みです。読みすぎるにも程があります」

一気に言うと、ぱちぱち、と河瀬さんは数度瞬きをして、上を見て下を見て、また上を見てからわたしに目を戻す。

言葉もなく数十秒見つめ合っていると、がくっと河瀬さんの上半身が崩れた。

「……俺、そんなんであれから、ずっとへこんどったんや。うわ、あほちゃう」

がっくり肩を落として呟く姿に、熱くなっていた頭がいきなり冷える。

「何を失敗したんやろって……やっぱ俺、自覚ないけどよっぽどまずいこと言うたんやわ、最悪や、思て、もう毎っ晩、無茶飲みして。箱では足らんくて、瓶ビールケース買いとかしてしまったわ……ほんまに、あほちゃう」

どうも真剣に落ち込んでいるらしいその姿に、わたしは慌てた。

「いや、あの……あの、わたしも、莫迦だったので」

手を振って必死に言うと、河瀬さんはゆっくり顔を上げた。

「わたし、あの……あの後ずうっと電話待ってて。連絡するって、言ってくれたから……いつかかってくるんだろうって、毎日毎日、莫迦みたいにひたすら待ってて」

もつれる舌でここ数日間の辛さをとつとつと話すわたしを、まじまじと見つめてくる。

話している内に苦しさが甦ってきて、こらえきれずに頬をつうっと涙がつたった。

……言ってしまった……全部、言ってしまった。

大きく息をついて見つめ返すと、河瀬さんは一度ゆっくりと深呼吸して口を開く。

「そしたら、今日は……なんで、かけてくれたん」

その問いに、また目の裏が熱くなる。

「シンさんが、かけろって。わたし、ここんとこずうっとシンさんち、行ってなくて。連絡も、してなくて。それでシンさん、心配して電話くれて」

河瀬さんがいぶかしげな目を向けてくる。

「すぐにかけろ、電話なんか三分で済む、その三分の為に十日も悩んで、これから後もずっと悩み続けるのかって……しんどくても三分だ、それくらい踏ん張れ、って」

話している内に、どんどんどんどん、目から涙があふれてきた。

「わたし、もう、怖くて……かけなきゃ、って、そう思っても、どうしても怖くて。何度もやり直して、すごく苦しくて、でも……必死に、頑張った」

だって、シンさんが言ったから。踏ん張れ、と。

河瀬さんは大きく息を吸うと、おもむろに立ち上がった。その動きに、どきん、とわたしの胸が大きく打つ。

数歩近づくと、わたしの真横に距離を開けて座り直して体を向ける。

「……あのさ」

膝の上に両手をかけて、河瀬さんは少し上体をこちらに傾けた。ためらうように片手で顎をなでると、ちょっと目をそらす。

「あの、もし……もしこれも深読みやったら、即指摘してほしいねんけど、あの、それはつまり、俺は……OKもらったっていう理解で……ええん、かな」

一瞬で顔全体にかあっと血がのぼった。その圧で噴き上がってくる涙を止められないまま、わずかに頭を振って後じさる。

「……わから、ない」

涙の中からなんとか言葉を押し出すと、歪んだ視界の中、河瀬さんが驚いたような顔でわたしを見た。

「だって、こんなの、知らない……こんなめちゃくちゃなの、判らない」

自分の涙に溺れそうになりながら、わたしは途切れ途切れに声を押し出す。

だって、知らない。こんな激情を、わたしは知らない。

こんなものが自分の中にあっただなんて、この年まで知らずにいた。

相手に対して流れていく、自分で全く制御できない、この強い思い。

これがもしも恋だと言うのなら、かつての恋人とのそれは一体、何だったのか。

あの時に自分が真剣じゃなかったなんて思わない。胸が熱くなるような思いも、不安も、ときめきも、どれも本当に切実だった。

それなのに、いや、だからこそ……これが何なのか、自分には判らない。

この奔流を、なんと呼べばいいのか知らない。

「だって、こんな、気持ちに……なったこと、ない、もの」

もうどうしようもなくなって、両の拳を目元にきつく押し当てる。

「――千晴」

と、驚く程近くで名が呼ばれたと思うと、次の瞬間、抱きすくめられていた。

どうしよう、どう……しよう。

引き寄せられた、その腕の力は信じられない程強くて――気が……遠く、なる。

背にまわされていた手がすっと肩にかかって、わずかに引き離されて、片手がわたしの頰を包み込むように柔らかく持ち上げたと思うと、もう唇が重なっていた。

え……え、え？　大混乱の中、一気に相手の肌の匂いが胸をいっぱいに襲った。反射的に腰から後ずさりそうになるのを、腕の力で止められる。

「……落ち着け」

頭のすぐ上で、鋭く囁かれた。頰を押しつけられたTシャツの下で、河瀬さんの心臓が驚く程速く打っているのが判る。

「これ以上のことは、せんから。逃げたら……逆に、抑えが利かんく、なるからな」

相手の胸板と腕に包まれた中、自分の息が蒸してきて、サウナの中にいるみたいだ。

「ああ、もう……何やねな、これ」

背中をくるみ込むように手をまわしたまま、河瀬さんがため息をついた。

「なあ、俺らまだ逢うの今日で四回目やぞ、それやのに何だってもう、こんな……たまらんく、愛おしいねん」

　言葉と共に、こつんと顎が頭の上にのせられる。

「こんなあっちゅう間に懐に突っ込んできた子、君が初めてや……」

　どうしたらいいのか判らず恥ずかしさに悶えながら、そのあたたかい胸の中でまた泣きそうになる。深いため息を吐き出すと、河瀬さんが天井を仰ぎ見る気配がした。

「もう……また君の叔父さんに、借りつくってしもた」

　言葉と共に腕の力がゆるんで、わずかに浮き上がりかけていたわたしの腰が、すとんと座椅子の上に落ちる。わたしは、は、と息を吐き出して、腕の中から相手の顔を見上げた。

「もう、今度はどういう、礼したらええねん……あのひとおっかなそやし、下手なことしたら今度こそしばかれそうや」

　情けなさそうなその声にすうっと気持ちが楽になってきて、くす、とつい笑ってしまう。すると河瀬さんがこちらを見下ろし、やっぱり笑って、くしゃ、とわたしの髪をかきまわした。その間もくつくつと笑っているのにつられて、わたしの口からも更に笑いが漏れる。そうやっているとどんどん気持ちがほぐれてきて、わたし達はしばらくの間、互いに向かい合ったまま笑い続けた。

　落ち着いたら急に腹が減った、と河瀬さんは近くの鉄板焼きの店にわたしを連れ出した。あまり飲まなかったのに軽く酔いがまわっていて、ほてった頬に夜風が気持ち良い。

　河瀬さんは大きく伸びをすると、歩き出しながらちら、とこちらを見た。

「ほな、送るし。……あのさ、明日って、仕事何時上がりかな」

いきなり聞かれて、えっ、と見上げると横を向いて鼻の頭をかく。

「いや……明日、逢えへんかな、思て」

お酒のほてりだけではない熱が、ふうっと頬に上がる。

「あの、明日……休み、です。土曜なんですけど、たまたまシフトで」

答えると、河瀬さんはちょっとびっくりした顔でこちらを見た。

「あ、そなんや」

驚いた顔で顎を手でこすり、ふとその足が、ぴたりと止まる。

自分の足元を見つめて少し考えていた河瀬さんが、顔を上げた。

「あの、そしたら、今日……泊めてもうても、ええかな」

と、思いもよらないことを言われて、息が止まった。

その瞬間に自分の顔にどんな表情がよぎったのか全く見当もつかなかったけれど、わたしを見た河瀬さんは慌てて両手をぶんぶんと振る。

「いや、あの、下心とかそういうんやないから。ああいや、下心が全然ないか言うたらそら嘘やけども、とりあえず今日はそれ発揮しようゆうつもりはなくて」

ものすごい早口でそう言うと、ふっと息継ぎをする。

「あの、そやから……これから君を家送って、俺は俺んち帰って、そんでまた明日どっかで逢うてって、その間の数時間が、なんやもったいのうて。せっかく……明日一日一緒にいられんねやったら、それまでの数時間も、無駄にしたないねん」

言葉を聞いている内に、お酒の酔いよりもはるかに体温が上がってきた。

身悶えしそうになるのをこらえてわたしはごくんと息を呑み、それから少しだけ考え、小さく、ひとつうなずいた。

「……ありがとう」

ほうっと息を吐いて安堵したように肩の力を抜くと、河瀬さんは微笑んでみせる。

「なんせ十日分、スタート出遅れてるから……ちょっとでも、取り戻さんな」

いたずらっぽい笑顔で言われて、わたしもつい笑ってしまう。

河瀬さんは大きく微笑み返して、ぱん、とわたしの背中を大きな手の平で叩いた。

家に帰ると、もう十時をまわっていた。

とりあえずいつものようにお風呂を沸かしてさっさと入ってしまう。もう何かが振り切れたのか、頭の中は完全にブレーカーが落ちたみたいで、思考が停止したままだ。

それに比べ、向こうはまるっきり普通に見える。そりゃ場数が違うんだろうけど、でも、とちらっと思っていると、河瀬さんは出した麦茶を飲みながら不意にぽつりと言った。

「ああ、なんか、こういうん……久々や。まあここ俺んちやないけども、家に自分以外の誰かがいて、こんな風に誰かと向かい合ってるって……ほんま、久々やわ」

その言葉に急に胸が締めつけられて、じっと相手を見つめる。

河瀬さんはわたしの視線に照れたように笑って、わずかに目を伏せた。

——自分の窓の中にはもう誰もいない、そう言った河瀬さんの言葉が、耳に甦る。

このひとは……そっちへ行くと、言った。わたしの、傍へ。

けれどわたしは、本当にそれに値するのだろうか？

微笑んでいる相手の向かいで、わたしは不意に、強い不安に襲われた。


布団を別の部屋に分けて敷こうとしたのに、河瀬さんは「座椅子で充分」と言い張り、たたんだ座布団を枕にタオルケット一枚かぶって、ごろんと横になってしまった。動かす訳にもいかないので、わたしは仕方なくいつものように布団を敷く。ちょうど河瀬さんが寝ている座椅子とLの字になるような位置関係で、薄手の掛け布団に潜り込んだ。

でもどう考えたって、この状況で寝られる気がしない。緊張を隠せずにいると、不意に「ごめんな」という声が足元の方からした。

「無茶言うて、ほんま、ごめん……けどどうしても、傍におりたかってん」

心底申し訳なさそうなその声に、心臓の鼓動がゆっくり落ち着いてくる。

「しんどい思いさして、ごめんな。大丈夫やから、安心して眠って」

子供に言い聞かせるようなその声に、わたしはじいんと、手足の先に血が通ってくるのを感じた。体のこわばりがすっかり取れて、ほうっとため息が唇から漏れる。

「はい。おやすみなさい」

そう言うと、「おやすみ」と河瀬さんが答えた。

わたしは深く息を吐き出し、手を伸ばして明かりの紐を引き、電気を消した。

——寒い。


そう感じたのと同時に、きいんと頭の奥が痛んだ。

どうしてこんなに寒いのか……ああ、この部屋は、エアコンが効きすぎだ。

薄暗闇の中、四角く、白い壁が自分を取り囲んでいるのがじわじわと見えてくる。部屋の奥には、無骨なベッドがひとつ。

こんなに広い部屋だったろうか……どうしてこんなにも、ベッドが遠いんだろう?

傍らに、誰かが座っている——あれは、伯母さんだ。

そしてベッドに半身を起こして身を横たえている、あの人。

耳のあたりまで裂けそうに口を開いて、あの人が叫んでいる。でも、聞こえない。

……聞いては駄目だ。

何故かはっきりそう判っているのに、わたしはそちらに近づいていく。

いけない、駄目だ。

「——ちはる!」

不意にぐいっと肩を抱き上げられて、わたしはぱちっと目を見開いた。

「千晴、どうした……大丈夫か、おい!」

すぐ隣で、膝の上にわたしの上半身を抱き上げるようにして、誰かが必死にわたしの肩を揺さぶっている。……ああ、河瀬さん。

急速に現実感が戻ってきて、目をぎゅうっときつくつむってうっすら開くと、暗い部屋の中でぼんやりと、驚く程近くに相手の顔が見えた。

「むっちゃうなされててんで……どうしてん」

ひどく真剣な声で、河瀬さんはそうっとわたしの額を手の甲で拭ってくれる。その時初めて、自分が全身にびっしりと汗をかいていることに気がついた。

その汗が急速にエアコンの冷気で冷えていき、わたしはぶる、と身を震わせた。河瀬さんが眉を曇らせたと思うと、一瞬、ぎゅっと強くわたしの体を抱き、それから手を伸ばして明かりをつけようとする。

「あ、明かり……つけないで」

思わずかすれた声を上げると、相手は動きを止めた。声がかすれているのは、きっとエアコンのせいだ。普段は滅多に使わない、この風のせいで……あの夢を。

また、勝手に体が震える。

河瀬さんがわたしの肩をパジャマ越しにぎゅっとこすると立ち上がってエアコンを消し、足元にはねのけていた薄手の布団を取って、わたしの体をくるんでくれた。

「どうしてん……何が、あった？」

やさしく尋ねてくる相手の腕の中でまだうまくものが考えられないまま、しばらく夢と現実の間を意識がうろうろとさまよう。

「……ゆめ」

ふと気がつくと、唇が勝手に動いていた。

「え？」

「夢……見た、の」

体を離して、河瀬さんがわたしの目を覗き込んだ。


あれは、高二の夏休みだった。

多分、夏期講習か何かがあったのだと思う。わたしは学校に行っていて、まだ午後の早い時間、家に戻ってきた。

玄関の鍵は開いていた。母親が家にいる時には鍵をかけていないこともあったので、何も考えずに扉を開き、中に入って——息が、止まった。

母親が血まみれになって、そこに倒れていた。

……今から思えば、血まみれというのは言いすぎな気がする。ただ頭からわずかに血が流れ出て、鼻や口元のあたりからも少し血が出ていた、それだけなのに、その瞬間わたしは思ったのだ。血まみれだ、と。

慌てて呼んだ救急車に乗って一緒に病院に行くと、看護師さんに「お父さんはいないのか」と言われる。

その瞬間までわたしの頭には父という単語は一度たりともよぎらず、そういえばこういう時にはまず一番に連絡すべきものだったか、と我に返った。

だが携帯にかけても応答はなく、家にもかけたが誰も出ない。

仕方がなく父の会社に電話をすると、「一昨日から五日間、有休を取られてますが」と言われて驚いた。どこかの女と旅行にでも行っているのだろうか？

仕方なく待合室のソファに座り、かなり長い時間が経った後に診察室へと呼ばれた。

そこで医者がためらいがちに話した内容に、わたしは言葉を失った。母の体には階段から落ちたものだけでなく、何らかの暴力をふるわれた形跡がある、と教えられたからだ。

だが母はそれを頑なに否定しており、このままでは警察を呼ばざるを得ない、明日まで待つのでなんとか聞き出してほしい、そう言われてわたしは動転した。

何も考えられないまま、とにかく父に電話をかけ続けたが全く繋がらない。

――伯母さん。

すっかり思考が停止した頃にぱっとその名がひらめき、時計を見ると夜の十一時だった。この時間ならまだ大丈夫だ、反射的にそう思ってから、自分で自分に突っ込む。今はどう見ても非常事態なんだから……いいんだ、かけたって。

「――判った、すぐ行く。今から車で向かうから、明日の朝には、必ず着くよ」

事情を話すと力強く伯母がそう言ってくれ、わたしはほっとした。

お礼を言うわたしに、伯母は何度もしつこく、戸締まりをしっかりするよう言いつけた。心配してくれているのを感じて、こころがあたたかくなる。

帰宅して玄関の鍵を開けて家に入って、ぱちん、と明かりをつけると、すぐ目の前、階段の下の木の床に赤いものがこびりついていた。

たじろぎつつも、これは掃除をした方がいいのだろうかと、奇妙に冷静に考える。もしも強盗だったら警察沙汰になるのだし、下手に掃除するのもまずいだろうか。

ミステリ好きだった自分はそんなことまで考えて、とりあえず手をつけずに、あちこちに飛んだ血をできるだけ避け、階段の端をそうっとつま先立ちで二階へ上がる。

二階の廊下に出ると、両親の寝室の扉が大きく開いていた。忍び足でそこに近づいて、電気はつけずにそろそろと中を覗き込む。

……誰も、いない。それはそうだ、母は病院で父は不在だ。そんな当然の事実にひどくほっとしながら電気のスイッチを入れ、見えたものにぎょっとした。

部屋の真ん中、ベッドの上……それから床のあちこちに、服やアクセサリー、そして口の開いたボストンバッグが散らばっていた。それらはどうやらバッグから引きずり出されたものらしく、まだ半分くらいが中に残っている。

瞬間的に、泥棒を疑った。だが何かが違う、そんな気がしてわたしはバッグに近づいた。着替えと、簡単な生活用品——まるで、旅行支度のようだ。

わたしは疑問符だらけになりながら、とりあえず散らばった服をバッグの中に詰め込んだ。病院から入院の準備をするよう言われていたし、手間が省けた。そんなことを考えてしまう程、頭の中は麻痺しきっていた。

朝になり、やって来た伯母夫婦とわたしは病院へ向かった。

昨日の医者がもう一度、わたし抜きで伯母夫婦に母の状況の説明をしてくれた。部屋から出てきた伯母の顔は、ひどく青ざめていた。

母のいる部屋は個室で、伯母は敏行伯父さんに「とりあえず女同士で話したいから」と言うと、わたしの背を押して病室に入る。母は顔にはガーゼ、頭と腕には包帯を巻かれた満身創痍の姿で、それでも思ったより普通な態度でわたしを迎えた。

だが、後ろから入ってきた伯母の姿に、母は大きく目を見開いた。

「なんで……まさかあんたが呼んだの、千晴?」

もごもごと聞き取りにくいながらも、はっきりと非難の色に満ちたその声音に、わたしはたじろぐ。

「純一が連絡取れないんだよ。仕方ないじゃないか、美代子《みよこ》さんがこんな大怪我して、この子だってひとりで心細かったんだから」

伯母が弁解するように言ってくれて、わたしと母の間に立った。

父の名を聞いた途端、母が押し黙る。

「一体どうしたの、そんな怪我……ねえ話して、何があったの」

伯母はそんな母になだめるように言いながら、部屋の隅にあった椅子を引いて枕元に座った。

「――落ちたのよ、階段から」

やさしく尋ねる伯母に、母は突き放すようにつっけんどんに言って、ふっと何かに気がついたようにわたしの方を見た。

「階段を降りようとした時、ちょうどその子が帰ってきて、いきなり下から声かけてきたから、驚いて。それで落ちちゃったのよ、足踏み外して」

耳を疑って棒のように突っ立っていると、母はなおも続ける。

「ねえ、そうだったよね、千晴？　あんたが声かけてきて、それで母さん、落ちちゃったのよね？」

媚びるようなその声が、頭を右から左に素通りしていく。

「……美代子さん、いいの、もう、隠さなくていいから……お医者さんはね、階段から落ちた以外にも、あんたに殴られたり蹴られたりしたような怪我があるって、言ってる」

伯母がため息混じりに母の名を呼んで、ぽん、と軽く布団の上の手を叩いた。

その瞬間、母の唇が一本に引き結ばれる。

ああ、鬼みたいな……顔、だ。うすぼんやりと、そんなことを思う。

「ほんとのことを話してくれないなら、警察呼ばないといけないってお医者さんが。だから頼むよ、正直に話して」

辛抱強い声音で伯母が言うと、母はますますきつく唇を結んで、数分間はじいっと黙り込んだ後に口を開いた。

「……あんたが、いけないのよ」

低くかすれた声と共に、向けられた瞳。布団の上で握りしめられた母の両の手が白く震えている。

「あんたがいけないのよ、千晴！」

伯母が眉をひそめて、聞き取ろうと母の口元に身を乗り出した。

その瞬間に母が絶叫して、わたしを睨みつけた。いきなり耳元で怒鳴られた伯母はびくっと体を引いて、がたんと椅子が倒れる。

わたしは何も考えられないまま、そんなふたりを見つめた。

「あんたのせいで……あんたのせいであたしはこんな目にあったんだから！」

「ちょ、ちょっと……ちょっと美代子さん、落ち着いて」

「あんたがあたしを置いて出ていくって言うから！　だからあたしは、あの家を出ることにしたのに……それなのに、あいつが」

……寒い。不意に急な寒気を覚えて、体がぶるっと震えた。

「あたしはあんな家出ていって、幸せになる筈だった。それなのに……あいつは皆知ってた、全部知っててもう全部処理は済んでる、今行っても相手は来ないよ、って！」

「どういうこと、一体どういうことなの？　まさか……まさかその怪我、純一が」

伯母が必死に、母の肩を揺すった。

「あんたのせいよ、千晴！」

……どうしてここはこんなに、寒いんだろう。病室だというのに、こんなに冷やしていいのだろうか。わたしは目の前の出来事を無視してそんなことを思いながら、ずいぶん遠くに感じられるふたりの姿を眺めた。

口が耳まで裂けている、まるで……般若《はんにゃ》だ。

「ちょっと美代子さん、落ち着いて！　なんでそれが千晴のせいになんのよ！」

「だってこの子、あたしを置いて出ていくって言うから！」

母――いや、あれは母じゃない、般若だ――はまっすぐわたしを指さして、伯母に向かって訴えた。

「家庭訪問でこの子、言ったのよ。京都の短大に進学する、もう学校は決めてあるって。理由を聞いたら、短大なら四大より二年早く就職できる、そしたら向こうで就職して自立して、それでもう家には帰らないって……そう、言うから」

母の目からぽたぽたと涙がこぼれ落ち、両方の手で伯母の腕をぎゅうっと握りしめる。

「だってそしたら、あたしひとりに……いいや、ひとりならいいのに、あの男と……あいつとふたりで、あの家で暮らさないと、いけない」

声のトーンがすうっと落ちて、母の体も、ぶるっと震えた。

「だから……だからあたし、探したのよ。あたしをあの家から、連れ出してくれる人」

伯母は母の手に腕を摑まれたまま、絶望的な目をしてわたしを振り返った。

「千晴、あんた、外出てなさい……敏さんとこ、行ってて」

だが伯母の言葉にも、足が、いや、全身が動かない。

「昨日、一緒に行く筈だったのに……幸せになれる、筈だったのに」

母は頭を低く垂れて、おいおいと泣き始めた。

「美代子さん、あんた……何言ってんのか判ってんの」

伯母は苛立った声を上げ、わたしが全く動こうとしないのをちらっと目で確認すると、すうっと息を吸って、覚悟したかのように母に向き直った。

「それのどこが千晴のせいだって言うのよ。あんたが勝手に家を出ようとして見つかっただけじゃない。そりゃ、暴力に訴えた純一は最低だけど……でもあの子から離れたかったんなら、もっとやり方ってもんがあったんじゃないの？」

まくしたてるような伯母の言葉に、ひくっと母の喉が引きつる。

「どうせあの子、あんなんなんだから、やろうと思えば幾らだって証拠が取れた筈でしょう。それ振りかざしてとっとと離婚すりゃ良かったのよ。そしたら好きに、新しい相手と恋愛だって結婚だってできたじゃないか」

――あなたの為に、母さんは離婚ができないの。あなたの為に、我慢してるのよ。

子供の頃からずっと言われ続けた言葉が、不意に甦った。ずっと長いこと言われ続けてきて、そうなんだと思っていた。だからわたしは、進学の方向を自分で決めたのだ。家から遠く離れた場所。そしてできるだけ早く自立できるよう、短大へ。

そうやって自分がここからいなくなって、完全に手を離れて、そうしたら母さんは心置きなく離婚ができる。自由になれる。そう思っていたのに。

――春の家庭訪問のあの日、母は「自立してもう家には帰らない」と告げたわたしに、ヒステリーのように泣きわめいた。あんたは母さんを捨てるのね、と。

わたしは心底、とまどった。そういうことじゃない、お荷物なのはわたしじゃないか。わたしの為にできなかったのなら、わたしがいなくなればできるじゃないか。そう言ったのに、母は全く聞く耳を持たずに、ただ泣き叫んだ。

「どうせあたしが、全部悪いのよ！」

目の前で母がまた絶叫して――その時の姿に、重なる。

「いっつもそう。悪いのは全部あたし。だから自分の旦那にも浮気され放題で、手をかけて育ててやった娘は自分を捨てて……ええええ、そうでしょうよ、あたしが皆悪いのよ。そういうことにしとけば皆丸く収まりますからね。うちは昔っからそう決まってるのよ」

ふて腐れたように言う母に、伯母がかちんときた様子で口を開く。

「美代子さん、あんたね」

「もういいでしょっ、はいはい、判りました、あたしが悪かった、ごめんなさい。それでいいじゃないの。どうせいつだって、この子もあの男も、あたしが皆悪いんだって顔して知らんぷりしてるんだから……あたしのことなんか、だあれも本気で考えちゃくれないんだから」

母はそう言うと、膝に突っ伏して泣き出した。

「あの人は、あたしを責めなかったのに……あたしを救ってくれる筈だったのに」

――何だか、莫迦らしくなってきた。

目の前の光景に急速に興味を失うのと同時に、ずる、といきなり足が動いた。慌てたように伯母がこちらを向き、母もはっと顔を上げる。

「千晴」

わたしはその声を無視して、ゆっくりと身を翻した。

「千晴、ごめん、ごめんよ……ねえ、あんたがいなくなったら母さん、もうほんとにひとりになっちゃうから、だからお願い、考え直して」

「美代子さん！」

「……伯母さん、わたし、帰って寝るから」

わたしはそれだけ言うと、足を引きずるようにして病室から出た。体が、重い。

ロビーに敏行伯父さんが座っているのが見えたので、見つからないよう非常口の方をまわって外に出ると、夏の日差しが眩しくて目を細める。

空っぽの頭のまま家にたどり着き、玄関を開け、何か飲もうと居間に入って、ぎくん、と足が止まった。

「――父さん」

父親がそこに、立っていた。

膨らんだバッグを持って居間の真ん中にいた父が、こちらを振り返る。

「なんだ、千晴か。どうした……ああ、そうか、今は夏休みか」

その声音は実に普通で、いや、朗らかにすら響いて、わたしは瞬間、震え上がった。何の変哲もない相手の様子に、わたしはもしかして昨日からのことは全部夢なんじゃないか、そんな風にさえ思った。父が、母のことを尋ねるまでは。

「母さん、病院か。何か言ってたか」

買い物か、と聞くようなトーンで問われ、ひとつうなずくと、父は大きく首を振った。何も考えられないまま、からからに渇いた喉でぽつりぽつりと母の言葉を伝える。

「どこまでも他人のせいにするなあ、母さんときたら……」

話し終えると、父親は呆れた顔で呟いた。

「……それで、母さんを殴ったの？」

詰まった喉の奥からなんとか声を絞り出しながら、わたしは自分の中に不思議な感覚があるのに気づいていた。それは奇妙なことに、感動だった。

明らかに世間的には間違った行動なのだけれど、それでも父は父なりに、母のことを愛していたのか、と。だから嫉妬もし、暴力もふるってしまったんだ。このふたりの間にはもう愛などない、ずっとわたしはそう思ってきたけれど、やはり夫婦は夫婦なのだから自分には判らない何かがあったんだ。

そう思っていると、こちらを見ている父の目が不思議そうに丸みを帯びた。

「いや。邪魔だったから」

よく判らないことを言われて、わたしの思考は一時停止した。

「ドアを通れなかったんだ。母さんが立ちふさがってて。どれだけどくように言っても聞かないでわめき散らすんで、仕方がないからどかした。約束の時間もあったしな」

――どかした。

その、荷物を横に移した、程度の重みしかない響きに、背中の芯が急にぞくっとした。

つい今しがた覚えた不思議な感動が、すうっと消えていく。

「あいつには、妻としての仕事があるだろう。それを放り出そうとしてるのが判ったから、手をまわして調べて、弁護士から相手の男の家と会社に書類を送らせたんだよ。それで、慰謝料もきちんと請求した。妻子持ちなのに人の女房と駆け落ちしようなんて、全くおかしなことを考える男だね」

まるで世間話のように軽い口調で言うと、父は肩をすくめた。

「だけどもう二度と母さんの前には現れませんって念書も出してきたんで、良しとしたんだよ。昨日、母さんが支度してたんで、もう行く必要ないから、お前は家にいてちゃんと自分の仕事をしなさいって伝えてやったんだ。そうしたら急にわめき散らして殴りかかってきて、挙句父さんが出かけるのを止めたから、仕方がないんでどかした」

わずかに開きかかったまま、わたしの唇からは全く声が出なくなった。

「それにしても親父を捨てたあの女といい、母さんといい、女って奴は何を考えてるのかさっぱりだ……お前も気をつけんとああなるぞ、千晴。なにせ血が繋がってるからな」

足元からさあっと、血の気が引いていく。——寒い。

「大体、父さんがこれだけ家の為に身を粉にして働いてるのに、あいつはおかしいよ。母さんには母さんの仕事があるんだから、それを放り出すのは良くない」

あくまでも明るい父の声に、わたしはまた、ぞくりと鳥肌が立つのを感じた。

「家のことを放り出すなんて母親や妻である人間がすることじゃないからな。正直今まで、父さんは母さんを自由にさせすぎたんだなあ。反省した。これからはきちんとさせるよ。外でうつつを抜かす為に養ってやってる訳じゃあないからな」

そのはればれとした笑顔を見ていると、吐き気が込み上げてくる。

「それじゃ、母さんが退院したら、また連絡くれ」

そう言ってすたすたと父が家を出ていこうとするのに、さすがに驚いて後を追った。

「どこ行くの」

玄関を出ようとする父に聞くと、呆れたような顔で振り返る。

「だって、母さんがいないんじゃ、ここには誰も父さんの身のまわりのことをする人がいないじゃないか。だから母さんが退院したら、戻るよ」

当たり前のことを諭すような口調で言うと、父は家を出ていった。

全身から力が抜けて、わたしは崩れるようにその場に座り込む。

床についた手の先に、何かねとっとしたものが触れた。見ると、まだそのままにしてあった母の血が、餅のように固まって指先にこびりついている。

——なにせ血が繋がってるからな。

父の声が耳元をよぎって、わたしは絶叫した。


「……結局母親は、これはあくまで痴話喧嘩だ、階段から落ちたのは自分がたまたま足を滑らせたからで父親は関係ない、そう言い張ったの。伯母さんが、わたしを引き取る、そう言ってくれたけど、どうせもともと高校出たら、二度と帰らないつもりだったから……卒業まで一年半ちょっとだったし、いいよって言ったの」

取り憑かれたみたいに一気に喋ると、急に喉がいがらっぽくなってきて、わたしは軽く、咳き込んだ。

わたしを抱きかかえるようにした河瀬さんの手が、反射的に背をなでようとして、その瞬間にわずかに震えた。ああ、引かれたな、とはっきり感じて、こころが冷える。

他人にこの話をしたのは、初めてだった。こんな話を聞けば、誰だってわたしと距離を置くだろう。あんな異常な親の間に生まれた子供なのだもの。

「卒業するまで、どっちとも最低限のこと以外は、絶対、会話しなかった。受かる自信あったから発表の前に引っ越し先を探して、その日に家を出た。敏行伯父さんが荷物運んでくれて……引っ越してきた日の晩は、嬉しかった、なぁ」

相手のこころがもうすっかり自分から離れているだろうことを感じながら、それでもわたしはどうしても止めることができずに、ただただ喋り続けた。

「他に誰もいなくて、静かで……誰の泣きわめく声も罵る声もなければ、嫌な感じのじっとりした沈黙でもなくて、ただただ静謐で……幸福ってこういうもんなんだって、つくづく思い知った」

その時の気持ちを思い出すと、自然に唇に笑みが浮かぶ。

「ひとりって……いいなぁ、って」

もう、別にいいや。このひとにもらった幸福は確かに目も眩むようなものだった。今までの人生で一度だって経験したことがなかった。けれどもう、仕方がない。所詮わたしは、出来損ないだから。

わたしはこのひとには、到底ふさわしくない。そう諦めてしまうと、すっと楽になった。

「……なんで」

闇の中で相手の呼気が震えたと思うと、低い声がした。その声もわずかに、震えている。

片手が包むように頬に当てられて、そのあたたかさに心臓が引きつったように波打った。

「なんで、笑うねん」

そしてまた震える声がして、ぽとん、とわたしの頬に何かが落ちた――これは、涙。

その涙は河瀬さんの瞳からまっすぐ、わたしの頬に落ちていた。

「そんな話して、なんで笑うねん……自分こそ、泣いてええのに、なんで」

涙の間から、河瀬さんはぐっと歯を食いしばるように言った。一体どうして泣いているのか判らず、わたしはとまどう。

「いや、泣くんとちゃうな……怒ったら、ええねん。怒りぃや。そんな連中、怒鳴りつけて蹴り飛ばしてきたったら良かったのに……なんで、そんな顔して笑うねん」

言葉と共に、腕がきつく、わたしを抱きしめる。

「――可哀相に」

そして言われた言葉に、背筋がびくっと動いた。

「可哀相や、自分……ほんまに、可哀相やわ」

そう呟くと河瀬さんはわたしの両肩を摑んでぐっと引き離して、闇の中でもはっきり見える程近くに顔を寄せ、こちらの目を間近に覗き込んだ。

「なあ、千晴、自分でちゃんと、それ判ってるか？　千晴はただただ、一方的に被害者やねんから……それちゃんと判りや、なあ」

わたしはただ呆然と、その目を見返すことしかできなかった。わたしが、可哀相？

軽く肩を揺さぶられると、上半身がぐらぐらと揺れる。

「俺な、おかん亡くして、その後姉ちゃんにあんな風に死なれて、それから親父も……そん時むっちゃ嫌やってん、まわりの人に『可哀相』って言われんの。哀れまれてるみたいで、むちゃ気分悪くて。俺には関係ない、まわりがどう言おうが俺は絶対可哀相やない、ずっとそう思ってた。けど、あの……あの姉ちゃんのペンダント、見て」

——可哀相に。

あのペンダントを届けにいく前そう感じたことを思い出し、とくん、と心臓が動いた。

「あんなに汚れて、ぼろぼろんなって……あれ見た瞬間、こころの底から、ああ、可哀相にって思って。それからなんか、判ってきてん」

河瀬さんはまた、よいしょ、とわたしの体をまるで子供にするように自分の膝の上に抱き上げると、そっと揺すった。

「俺が、可哀相やって人から言われるたんびに反発してたんは、それがほんまのことなんが、自分で判ってたからや。この年で家族全員亡くすて、それ客観的に見たら百パーセント可哀相やろ。けど……それをどうしても、認めんのが嫌やってん」

まだまともにものが考えられないまま河瀬さんの言葉をひたすら聞いていると、乾いた紙が水を吸うように、心臓に言葉が染み込んでいく。

「認めてしまったら、自分がまともに立てん気がして。可哀相とちゃう、だって俺はこうやって自力でちゃんと立って生きてる。どこが可哀相や、そんな訳ないって肩肘張って……そうせんと倒れてしまうの、どっかで判っててん」

河瀬さんは腕の中のわたしを見下ろし、照れたような笑みを浮かべた。

「けどあのペンダント見た時、すんなり思えてん。ああ、俺、可哀相やってんな、って。そんで……ええと、どう言うたらええんかな、もう大丈夫に、なってん。かつて自分が

『可哀相』やったことを、認められるようになってんや」

考え考え、言われた言葉は思いもよらないものだった。

「どう考えたってあの時の俺の状況は『不幸』で『可哀相』やった。でもそれはなんて言うか、ただの事実にすぎんねん。厳然たる事実やねんけど、それ以上でもそれ以下でもないねんな。あん時の自分を可哀相って認めても、今の俺は揺るぎもせんし、たじろがんと立っていられる。それが自分で、判ってん」

そう言うと河瀬さんは、またわたしの目をじっと覗き込む。

「それで、初めて……初めて俺は、あの頃の自分に自分で、『可哀相やな』て認めてあげることが、できてん。ずうっと自分が否定してた、そんなんと違うって思ってた自分を……ちゃんと認めて、自分の中に受け入れることができてん」

河瀬さんは一度言葉を切ると、深く呼吸した。

「千晴も同じじゃ、ちゃんと……判りや。自分は、可哀相やねんで」

――殴られた、ような気がした。そんなことは、考えてみたこともなかった。

わたしも、このひとと同じだ。家においでと言った伯母の言葉を、「うちは子供がいないし、いっそ養子においで」と言った敏行伯父さんの言葉を、わたしははねのけた。嫌だったから。可哀相な子だと思われるのも、それがはっきりと相手の態度に現れているのも、たまらなく嫌だったから。哀れまれたくなかったから。

母の話をしていた時には一度たりとも浮かんでこなかった涙が、すうっとこころの底から浮かび上がってきた。

わたしは逃げたかった。「可哀相な子」である、自分そのものから。そうしてもう全然、可哀相じゃない子になりたかった。

あんなわたしは要らない。そうやってわたしは、あの時の自分に背を向けた。あんなみじめでみっともない、「哀れで可哀相な」わたしは要らない。

それなのに……あの可哀相な子供は結局、一度だってわたしから離れなかった。いつだってこころの裏側にぴたりと影のように張りついて、隙あらばわたしを喰らい尽くそうとして待ち構えていた。

わたしが認めてあげなかったから。ずっと、見ないふりをしていたから。あんなものはなかったものだ、わたしのこれからの人生にはいささかの関係もないもの、そう決めた。

そうやってわたしはわたしを、自分の手で突き放した。

「千晴って、叔父さんや伯母さんのことはよう話すけど、親の話、一度もしたことなかったやろう。理由は判らんけど話したないねんやろな、なら話してくれる時が来るまでは聞かんとこう、って思っとってんけど……ありがとう、教えてくれて」

何の言葉も出てこないままのわたしを、河瀬さんはあやすように揺すった。

「もう、大丈夫やからな」

歌うように言うと、またわたしの体を揺らす。

「もう、大丈夫やから……もう落ち着いて安心して、自分で自分、認めてやっても、大丈夫やから。もう誰も自分のことを苦しめに追いかけて来たりせんから、もう何も怖いことなんか起きひんから……安心し。もう、大丈夫、やから」

　何度も何度も、手の平が背をなでさする。

　一気に目の裏が熱くなり、見る間に滂沱の涙となって頰をこぼれ落ちた。

「……ええ子や」

　河瀬さんはふっと微笑むと、背中に手をまわして思い切り抱きしめてきた。

　ああ、そうか、そうなんだ……わたしは「可哀相」だったのだ。

　その言葉には、あれ程忌み嫌っていた卑屈さも憐憫もなかった。そんなウエットなものは何ひとつなく、ぽかりと空に浮かんだ太陽のように、どうということもなくそこにある事実にすぎなかった。そしてその事実は、今のわたしにとって、それ以上でもそれ以下でもなかった。かつてそういう自分が確かにそこにいた、ただそれだけのこと。

　あの時の『可哀相なわたし』は、今のわたし自身を脅かしはしなかった。

　──可哀相に。

　小さな手を握ってよその家の窓を見上げていた自分に、母の繰り言を黙って聞いていた自分に、父の暴挙を見つめ続けた自分に……そしてあの日の自分に、わたしは手を繫ぎ肩を抱いて頭をなでて、一言ずつそう言った。

　可哀相に。でももう、大丈夫。ほら、こうしてわたしは、今ここで元気でやってる。あなたは本当に可哀相だった、でも安心していい。今わたしがいるここには怖いものも嫌なもののもういない。だからもう……大丈夫、だからね。

だってここには、このひとがいる。そしてあの家には、シンさんがいる。

自分はあの場所からもう遠く離れて、こんなところまでたどり着いたんだ。

「言うてくれたよなぁ、こないだ俺に、五年分、泣いていいって。……今度は俺が言うわ、千晴……二十年分、泣いてええねんで」

柔らかな笑みを含んだ声で、河瀬さんが言った。

ああ、わたしはもう、このひとから離れることが……できない。

胸にすがるようにしてわたしはわあわあ泣き続けて、その背中を河瀬さんはいつまでもいつまでも、やさしく辛抱強くなでてくれた。


ふたりして寝坊気味に起きた次の日、河瀬さんは突然、「叔父さんの家に行く」と宣言してわたしを驚かせた。

いやそんな、と腰が引けているわたしの手を取り、じっと見つめる。

「ちゃんとしたいねや、俺。どう言うんか……自分がちゃんと千晴と向き合おうって気持ちがあるってことを、示したい」

生真面目な顔と声でそう言われて、心臓が大きく動いた。

そうだ、相手がこのひとなら……シンさんは絶対、「やめとけ」とは言わない。

そう思うとふうっと口元に笑みが浮いて、わたしは「はい」とうなずいた。

工房の扉の前に立つと、さすがにちょっと緊張する。

道に面した窓はカーテンはかかっていたが開いていて、中からカツカツ、鑿の音がする。

わたしは軽く息を吸い込んで、扉をひと息に開けた。

「――おう」

窓辺の机からシンさんが目をすがめてこちらを見て、後ろから「こんにちは」と頭を下げて河瀬さんが入ってきたのに、大きく目を見開いた。

「……どうも」

シンさんはひょこっと頭を下げながら立ち上がって首にかけたタオルで汗を拭き、コーヒーでも淹れるつもりなのか、台所に足を向けた。

その背に河瀬さんが「あの」と声をかける。

シンさんが足を止め、体半分だけ振り返った。

河瀬さんは言いよどんで、軽く唇をなめ――緊張しているのか、とその時は思ったが、後で聞いてみたらシンさんの名字をど忘れしていたそうだ――意を決したように顔を上げ、「あの、叔父様に、お話が」と言った。

その呼ばれ方に、シンさんはぎょっとした顔になる。わたしはその顔に、そんな場合じゃないと思いながらも笑いをかみ殺すのに必死だった。

「あの……まずお礼を、申し上げたくて。彼女に電話、かけるよう勧めてくださって、ありがとうございました」

直角に頭を下げる河瀬さんに、シンさんは途方に暮れたような顔でわたしにちらっと目線を投げた。いや、そんな顔をされてもわたしだって困る。

「叔父さんが言ってくれなかったらかけられんかったって、千晴さんそう言うてはって……ほんまに、感謝してます」

もう一度頭を下げると、河瀬さんは指先まで伸ばして直立不動の姿勢になった。

「自分は……姪御さんと、真面目におつきあいしていきたいと、思てます。それで今日は、叔父様にご挨拶しに伺いました」

そう言うと、またきっちりとしたお辞儀をした。

自分の頬に血がぱあっとまわるのを感じながら、わたしはシンさんに見られないよう、そうっと顔をそむける。

「――気に入らん」

するとぶっきらぼうな声でシンさんが言ったのが聞こえて、驚いて目を上げた。

河瀬さんもえっ、という顔を向けたが、シンさんはすっかり不機嫌な顔つきをして向こうを向くと工房の奥へ行ってしまった。

壁際の冷蔵庫からガラス製の水出しのコーヒーポットを出すと、いつものカップにざぶざぶと注ぎながら、じろっと河瀬さんを見る。

「自分、幾つや」

「え、二十七、ですけど……いや、そら確かにちょと年は離れてますけど、でも」

「どこが離れてんねな！　大して違わんわ！」

ますますむっとした顔でシンさんは声を荒らげた。

「俺は今年二十九や。二歳しか違わんねんぞ」

大股でこちらに戻ってきながら、シンさんはカップを持ったまま、どすんと乱暴にテーブルの前の椅子に腰を下ろす。

「なんで二歳しか年違わん奴に『オジさん』呼ばわりされなあかんねん！」

……って、そっち!?

わたしはこころの中で、盛大に突っ込んだ。隣で河瀬さんも絶句している。

「大体、俺はこいつの叔父貴ではあるけど自分の叔父さんちゃうわ。自分にそんな呼ばれ方される筋合いあるかい」

「ええと、あの……いや、あの、それは大変、失礼しました。以後、気をつけます」

河瀬さんは軽く咳払いすると、ごくごく真面目に頭を下げた。

これシンさん、わざとだ。わたしが気恥ずかしいのと同様、シンさんもこういうのを真正面からまともにやられるのは、相当こっ恥ずかしいんだろう。全くほんとに、この『叔父さん』は。

どうしても我慢しきれずくすっと笑みを漏らしてしまうと、シンさんがじろりとこっちを睨んだ。照れ隠しだ、とわたしが察したことに気がついたに違いない。

シンさんはさっと目をそらすと、テーブルの上にカップをかつんと置いた。

その横顔に一瞬にやりと笑みがよぎるのを見て、なんとなく嫌な予感を覚える。

「――そんで自分、俺がこいつとつきあうの許さん、言うたらどうする」

そして意地の悪い笑顔でそう言って河瀬さんを見上げた。もうシンさん、根性悪！

「お願いしに来ます。認めていただけるよう」

実際シンさんの問いはただわたしをからかっているだけにすぎなかったのだけれど、そんなことは露知らぬ河瀬さんは実に生真面目に、ストレートにそう言って頭を下げる。

その直球ぶりに、シンさんの方が軽くたじろいだ。

「って……そんでもあかん、言うたら？」

「また来ます。何度でも。毎日でも来ます。認めていただけるまで、何年でも」

河瀬さんはまっすぐにシンさんの前に立って、真正面から見下ろした。その力強い目と声に、状況を忘れてじいんとしてしまう。

シンさんはかすかに唇を開いて河瀬さんを見上げると、顔をそむけて立ち上がった。

「冗談や。大体成人してる社会人がどこの誰とつきあおうが、反対する理由も何もあるかいな。好きにしたらええねん、俺の許可なんかいらんわ」

「いります。他の誰でもなくて……あなたの、許可がいります」

手を振って軽くいなそうとしていたシンさんに、河瀬さんが正面切ってそう言い返した。

その食い下がりっぷりにわたしも驚いたが、シンさんも目を丸くしている。

河瀬さんはあくまで真剣な面持ちでシンさんに詰め寄って、予想外なことにシンさんの方がその迫力に押され気味になり、軽く上体をのけぞらせた。

「って……なんで」

「それがないと、千晴さんが幸せになられへんからです」

つっかえ気味に尋ねたシンさんに、河瀬さんはきっぱり言い切った。

と胸を突かれて、わたしの息が止まる。シンさんも一瞬言葉を失いまじまじと河瀬さんの顔を見て、やがてふうっと大きく息をつくと頭の後ろをかいた。

「……判った、許す」

目を合わせずにそう言うと、くるっと向こうを向いてしまう。

「ありがとうございます」

「いや、だからその固い喋りもやめえや……言うてるやろ、ふたつしか違わんねんぞ」

シンさんはぼやきながら冷蔵庫からコーヒーを取り出した。

わたしは前に立っている河瀬さんの横顔を見つめて、改めて感心する。シンさん相手に競り勝ちするなんて、わたし、すごいひとを選んだのかもしれない。

そして、その言葉。

――それがないと、千晴さんが幸せになられへんからです。

目の前にいるこのひとは、確かに自分を理解し、丸ごと受け入れてくれている。

足元からじわじわと嬉しさが全身に広がって、わたしは思わず、微笑んだ。

お昼も近かったので、シンさんの家で適当に料理して皆で食べよう、という話になり、何故か河瀬さんを工房に残して、シンさんは近所のスーパーへとわたしを連れ出した。

シンさんの足は速くて、わたしは懸命に足を動かした。目を落とすと自分の足と並んで、サンダルをつっかけたシンさんの少し汚れた大きな足と、すたすた動く、濃い影が見える。

頭の中で、そのリズムを数える。

こうして歩き続ければ、今まで見えなかったもの達に出逢えるだろうか。

ずっと釘付けにされていた、陸の上を見上げる魚のように、世界の端の、更に端のような場所にいた。そこから見える世界はとても狭くて、けれども自分はここでこうして生きていくんだ、それでいいんだ、そう思っていた。

けれどもあのひとは言った、「俺が窓出て、そっちに行くから」と。

そして隣に立って、固く手を繋いでくれた。

指にしっかりと今もあるその感触と、前を行く見慣れた背中。

歩けるだろうか。

歩き出せるだろうか。

見たこともない場所で、見たこともないものを掴めるだろうか。

まるでたった今、世界が新しく始まったような気がする。

見慣れた街並みが、何もかも違って見える。

「――ハル」

呼ばれて、はっとわたしは顔を上げた。

斜め後ろから、シンさんの横顔がわずかに見える。

「お前……ええのん、見つけたな」

その言葉にわたしは一瞬、目を見開いた。ゆっくりと顔いっぱいに笑みが広がっていく。

こくん、とうなずくと、わたしは少し足を速めてシンさんの隣に並んで、ぐいっとその腕に自分の腕をからめた。シンさんは意表を突かれた様子でちょっとのけぞる。

「何やねなお前、暑いやんか」

うわずった声で文句を言うのを無視して、更にきゅうっと腕に力を込めた。

「ありがと、叔父さん」

小声で言うと、なおも文句を言おうとしていたシンさんが口をつぐむ。

けれど、わたしの腕を振り払おうとはしなかった。

わずかに見えるシンさんの耳元が、赤く染まっている。

ああもう、本当に……本当にこのひとが、自分の叔父さんで、良かった。

わたしは唇が自然とほころぶのを止められないまま、まっすぐに前を見て歩き続けた。

あとがき

この本を手に取ってくださった方、お読みになってくださった方、本当にありがとうございます。

本ができるまでにご尽力くださったすべての方にもお礼申し上げます。

この作品はもともと、『小説家になろう』に掲載しているものを縁あって本にしていただいたものです。

そして千晴の物語は、ここで終わりではありません。

長い時間をかけて培われた千晴の屈折は深く重いもので、想い想われる相手ができたこの後も、彼女はその呪縛から完全には抜け出せていません。

これからも千晴はまだまだたくさん悩み、泣き、そしてたくさん笑って、シンやユウジと共に変化し、成長していきます。

その姿についても、いつかきっと本にして読者の方に届けたいと願っています。

もしこの物語を読んで、「千晴やシンのこの先が読みたい」と思ってくださったなら、ぜひお声掛けください。

『小説家になろう』に掲載している本作では、シンの家に通い始めた千晴が留守番を頼まれ、ラジオを聴きながら歌をくちずさむシーンがありました。

何の歌かはそこには書きませんでしたが、自分がイメージしていたのは稀代の歌うたい、あがた森魚さんの『空飛ぶ理科教室』。青空や夜空の輝き、そこから繋がる宇宙が見えるような、キラキラと澄んだ空気に満ちた歌です。

アルバム『バンドネオンの豹《ジャガー》と青猫』に所収されておりますので、機会があればぜひお聴きください。ちなみに千晴は、あがたさんのファンである敏行から教えられて好きになった、という裏設定もあります。

これから書き続ける中、良いものが書けたら、その時はまたどこかでお逢いしましょう。

二〇一八年十月　秋澄む京都にて

富良野　馨

本書はフィクションであり、実在の人物および団体とは関係がありません。

世界《せかい》の端《はし》から、歩《ある》き出《だ》す

富良野《ふらの》 馨《かおる》

2018年12月5日初版発行

発行者……………長谷川 均
発行所……………株式会社ポプラ社
〒102-8519 東京都千代田区麹町4-2-6
電話…………………03-5877-8109（営業）
03-5877-8112（編集）
フォーマットデザイン 荻窪裕司（bee's knees）
組版・校閲 株式会社鷗来堂
印刷・製本 中央精版印刷株式会社

ポプラ文庫ピュアフル

ホームページ www.poplar.co.jp

N.D.C.913/334p/15cm
ISBN978-4-591-16101-2
P8111263